Cantos Órficos
e outros poemas

Dino Campana

Cantos Órficos
e outros poemas

Tradução: *Aurora Fornoni Bernardini*

Prefácio: *Lucia Wataghin*

Organização e notas: *Lucia Wataghin*
e *Aurora Fornoni Bernardini*

martins fontes
selo martins

© 2009 Martins Editora Livraria Ltda., São Paulo, para a presente edição.
Cantos Órficos e outros poemas
Dino Campana
Obra publicada com a contribuição do Ministério das
Relações Exteriores da Itália.

Publisher *Evandro Mendonça Martins Fontes*
Produção editorial *Luciane Helena Gomide*
Produção gráfica *Sidnei Simonelli*
Projeto gráfico e capa *Jordana Chaves*
Revisão *Denise R. Camargo*
Dinarte Zorzanelli da Silva

Dados Internacionais de Catalogação na Publicação (CIP)
(Câmara Brasileira do Livro, SP, Brasil)

Campana, Dino, 1885-1932.
  Cantos órficos e outros poemas / Dino Campana ; tradução, organização e notas Aurora Fornoni Bernardini; prefácio, organização e notas Lucia Wataghin – São Paulo : Martins Fontes – selo Martins, 2009. – (Coleção Verso)

  Título original: Canti orfici
  ISBN 978-85-61635-21-3

  1. Campana, Dino, 1885-1932 2. Poesia italiana I. Wataghin, Lucia. II. Bernardini, Aurora Fornoni. III. Título.

09-02926   CDD-851

Índices para catálogo sistemático:
1. Poesia : Literatura italiana   851

Todos os direitos desta edição no Brasil reservados à
Martins Editora Livraria Ltda.
Av. Dr. Arnaldo, 2076
01255-000 São Paulo SP Brasil
Tel.: (11) 3116.0000
info@emartinsfontes.com.br
www.martinsfontes-selomartins.com.br

Abreviações	9
Prefácio	11
Notas biográficas	29
Notas sobre os textos	35
Bibliografia do autor	39

Cantos Órficos

A Noite	45
I. A Noite	45
II. A Viagem e a Volta	63
III. Fim	67
Noturnos	71
A Quimera	71
Jardim de outono (Florença)	75
A esperança (sobre a torrente noturna)	77
O vitral	79
O canto da treva	81
A tarde no parque de diversões	83
La petite promenade du poète	87
A Verna	89
I. A Verna (Diário)	89
II. A Volta	101

Imagens da viagem e da montanha ... 113
Viagem a Montevidéu ... 119
Fantasia sobre um quadro de Ardengo Soffici ... 123
Florença (Uffizii) ... 125
Bate bote ... 127
Florença ... 131
Faenza ... 135
Dualismo (Carta aberta a Manuelita Etchegarray) ... 139
Sonho na prisão ... 145
A jornada de um neurastênico (Bolonha) ... 147
Várias e fragmentos ... 153
    Barcos abicados ... 153
    Fragmento (Florença) ... 153
Pampa ... 155
O Russo ... 161
Passeio de bonde na América e volta ... 167
O encontro de Regolo ... 171
Siroco (Bolonha) ... 175
Crepúsculo mediterrâneo ... 181
Praça Sarzano ... 185
Gênova ... 189

Outros poemas

Velhos versos ... 203
Barco navegando [Título anterior: Fragmento] ... 205
Arabesco – Olímpia ... 207
Toscanidade [Título anterior: Para Bino Binazzi] ... 209
A M[ario]. N[ovaro]. ... 211
Noturno bandido ... 217
Mulher de Gênova ... 219
Meta ... 221
Três jovens florentinas caminham ... 223
Oscar Wilde em S. Miniato ... 225

Ó poesia tu não mais voltarás	227
Escrevi. Fechou-se numa gruta	229
Os pilares fazem o rio mais belo	233
Na mais ilustre paisagem	235
Amei-vos na cidade onde só por	237
Em um momento	239
Fanfarra inclinada	241
Remessa	243
Histórias, I	245
Histórias, II	253
Notas	259

ABREVIAÇÕES

OBRAS DE DINO CAMPANA:

[CO] *Canti Orfici* (1914), Marradi, Tip. Ravagli
[CER] *Canti Orfici* (1985, 1989, 2002, 2003), introdução e ensaio de F. Ceragioli, Firenze, Vallecchi e depois Milano, BUR
[BON] *Canti Orfici e altre poesie* (1989), org. N. Bonifazi, Milano, Garzanti
[VAS] *Opere. Canti Orfici. Versi e scritti sparsi pubblicati in vita. Inediti* (1989), org. S. Vassalli e C. Fini, Milano, TEA
[MAR] *Canti Orfici e altre poesie* (2003), org. Renato Martinoni, Torino, Einaudi
[FAL] *Inediti* (1942), org. E. Falqui, Firenze, Vallecchi
[TF]   *Taccuinetto faentino* (1960), org. D. de Robertis, Firenze, Vallecchi
[FM] *Fascicolo marradese* (1972), org. F. Ravagli, Firenze, Giunti-Marzocco
[OC] *Opere e contributi* (1973), org. E. Falqui, prefácio de Mario Luzi, notas de D. de Robertis e S. Ramat
[LG] *Il più lungo giorno* (1973), org. D. de Robertis, prefácio de E. Falqui, Roma/Firenze, Vallecchi, Archivi di Arte e Cultura dell'età moderna

Outros:

[VNR] Carlo Pariani (1938), *Vita non romanzata di Dino Campana,* org. Cosimo Ortesta, Milano, SE SRL (2002)

Abreviações:

Cfr. – Confrontar
Constr. – Construção

PREFÁCIO

A poesia de Dino Campana conquistou uma posição sólida – e relativamente estável – no cânone novecentista. Há pelo menos vinte edições italianas dos *Cantos Órficos* (com ou sem outros poemas), dez das quais publicadas nos últimos vinte anos, muitas delas de excelente qualidade, acompanhadas de notas e estudos críticos.[1] A quantidade de inéditos encontrados e publicados após a morte do poeta testemunha o sempre crescente interesse por sua produção: pelo menos onze volumes (incluindo quatro coletâneas de cartas) foram editados entre 1942 e 2000.

Nas últimas décadas, amplas seleções da sua poesia apareceram nas melhores antologias de poesia e de literatura italiana. Os estudos campanianos também cresceram: a partir dos anos 1960, foram publicados livros e ensaios importantes sobre a poesia (por Bonifazi, Galimberti, Del Serra, Jacobbi, Ceragioli e outros) e volumes de documentos relativos à vida e às circunstâncias da composição da obra de Campana (cartas, depoimentos etc.). Nos últimos anos, ocorreram vários encontros de estudos sobre Campana, dos quais resultaram coletâneas de ensaios[2]; foi publicada sua biografia romanceada[3] e

realizado um filme[4] sobre sua relação amorosa com a escritora Sibilla Aleramo.

Campana foi muito estimado por vários poetas: primeiro pelo grupo dos herméticos (de Mario Luzi a Piero Bigongiari, Alessandro Parronchi, Alfonso Gatto) e depois, a partir do final dos anos 1960, pelas neovanguardas. Entre os críticos e poetas da neovanguarda, o maior responsável pelo "resgate" de Campana – que até então se encontrava em posição quase marginal no cânone da poesia italiana – foi Edoardo Sanguineti, que chegou a defini-lo como "um dos poucos realmente grandes do nosso Novecentos", acrescentando que seu exemplo permanecia "todo disponível ainda"[5]. Posteriormente, a poesia de Campana tornou-se exemplar no âmbito de uma linha de poesia neo-órfica, neo-hermética, surgida na Itália na segunda metade dos anos 1970. Trata-se de leituras opostas, fortemente antagônicas: de um lado a poesia pura, a busca do absoluto, do sublime, e de outro as vanguardas, o experimentalismo, a busca da dissonância: dois pontos de vista que refletem a radical ambiguidade, ou plurivalência, dos registros campanianos.

Mas a influência de Campana é mais ampla e mais discreta: se são muitos os traços da presença campaniana na poesia de um poeta hermético como Mario Luzi, mesmo em poetas totalmente diferentes, como Montale e Ungaretti, Pasolini e Zanzotto[6], sentem-se – de modo menos evidente – os vestígios da leitura de Campana. Há casos em que a admiração é expressa abertamente: Giorgio Caproni, que compartilha com Campana a origem toscana e a paixão e o tema da cidade de Gênova (Ligúria), alude frequentemente à sua poesia e lhe presta homenagem com um poema (*Batteva*), e Amelia Rosselli – talvez a melhor e mais direta herdeira de Campana – reescreve *A Quimera* (de Campana) em seu poemeto *La libellula*. Mas a admiração por Campana é raramente irrestrita: a relação com a tradição órfica, "o excesso de sonoridade e de fasto"[7], a linguagem

arcaica, vitalista e intoxicante que invade parte de sua obra repelem o leitor pouco disposto a pagar "o preço do *esoterismo*"[8] para ler a sua poesia. Todavia, a poesia de Campana mostra-se ainda vital, com suas obsessões rítmicas e musicais, próximas do "balbucio" – como disseram seus primeiros leitores –, com a sintaxe alucinada e com o "sentido das cores" por ele introduzido[9] na poesia italiana, com todos os seus limites e excessos – com tudo aquilo que permite lê-lo em suas relações vividas ou virtuais com as vanguardas, do expressionismo ao futurismo, ao cubismo, ao cubofuturismo –, e continua alimentando entusiasmos, leituras secretas ou explícitas, irritações e polêmicas.

Dino Campana (1885-1932) é autor de um único livro, *Canti Orfici*, publicado em 1914, em mil exemplares, pela pequena Tipografia Ravagli, graças à contribuição de 44 cidadãos de Marradi (povoado nos montes Apeninos onde Campana nascera), que repartiram as despesas de edição. Além dos *Cantos Órficos*, Campana publicou apenas quatro textos em jornais estudantis, em Bolonha, entre 1912 e 1913, quando ali frequentou a faculdade de química, e mais uma dezena deles em revistas literárias, entre 1914 e 1916.

A partir de janeiro de 1918 e até sua morte, Campana ficou internado no hospital psiquiátrico de Castel Pulci (Florença) e nada mais escreveu nem publicou. Depois de sua morte, foram encontrados e publicados vários cadernos, anotações e cartas: em 1942, saiu o volume de *Inediti*, organizado por Enrico Falqui; em 1949, o *Taccuino Matacotta* (escritos que haviam permanecido no meio dos papéis de Sibilla Aleramo); em 1958, *Lettere* (Dino Campana/Sibilla Aleramo); em 1960, um caderno encontrado em Faenza, o *Taccuinetto Faentino*, aos cuidados de Domenico De Robertis e Enrico Falqui; em 1972, o *Fascicolo Marradese* (escritos encontrados em Marradi), organizado por Federico Ravagli – um antigo colega de faculdade – e pela filha deste, Anna Ravagli, que cuidou da edição definitiva. Finalmen-

te, *Il più lungo giorno*, manuscrito perdido pelo poeta e pintor futurista Ardengo Soffici, a quem Campana o confiara em 1913 na esperança de obter ajuda para a publicação. O manuscrito foi encontrado quase sessenta anos depois (em 1971) pelos herdeiros de Soffici e publicado, em 1973, aos cuidados de De Robertis, com prefácio de Falqui.[10] E ainda, em 1978, uma coletânea de cartas, com o título *Le mie lettere sono fatte per essere bruciate*, aos cuidados de Gabriel Cacho Millet, pela editora Scheiwiller de Milão.

A carreira de Campana foi brevíssima – começada tarde (em dezembro de 1912, se considerarmos a data dos primeiros versos publicados em Bolonha) e definitivamente concluída com sua internação em um manicômio em janeiro de 1918. No conjunto, mesmo com as várias descobertas de inéditos, seus escritos não são muitos; e é importante fazer uma distinção entre os que ele autorizou diretamente e aqueles encontrados após a sua morte, que não considerava prontos para a publicação (ou que são simplesmente variantes de textos contidos nos *Cantos Órficos*).

Os cadernos, que datam de períodos anteriores à internação em Castel Pulci, constituem uma espécie de laboratório experimental de onde Campana extraiu os seus *Cantos Órficos* e os poucos textos por ele publicados após 1914. Mas toda a sua obra conserva um caráter experimental e inacabado – caráter que é uma das razões da mistura de admiração e perplexidade que suscitou, desde o princípio, entre seus leitores. As circunstâncias em que os *Cantos Órficos* foram escritos e publicados – as dificuldades econômicas, as viagens contínuas, a doença, as internações em hospitais e prisões e até a necessidade de reescrevê-los, em razão do lamentável acidente da perda do primeiro manuscrito – contribuíram para sua estrutura marcada por tendências centrífugas, percursos imprevistos, possibilidades abertas. Tanto que um de seus primeiros críticos,

Bino Binazzi, pôde escrever, logo depois da primeira publicação dos *Órficos*:

> Ao desleixo tipográfico corresponde uma certa negligência na coletânea, que parece não ter pé nem cabeça; tanto que mais do que de um livro [...] trata-se de uma bizarra mixórdia que ainda conserva – e eu pessoalmente gosto muito disso – todo o aspecto de um maço de manuscritos onde um alto espírito de vagamundo deteve assim, durante o caminho, instantes excepcionais de sua vida errante e pensativa.[11]

É muito provável – como sugere Fiorenza Ceragioli, uma das mais atentas estudiosas da obra de Campana – que o poeta, por várias razões (porque sentia a urgência de ser conhecido pelos intelectuais florentinos com quem estava em contato, e porque tinha consciência da instabilidade de sua saúde), tenha apressado a publicação dos *Cantos Órficos*, em 1914, deixando o texto "em forma não definitiva". A esse propósito, Ceragioli cita um testemunho direto do poeta, que parece conclusivo; trata-se do trecho de uma carta (11 de abril de 1930) de agradecimento a Bino Binazzi, que escrevera o prefácio para a segunda edição dos *Cantos Órficos*:

> Acho que me aconselhaste, na época, a escrever um outro livro, mas meu ideal seria completá-lo formando um pequeno Faust com acordes de situações e escorços. Mas as forças me faltaram e só pude oferecer um *conjunto de efeitos líricos aqui e acolá, deixados em estado bruto*.[12]

O confronto com os inéditos (mesmo quando não se trate de variantes dos *Órficos*, como acontece frequentemente) será útil não apenas para explicar muitos pequenos mistérios textuais – que tentamos desvelar para o leitor, nas notas deste volume –, mas também para iluminar as muitas faces da poesia de Campana, para distinguir nela os acentos órficos ou expressio-

nistas, em diálogo com as vanguardas ou com os modelos do século anterior, italianos e europeus. De qualquer forma, é opinião comum que os inéditos não sejam inferiores[13] ao único livro publicado pelo poeta – sobretudo quando se afastam dos tons vitalistas e exaltados que constituem o maior defeito de uma certa parte de sua poesia, nos *Órficos* e fora deles.

Por outro lado, a situação dos "inéditos" é ainda muito confusa e provavelmente nunca será esclarecida, porque não há como datar nem encontrar novas indicações sobre os textos descobertos nos velhos cadernos de Campana. A situação, já por si caótica, é agravada pelos erros de transcrição dos textos (todos manuscritos) e por algumas imprecisões e liberdades editoriais (títulos criados e atribuídos não pelo autor, mas pelos organizadores das edições; reuniões descabidas de textos de origens diferentes; trechos de cartas transformados em textos "autônomos") que dependem da própria natureza provisória e fragmentária dos textos encontrados nos cadernos.

O material é tão variado que nos afasta definitivamente de uma leitura de Campana como poeta prevalentemente "órfico", sugerindo interpretações que compreendam aqueles aspectos expressionistas – e o inacabado, o aberto, o informe –, apontados pelas neovanguardas, que talvez sejam a parte mais interessante de sua poesia. Ou que apontem para aquela "suave simplicidade", aquela "naturalidade suprema"[14] que, segundo Alfredo Giuliani (ainda um poeta da neovanguarda), se encontra somente nos inéditos (particularmente, afirma Giuliani, nos quatro poemas dedicados a Sibilla Aleramo e em *Mulher de Gênova*).

Entre os inéditos reunidos neste volume, o leitor encontrará esses textos e outros na excelente e musicalíssima tradução de Aurora Bernardini: do pequeno quadro, cheio de graça e de música, das três Graças florentinas (*Três jovens florentinas caminham*) ao dramático *Ó poesia tu não mais voltarás*, centrado na relação poesia/doença, aos tons futuristas de *Meta*, às fantasias

pictóricas (ou "colorismos", segundo uma definição do autor)[15] de *Arabesco-Olímpia* ou *Toscanidade* ou *Barco navegando*, àquela espécie de manifesto de poética, contra "os infames decrépitos", intitulado *Escrevi. Fechou-se uma gruta*. As *Histórias* são ligadas a uma confusa ideologia, provocatória, irracionalista, antifeminista, antidemocrática: a melhor coisa que se pode dizer dessa ideologia – geradora de constrangimento entre os críticos favoráveis a Campana, que mantêm um prudente silêncio a respeito – é que ela se manifesta muito pouco, *diretamente*, na poesia e na vida do poeta. As relações entre ideologia e poesia são extremamente complexas e seria forçado colocar em relação direta, de um lado, a ideologia atrasada e a linguagem arcaica e, de outro, a "violência" expressiva e o anarquismo daquele Campana que Sanguineti definiu como uma "figura de sabotagem cultural", um poeta que "não colaborava, querendo ou não, nos institutos literários, aliás, nas instituições"[16]. Por outro lado, foram exatamente a violência expressiva, o temperamento rebelde do poeta e a ausência de sintonia com as instituições que sugeriram às vanguardas, e à boa parte da crítica posterior, a leitura hoje dominante de sua poesia: longe das modalidades "sublimes" e "órficas" que haviam atraído os poetas herméticos, seus primeiros defensores.

*
* *

A excêntrica figura de Dino Campana atraiu a atenção, a curiosidade e as simpatias (ou antipatias) de muitos intelectuais e artistas, desde os anos em que frequentava a universidade em Bolonha ou aparecia – sempre inquieto, com suas roupas rústicas, destoantes[17] – nos cafés dos artistas em Florença (o Café das *Giubbe Rosse*, o Café *Paszkowski*) e em Bolonha (o Café *San Pietro*), onde vendia pessoalmente exemplares de seus *Cantos Órficos* por 2,50 liras cada, "com ou sem dedicatória", escolhendo – conforme uma das anedotas mais famosas – as

páginas que o cliente deveria ler e rasgando as outras (o exemplar vendido a Marinetti, segundo seus adversários, só tinha a capa). Já durante a vida, Campana era um personagem conhecido nos ambientes da arte e da literatura não apenas pelos seus *Cantos Órficos*, mas também por sua vida pessoal: as perambulações constantes, as graves crises nervosas e os pequenos escândalos (que o levaram mais de uma vez para hospitais e prisões) e, finalmente, o seu amor (1916-17) por Sibilla Aleramo, escritora bastante conhecida que mantinha uma densa rede de relações com outros artistas e intelectuais italianos.

Depois da morte do poeta, com o livro do psiquiatra Pariani[18] e a publicação dos escritos póstumos, o mito de Campana – poeta boêmio[19], *maudit,* louco, *wanderer* (mais tarde: "maníaco deambulatório"), visionário – cresce cada vez mais. Em 1937, saem dois ensaios importantes na história da leitura de Campana: um ensaio de Carlo Bo[20], que começa o processo de aproximação à sua poesia por parte de poetas e críticos ligados ao hermetismo, e um famoso ensaio de Gianfranco Contini[21], que propõe novas coordenadas de leitura. Ainda que – avisava o crítico – o próprio Campana tenha estimulado tal ideia de várias formas, ele "não é *un voyant* ou um visionário: é um visivo, o que é quase o contrário". Eugenio Montale observará que esses dois termos na poesia de Campana não são inconciliáveis[22], mas as reflexões de Contini permanecem uma indicação de leitura iluminante pela importância dada à "potência de representação visual" do poeta, uma de suas maiores qualidades, e ambos os polos por ele indicados (visivo ou visionário?) permanecem em discussão.

O projeto dos *Cantos Órficos*.
As fontes do orfismo de Campana

No *Taccuinetto Faentino*, caderno encontrado em Faenza após a morte de Campana, há um documento que pode ser útil para entender o projeto dos *Cantos Órficos*. Trata-se de um ras-

cunho (sem data nem outras indicações), que constitui uma espécie de "sumário" do livro:

> *Novelas* (título do livro: incidentes) em alta velocidade
> O russo o encontro
> A serem unidos a impressões de cidades prosas e poesias
> Termina os noturnos
> Luar poesia de dar risada
> Parte primeira do livro os noturnos
> E o livro termina no Mais claro dia de Gênova e a discussão sobre a arte mediterrânea[23]

A anotação revela que a primeira preocupação de Campana é definir a forma de seu livro: será uma forma nova, de poesia e prosa ao mesmo tempo (forma usada por seus modelos Baudelaire e Rimbaud e, na Itália, pelos poetas da "Voce", seus contemporâneos); *em alta velocidade*, em homenagem ao futurismo, ou seja, ainda a formas novas; o livro conterá aspectos narrativos (o encontro com o Russo na casa de saúde de Tournai, na Bélgica) e descritivos (impressões de cidades) e, para terminar, uma parte "nietzscheana" (Gênova e a arte mediterrânea). Há a arte consciente de quem declara que o último dos noturnos (*La petite promenade du poète*) é um "luar de dar risada" – em contraposição aos outros seis. Ou seja, a mistura sublime/grotesco nos *Cantos Órficos* é programática (é uma escolha inspirada ou confirmada pela leitura de Nietzsche). Sabemos, enfim, que o livro deveria constituir-se como uma progressão, como uma viagem (iniciática) que começa à noite e termina de dia, indo dos noturnos ("parte primeira do livro") ao "Mais claro dia de Gênova" (na verdade, os *Cantos Órficos* terminam com uma imagem noturna, mas há uma progressão da obscura noite inicial às visões "transcendentes" de *Gênova*). A alusão à arte mediterrânea pode ser estudada nos textos das *Histórias* (neste volume) – dos quais deduzimos que a "arte mediterrânea", segundo Campana (o

"segundo estágio do espírito [...] o estágio mediterrâneo"), é algo estritamente ligado à filosofia de Nietzsche.

O que são, então, os *Cantos Órficos*? O começo memorável, *"Ricordo una vecchia città..."*, introduz-nos na imaginação visiva e visionária de Campana: a visão da cidade apresenta-se num tempo do qual "foi suspenso o curso"; torpor, estagnação, silêncio estão mergulhados na "tórrida" tarde de agosto. No oitavo trecho, em prosa, começa a noite durante a qual o jovem vagamundo é iniciado nos mistérios do amor ou da luxúria. Seguem sete *noturnos*, em versos – o poeta *noturno* revela-se muito versátil e musical, capaz de tons diferentes. Depois, ainda em prosa, doze trechos de um diário que narra um longo passeio a pé até a Verna, o monte onde São Francisco de Assis recebeu os estigmas; o próprio Campana define a viagem como uma "romaria" [*A Verna*, 12], e parece evidente a intenção purgatorial (uma longa subida, a purificação, a simplicidade franciscana, a presença dos elementos "primordiais" – "a água, o vento/ A sanidade das primeiras coisas", alusões e citações dantescas). *Imagens da viagem e da montanha* é o anel de transição entre *A Verna* e a série seguinte de poemas e trechos em prosa: panoramas e paisagens, viagens, lugares e cidades, de Montevidéu a Florença, Gênova, Faenza, Bolonha, e depois novamente à América do Sul, à Argentina, com *Dualismo*, o Pampa, e ainda uma prisão na Bélgica, dois encontros com personagens que parecem *alter ego* do autor, Regolo e o Russo... e finalmente uma trilogia mediterrânea e genovesa, que se conclui com o longo poema *Gênova*. O último olhar dos *Cantos Órficos* é sobre a noite: "Nua mística oca no alto/ Infinitamente olhenta devastação era a noite tirrena".

Nos anos 1960, Neuro Bonifazi[24] estudou detalhadamente a "motivação nietzscheana e órfica" de Campana. Na origem dos *Órficos* – demonstra o crítico –, há o Nietzsche do *Nascimento da tragédia*, da *Gaia Ciência*, do *Zarathustra*; há Baudelaire, Rimbaud, os "místicos" Nerval (sobretudo com sua *Aurélia*) e Novalis

(há o "orfismo cenográfico" (!) – escreve Bonifazi – de Nerval e Novalis)[25]; e há o D'Annunzio "órfico". E há também um livro de caráter divulgativo, intitulado *Les Grands Initiés. Esquisse de l'histoire secrète des religions* (1889), de E. Schuré, que estudava as doutrinas dos mistérios como fundamentos das religiões. Desse livro, o próprio Campana falou aos amigos bolonheses, de acordo com o testemunho de um deles, Federico Ravagli, a propósito do período imediatamente anterior à primeira edição dos *Cantos Órficos*:

> Depois, de repente [Campana] sumiu de novo: mas a ausência foi breve. Quando reapareceu, estava de bom humor: e nos comunicou a notícia sensacional. Estivera em Marradi, e lá entrara em acordo com um tipógrafo para a publicação de um volume intitulado *Cantos Órficos*. Órficos? Por quê? A palavra não nos pareceu clara. E Campana falou então de Orfeu, dos mistérios órficos, de potência dionisíaca, de mitos cósmicos. Não lembro se foi ele quem me sugeriu a leitura do capítulo sobre Orfeu do volume *Os grandes iniciados* de Schuré[26].

O testemunho de Ravagli é interessante inclusive porque afirma – nas entrelinhas – que a aproximação de Campana ao orfismo foi menos profunda e radical do que se pensava. Segundo Bonifazi, por exemplo, todos os gestos, os objetos, as paisagens, etc. dos *Cantos Órficos* têm "um significado sacro e uma explicação simbólica"[27], mas, de fato, o confronto pontual dos *Órficos* com o livro citado por Ravagli – feito pelo próprio Bonifazi (1964) e depois retomado por outros[28] – mostra que dezenas de trechos de *A Noite*, *A Verna* e *Pampa* escondem, como sob uma filigrana, trechos do livro de Schuré: uma adesão tão plena ao texto de Schuré faz pensar num uso instrumental, e certamente apressado, da "cenografia" órfica. Três anos depois do estudo de Bonifazi, Cesare Galimberti publicou um livro[29] que revela mais uma fonte do misticismo dos *Órficos*:

os ensaios de um outro estudioso de religiões: Angelo Conti. E confirma as derivações nietzscheanas, estuda as relações com o decadentismo italiano e europeu (D'Annunzio, Merejkóvski), explica a origem de mitos (Leonardo, a Gioconda-Esfinge-Quimera, São Francisco de Assis) que Campana compartilhava com Baudelaire, Pater, Merejkóvski, Péladan; penetra, enfim, nas raízes oitocentistas da cultura – que muitos consideram, com certa razão,"caótica"[30] – de Campana. Há, finalmente, uma face "cubista" do "orfismo" de Campana, que pode lembrar, como sugeriu Piero Bigongiari[31], o "cubismo órfico" teorizado por Apollinaire: este seria um ponto de encontro privilegiado entre a cultura "órfica" e "quimérica" de Campana e a potência de representação visual de sua poesia.

Relações com as vanguardas. Cores e música

Quanto às influências cubistas (e outras) na poesia de Campana, já Alessandro Parronchi (poeta pintor e crítico da geração dos hermetistas florentinos) afirmava, num famoso ensaio[32], que a fragmentação e a decomposição em planos do poema *Gênova* correspondem a técnicas da pintura futurista, cubista, metafísica e *liberty*. Novos estudos confirmam a tendência a pensar em Campana como poeta "cubista", ou melhor, "cubofuturista": Marcello Verdenelli, por exemplo, afirma que ele "demonstra ter assimilado, em níveis altíssimos e muito originais, a linguagem da vanguarda europeia, de ascendência sobretudo 'cubofuturista'".[33]

Entre as mais sugestivas imagens ligadas à sensibilidade cubista – note-se que o termo "cubista" é utilizado pelo próprio Campana –, tem-se, por exemplo, a paisagem de Castagno, vista da Falterona (*A Verna*), na qual as casinhas de rocha, as janelas acesas, a colina etc. desenham o "retângulo da testa" das "criaturas da paisagem cubista", "o sorriso da Ceres loura", os olhos, os lábios etc.; ou a paisagem "em fuga" de Campigno (ainda em *A Verna*), povoada por estranhos personagens e as-

sociações de imagens em cadeia: "... Campigno: [...] em tuas montanhas vivas o elemento grotesco se perfila: um vadio, uma puta grande fogem correndo por sob as nuvens. E tuas margens brancas como nuvens, triangulares, encurvadas como velas cheias: aldeia barbárica, fugidia...".

As paisagens urbanas de Campana também são notáveis: cidades desenhadas com grandes linhas verticais ("surgia branco no ar/um torrear"); horizontais ("Alastra-se a praça ao mar"); tortuosas ("o caminho contorce-se e afunda"; "um mito é chocado que verga seus braços de mármore"; o porto "cheio de carcaças das lentas filas humanas, formigas do enorme ossário"); em ziguezague ou outras formas geométricas (o rio de S. Miniato que "luzia turvo feito cobra em escamas"; "o mar feito um rio que foge tácito cheio de soluços calados entre as tenazes do molhe"); e circulares (o "porto fumoso de moles cordagens douradas")[34]. A cidade de Gênova – com seu porto, suas praças, seu golfo – inspirou a Campana os poemas e as prosas mais justamente célebres; as (inesquecíveis) imagens genovesas do toscano Campana alimentaram a poesia de Eugenio Montale e, sobretudo, a de Giorgio Caproni, como demonstraram longamente Surdich e Zoboli.[35] Mas temos outras cidades "míticas", como Montevidéu, a "capital marinha" do continente novo, "a cidade abandonada/ Entre o mar amarelo e as dunas", de *Viagem a Montevidéu*, o poema que pareceu a Carlo Bo portador de "novidade absoluta"[36].

Essas cidades são habitadas por personagens solitários atemporais estilizados, com "perfis de medalha" ("Um rosto escuro, aquilino de adivinha, igual à Noite de Miguel Ângelo", *Faenza*; "uma odalisca de borracha" que "respirava em surdina e volvia ao redor olhos de ídolo", *A Noite,* 12), "bustos cegos" ("a cabeça cortada olha sem olhos por cima da pequena cúpula", *Praça Sarzano*), cariátides, estátuas (o "troféu" da Virgem Maria, *Praça Sarza-*

no), "anjos bochechudos e brancos", "colunas de mármore" que se enrolam em si próprias nos palácios genoveses.

As relações de Campana com o futurismo – poesia e artes figurativas – foram, ainda que sofridas e contraditórias, relativamente fecundas. Tem-se, por exemplo, o poema *Fantasia sobre um quadro de Ardengo Soffici,* inspirado no quadro *Danza dei pederasti, Dinamismo plastico* (1913), do futurista Soffici, ou o poema *Meta* (do qual existem várias versões), dedicado a Marinetti, no qual se observa como as sugestões futuristas se mesclam com acentos dannunzianos ou nietzscheanos. E é possível que Campana – autor de um *Notturno teppista*[37] – tenha visto ou ouvido falar da aquarela do *Teppista* (1911), de Ottone Rosai. Rosai, que conheceu pessoalmente Campana, era um pintor notável, anarquista e futurista florentino, que retratava personagens dos bairros populares da Florença dos anos 1920 e 1930.

No âmbito das artes figurativas, além da "convergência" Rosai/Campana (sugerida por Montale), falou-se de um "encontro" (na verdade, fugaz) entre Campana e Giorgio Morandi. Este último comprara pessoalmente do autor uma cópia dos *Cantos Órficos.*[38] Por fim, possíveis relações dos *Cantos Órficos* com a pintura metafísica – de Carrà a De Chirico – foram apontadas por Eugenio Montale, numa resenha (1942) dos *Inediti* de Campana. O confronto da *Tour Rouge* de Giorgio De Chirico, de 1913, com a torre barroca de Faenza descrita nos *Cantos Órficos* (*A Noite* e *Faenza*) revela coincidências impressionantes; praças vazias, torres vermelhas, relógios nos *Cantos Órficos* (*Crepúsculo mediterrâneo* e *Praça Sarzano*) lembram o De Chirico metafísico (mas "dissolvido numa ebriedade zarathustriana", acrescenta Montale, a propósito de *Praça Sarzano*).

*
* *

Já Ungaretti havia notado a "capacidade de evocação agressiva e iluminante"[39] dos adjetivos na poesia de Campana: as

"mudas formas oblíquas e ossudas" e os "cotovelos perfurantes" dos velhos do asilo de mendigos, o "olhar absurdo oco e luzidio" da mulher que os seguia (nas seções 4 e 5 da *Noite*) são alguns exemplos. E de fato grande parte da força expressiva da poesia de Campana concentra-se no uso dos adjetivos – muito frequentes e de preferência antecipados aos substantivos, com "forte insistência na percepção subjetiva"[40] – e em outras técnicas que tendem à "distorção subjetiva do objetivo", para usar uma expressão com a qual Peter Szondi define um dos traços distintivos do expressionismo.

Entendemos aqui por expressionismo não o movimento expressionista alemão do começo do século, mas uma categoria mais ampla, caracterizada por uma tendência à violência expressiva e à deformação[41]. De fato, não sabemos se Campana realmente leu os poetas líricos expressionistas alemães ou conheceu os expressionistas das artes figurativas, mas alguns estudiosos[42] tentaram encontrar rastros de eventuais relações, principalmente com os poetas, porque Campana é quase perfeitamente coetâneo de alguns deles (Trakl, Van Hoddis, George Heym nasceram todos em 1887, dois anos depois de Campana; e Dino Campana e Georg Trakl são próximos de alguma forma não apenas no plano biográfico, mas também no plano da poética – particularmente no que diz respeito ao uso das cores em sua poesia). É provável que se trate, mais do que autênticas relações, apenas de convergências, que se devem ao clima cultural comum. Mas sem dúvida as analogias são muitas: Campana e os expressionistas alemães têm em comum mestres como Nietzsche e Goethe; os alemães, como Campana, interessam-se pela tradição mística[43]; como Campana, são grandes leitores de Baudelaire, Mallarmé, Rimbaud, Verlaine, Whitman, dos futuristas e de Merejkóvski. E ainda, o grotesco – que Campana acolhe frequentemente – é um elemento fundamental da lírica expressionista. E, enquanto van-

guardas, os expressionistas compartilham com Campana uma tendência à destruição da sintaxe e à deformação, além do gosto pelas *boutades*.

MÚSICA E GRAMÁTICA

A característica mais notável do estilo de Campana, a iteração, pertence só em parte ao ambiente "órfico" ou "quimérico" – constituindo, talvez, o terreno da transição – ou da máxima aproximação – entre orfismo e expressionismo. A repetição é órfica porque ritual, obsessiva, hipnótica; e expressionista porque deformadora, desfiguradora (na medida em que, insistindo no som, dilata e transforma o significado). E a iteração é talvez o mais importante dos elementos que formam a extraordinária qualidade musical da poesia de Campana, que compõe, junto com aquela visiva, o programa de sua "poesia europeia musical colorida"[44], conforme uma sintética e perfeitamente adequada expressão usada pelo próprio poeta em suas entrevistas com Pariani.

Numa poesia frequentemente descritiva como a de Campana, há uma constante evocação (música, cantos, coros, gritos, música de fanfarras, a "melodia dócil da água", "lúbricos silvos grotescos e tilintar de angélicos sininhos") ou descrição de sons e ruídos ("o prelúdio desafinado das cordas grosseiras sob o arco de violino do bonde domingueiro") com efeitos sempre interessantes. Toda a poesia de Campana é marcada pela busca de efeitos musicais (harmônicos ou dissonantes), com alguns poemas-vértice, especialmente famosos pela musicalidade, como *Gênova* e *Bate o bote* – duas litanias hipnóticas, duas paisagens noturnas, ambas do porto de Gênova, que exploram ao extremo o poder psicológico obsessivo, perturbador, da iteração.

Campana vale-se do modelo órfico de D'Annunzio, Pascoli e muitos outros, mas somente nele a repetição viola quase sistematicamente os limites do discurso lógico e da gramática[45] – e

esta é uma das razões por que alguns de seus primeiros críticos definiram sua poesia "a escrita dos loucos" (Giovanni Boine), "um gaguejo demente" (Carlo Bo), "um balbucio insensato" (Sergio Solmi), e Umberto Saba definiu-o como um "louco, e somente louco… ". Com maior benevolência, em outra ocasião, Bo escreveu: "Campana ficou além de qualquer código". Mais recentemente, a sintaxe poética de Campana foi definida "agramatical", mas tal "agramaticalidade", bem como a extraordinária estratégia poética (posposições e antecipações sintáticas, anástrofes, hipérbatos, hipálages, ecos, deslocamentos/posposições dos relativos, pontuação *sui generis*), tem reconhecidamente "um forte valor expressivo-estilístico"[46]. Vittorio Coletti também, num belo estudo sobre a língua poética de Campana, analisa os "efeitos de decomposição e desintegração da autoridade textual, sobretudo na progressão do sentido e na lógica de seu desenvolvimento", resultados de "procedimentos que, às vezes, parecem se aproximar de [...] distúrbios da linguagem" e que o crítico associa a "uma aspiração expressionística"[47]. No centro da atenção se encontra a "estratégia textual" de Campana, com a qual os *Cantos Órficos* "realizam desarranjos e incursões que, na mesma intensidade, não serão encontrados nem mesmo nos textos experimentais das vanguardas"[48].

Afinal, os efeitos mais certeiros, mais impressionantes da poesia de Campana, são justamente os ligados àquela desarticulação radical da língua poética – em versos ou em prosa – àquela linguagem que aproximou a sua poesia da música e da pintura, mas pareceu aos seus contemporâneos uma escrita patológica.

Lucia Wataghin

NOTAS BIOGRÁFICAS

Dino Campana nasceu em Marradi, vilarejo nos montes Apeninos entre a Toscana e a Romagna, em 20 de agosto de 1885, filho de Giovanni Campana, professor primário, e Francesca (Fanny) Luti, dona de casa. Aos quinze anos começou a apresentar os sintomas da doença que o acompanhará por toda a vida: uma "forte neurastenia", uma "mania deambulatória [...], uma espécie de instabilidade que me forçava a mudar continuamente" – como declarou a Carlo Pariani, o psiquiatra que o acompanhou e entrevistou várias vezes, entre 1926 e 1930. E ainda o próprio Campana, numa brevíssima autoapresentação (destinada talvez à primeira edição dos *Cantos Órficos*), escreveu, em terceira pessoa: "Aos quinze anos de idade, foi acometido por confusão de espírito, e fez em seguida todo tipo de erros, cada um dos quais teve de descontar com grandes sofrimentos". Segundo o pai: "Em 1900 [...] começou a mostrar sinais de impulsividade brutal, mórbida, em família e principalmente com a mãe". Outros testemunhos (da tia Giovanna Diletti Campana e do psiquiatra Carlo Pariani) referem desavenças com a mãe; é relatado "um ódio especial contra a mãe, que precisou sair da casa" também num documento do Manicômio de

San Salvi, de abril de 1909. Após os primeiros incidentes decorrentes da doença, Giovanni Campana resolveu transferir o filho, que estudava em Faenza, para um colégio em Carmagnola, perto de Turim, onde prestará os exames finais da escola secundária em julho de 1903.

De 1903 a 1907, estudou química nas universidades de Bolonha, Florença e novamente Bolonha. Já nesses anos, revela sua índole "nômade", viajando quase certamente para a Rússia, e certamente para a Suíça e a França. Em 1906, é preso em Marradi, por dar "sinais de loucura furiosa". De acordo com o relatório dos *carabinieri*, "batia e ameaçava quem se aproximasse [...] e percorrendo as ruas do povoado ameaçava os pacíficos cidadãos". Em seguida, é internado no Manicômio de Imola. Do período imediatamente anterior a essa internação, temos alguns documentos contendo "diagnósticos" emitidos por autoridades administrativas ou policiais: sofre de "demência precoce" (segundo o prefeito de Marradi), de "alienação mental", sendo "perigoso para si e para os outros" e só podendo "ser convenientemente vigiado e curado em um manicômio" (segundo o *vice-pretore* de Marradi); é "muito desequilibrado mentalmente" (segundo o *questore* de Florença). Tem uma forma grave de psicopatia, segundo certificado do médico Angelo Brugia, diretor do Manicômio de Imola, que todavia permite sua saída, em outubro de 1906, sob a responsabilidade do pai. Segundo Carlo Pariani, a doença de Campana é uma "psicopatia dissociativa hebefrênica"; em seu livro, o psiquiatra relata delírios e alucinações sofridos pelo poeta nos anos da internação em Castel Pulci.

Em 1907 ou 1908 (com certeza, sabe-se apenas a data de expedição do passaporte: 9 de setembro de 1907), embarca para a Argentina. Em abril de 1909, está na Itália; é preso pelos *carabinieri* de Marradi, que emitem novo relatório em que é definido "o louco furioso Dino Campana", e logo depois internado no manicômio de San Salvi (Florença), por "medida

de segurança pública". Em meados de dezembro de 1909, está provavelmente em Paris; logo depois, em Bruxelas, e permanecerá por sessenta dias (até fevereiro de 1910) na prisão Saint-Gilles. De lá será transferido para o *Asile des hommes aliénés* (Tournai), onde ficará até junho de 1910. O diagnóstico do *Asile* – "Dégénerescence mentale. Caractère déséquilibré [...] tendance à la paresse [..] au café, [...] à l'alcoolisme" – é acompanhado pela ordem de internação, "tanto no interesse de sua saúde como no da segurança pública". Em junho de 1910, é reenviado a Marradi e logo depois cumpre uma viagem a pé até a Verna. Em agosto de 1910, está de novo em Marradi, e nos dois anos seguintes continua se deslocando de uma cidade a outra (Marradi, Bolonha, Gênova) e viaja, talvez, para a Alemanha. Em novembro de 1912, inscreve-se no quarto ano de química pura, na Universidade de Bolonha. Nesse mesmo ano, publica seus primeiros poemas no jornal estudantil *Il Papiro*; em dezembro, é novamente detido por atos violentos e internado no hospital municipal por "um princípio de desequilíbrio mental". Em 1913, publica um texto em prosa (*Torre vermelha – Escorço*) em outro jornal estudantil bolonhês, *Il Goliardo*, e solicita a transferência para a Universidade de Gênova. Em Gênova, mais uma vez é detido pela polícia e finalmente expulso da cidade.

Em dezembro de 1913, Campana está em Florença, onde entra em contato com os diretores da revista *Lacerba* Giovanni Papini e Ardengo Soffici aos quais entrega o primeiro manuscrito de *Canti Orfici*, com a esperança de obter ajuda para a publicação. O manuscrito, intitulado *Il più lungo giorno*, desaparece; Campana solicita várias vezes (no começo gentilmente e depois em tons cada vez mais violentos) a devolução e finalmente é obrigado a reescrever o texto, que será publicado, com o título *Canti Orfici*, em julho de 1914 pela tipografia de Bruno Ravagli de Marradi. O manuscrito perdido será encontrado em

1971 (quase sessenta anos depois) pela filha de Soffici e publicado em 1973.

Em novembro de 1914, a revista *Lacerba* publica trechos dos *Cantos Órficos* (*Sonho de prisão, O encontro de Regolo, Praça Sarzano*). A "mania deambulatória" continua impelindo Campana a viajar: para Turim, Florença, Sardenha, Suíça. Quando a Itália entra em guerra, em 1915, tenta se alistar, mas não é aceito. Em 1915 e 1916, publica alguns textos nas revistas *La Voce, La Tempra* e *La Riviera Ligure*.

No verão de 1916, a escritora Sibilla Aleramo, depois de ler seus *Cantos Órficos,* escreve-lhe uma carta. Campana responde, e começa assim um relacionamento amoroso, vastamente documentado pela correspondência entre ambos, que dura até o começo do ano seguinte.

Novos momentos de instabilidade e novas internações.

Em sua última carta a Soffici, em 16 de dezembro de l917, Dino fala de um ultimato recebido de certo delegado de polícia que o intimava a retomar relações com a exímia escritora, já sua amante; em caso contrário, o enviaria ao *front* (Pariani comenta: trata-se certamente de um delírio).

Luigi Orsini – ainda segundo Pariani [p. 19-20] – narra seu encontro com Campana no verão de 1917, quando, com um amigo, se dirigia à Falterona: "Um jovem de barba loura e olhos claros, ora absortos, ora vivos, aproximou-se deles numa osteria a caminho para o Casentino. Foi bem recebido e proferiu discursos vagos, desconexos, próprios de uma mente perturbada. [...] Desapareceu para banhar-se no rio e voltou a alcançá-los com o passo rápido de quem está acostumado à montanha. Chegados a Castagno, foram todos bem recebidos pelo cura – que conhecia Dino –, e contaram com um lugar para pernoitar. Em particular, o cura lhes disse: '[Dino] é o melhor rapaz do mundo. É apenas um pouco desequilibrado. E se encontra em uma situação pouco clara quanto a seu serviço militar. Caso se

junte a vocês por um trecho de estrada, não se preocupem, cuidem dele, farão uma boa ação. Partiram na manhã seguinte, Dino com eles, repetindo sempre trechos de seus versos. Admiraram o nascer do sol e foram descendo os Apeninos. Mas aí avistaram dois guardas ao longe, e Dino, sem proferir palavra alguma, desceu por uma vertente e desapareceu na mata".

Nos últimos tempos de convívio com a família – em Lastra a Signa (Florença) –, hostilizava o pai e o senhorio, acusando-os de manterem relações com a escritora que o amara. Lemos ainda em Pariani que mais tarde a memória de Sibilla se tornou odiosa a Campana, que a ligava a intrigas e armadilhas. Finalmente, não encontrando paz, queria partir e levar a mãe consigo.

Em janeiro de 1918, fez-se necessário acompanhá-lo ao Manicômio San Salvi de Florença, para exames de doença mental. Logo depois passou ao Asilo de Castel Pulci, onde permaneceu – sem mais escrever – até sua morte, por septicemia, em março de 1932. Tinha 46 anos de idade.

Para a elaboração destas notas biográficas foram consultadas, além das três coletâneas organizadas por Gabriel Cacho Millet citadas na bibliografia, as seguintes obras:

PARIANI, Carlo, *Vita non romanzata di Dino Campana,* org. Cosimo Ortesta, Milano, SE SRL, 2002 (primeira edição 1938)

FALQUI, Enrico, "Biografia", In CAMPANA, Dino, *Opere e contributi*, Firenze, Vallecchi, 1973

MILLET, Gabriel Cacho, *Dino Campana fuorilegge,* Palermo, Ed. Novecento, 1985

NOTAS SOBRE OS TEXTOS

As primeiras edições dos *Cantos Órficos* foram marcadas por numerosas imprecisões. Uma das razões foi provavelmente o fato de o autor ter perdido muito cedo o controle dos textos e edições: quando saiu a segunda edição dos *Órficos,* em 1928, Campana estava internado havia dez anos no hospital psiquiátrico de Castel Pulci (Florença), onde permaneceu até sua morte em 1932. Entretanto, pôde ver um exemplar da reedição, em 1930, durante uma de suas entrevistas com o psiquiatra Carlo Pariani, que o assistia. Suas reações foram significativas: escreveu uma carta de agradecimento ao autor do prefácio do livro, Bino Binazzi, mas reclamou ironicamente das "variações" da edição ("a [editora] Vallecchi varia aqui e lá não sei por quê: pouco importa pois é uma compensação devida à modernidade da edição sem dúvida. Sobras de versos, pobreza, estrofes cantaroladas, poder-se-ia encher um caderninho")[49] e pediu que fosse corrigida e comparada com a primeira edição e com os textos das revistas que publicaram seus versos pela primeira vez. Respeitando a vontade de Campana, as edições atuais (inclusive esta) dos *Cantos Órficos* repropõem o texto, nos mínimos detalhes (inclusive gráficos), conforme a edição de 1914.

A coletânea que apresentamos aqui, em tradução brasileira, é composta pelos *Cantos Órficos* e por vinte textos selecionados entre os inéditos, ou póstumos, de Campana. Todos os textos "inéditos" aqui traduzidos são extraídos de: Dino Campana, *Inediti*, org. Enrico Falqui, Firenze, Vallecchi, 1942, exceto *Fanfarra inclinada* e *Remessa*, que foram retirados de: Dino Campana, *Opere e contributi*, org. Enrico Falqui, Firenze, Vallecchi, 1973.

Seguem indicações quanto a lugares, datas de composição, descoberta ou publicação dos textos:

Velhos versos; Barco navegando (Fragmento); Arabesco – Olímpia; Toscanidade (Para Bino Binazzi); A M(ario). N(ovaro).; Noturno bandido

Seis textos acrescentados pelo editor Vallecchi à edição de 1928 dos *Cantos Órficos*. Todos eles, exceto *Noturno bandido,* haviam sido publicados anteriormente em revistas literárias, entre 1914 e 1916.

Mulher de Gênova; Meta

Segundo o testemunho de Alessandro Parronchi, que os viu em Marradi num caderno de recortes e de recordações de Ravagli – o primeiro editor dos *Órficos* –, esses dois textos (juntamente com *Noturno bandido*) foram descartados na última hora por Campana, que cuidava pessoalmente da publicação do livro, na tipografia Ravagli, de Marradi. Ambos os textos eram evidentemente caros a Campana, visto que deles existem várias versões.

Os pilares fazem o rio mais belo; Na mais ilustre paisagem; Amei-vos na cidade onde só por; Em um momento

Quatro poemas para Sibilla Aleramo, escritos entre 1916 e 1917, publicados por Franco Matacotta na revista *Prospettive* em 1941 (nesse número da revista, Matacotta publicou ao todo sete líricas e três prosas inéditas de Dino Campana).

Fanfarra inclinada; Remessa

Mais dois poemas publicados por Matacotta, em 1949, no *Taccuino Matacotta* – caderno de anotações de Campana que pertencia a Sibilla Aleramo.

Histórias

Aforismos enviados muito provavelmente por Campana à revista *La Riviera Ligure*, que não os publicou (data provável da composição dos aforismos: abril de 1916).

Três jovens florentinas caminham; Oscar Wilde em S. Miniato; Ó poesia tu não mais voltarás; Escrevi. Fechou-se numa gruta.

De acordo com Falqui, são textos encontrados num caderno numa velha caixa na casa da família Campana, em Marradi. Publicados pela primeira vez no volume *Inediti* (1942), do qual os retiramos.

BIBLIOGRAFIA DO AUTOR

Edições principais dos Cantos Órficos

Canti Orfici (1914), Marradi, Tip. Ravagli

Canti Orfici e altre liriche. Opera completa (1928), org. B. Binazzi, Firenze, Vallecchi

Canti orfici [sic] (1941), org. E. Falqui, Firenze, Vallecchi

Canti orfici [sic] e altri scritti (1966), com nota biográfica de E. Falqui, notas críticas e ensaio de S. Ramat, Firenze, Vallecchi

Canti orfici [sic] e altri scritti (1972), org. A. Bongiorno, introdução de Carlo Bo, Milano, Mondadori

Canti Orfici (1985, 1989, 2002, 2003), introd. de F. Ceragioli, Firenze, Vallecchi e depois Milano, BUR

Canti Orfici (1986), prefácio de M. Luzi, Alpignano, Tallone Editore

Canti Orfici e altre poesie (1989), org. e introd. N. Bonifazi, Milano, Garzanti

Canti Orfici (1989), org. M. Lunetta, Roma, Newton Compton

Canti Orfici (1989), org. G. Turchetta, Milano, Marcos y Marcos

Opere. Canti Orfici. Versi e scritti sparsi pubblicati in vita. Inediti (1989), org. S. Vassalli e C. Fini, Milano, TEA

Canti Orfici (1990), edição crítica de G. Grillo, Firenze, Vallecchi

Canti Orfici (1993), ensaio de M. Caronna, Messina, Rubbettino

Canti Orfici (1994), org. R. Ridolfi, Firenze, Libreria Chiari

Canti Orfici (1999), org. C. Bene, Milano, Bompiani

Canti Orfici e altre poesie (2003), org. e introd. Renato Martinoni, Torino, Einaudi

Un po' del mio sangue. Canti Orfici, Poesie sparse, Canto proletario italo-francese, Lettere (1910-1931), org. Sebastiano Vassalli, Milano, BUR, 2005

Outros escritos de Dino Campana

Inediti (1942), org. E. Falqui, Firenze, Vallecchi

Taccuino (1949), org. F. Matacotta, Fermo, Edizioni Amici della Poesia (depois em *Taccuini* (1990), edição crítica e ensaio de F. Ceragioli, Pisa, Scuola Normale Superiore)

Taccuinetto Faentino (1960), org. D. De Robertis, Firenze, Vallecchi

Fascicolo Marradese (1972), org. F. Ravagli, Firenze, Giunti-Marzocco

Opere e contributi (1973), org. E. Falqui, prefácio de Mario Luzi, notas de D. De Robertis e S. Ramat

Carteggio con Sibilla Aleramo (1973), org. N. Gallo, Firenze, Vallecchi

Il più lungo giorno (1973), org. D. De Robertis, prefácio de E. Falqui, Roma/Firenze Vallecchi, Archivi di Arte e Cultura dell'età moderna

Le mie lettere sono fatte per essere bruciate, org. Gabriel Cacho Millet, Milano, All'Insegna del Pesce d'oro, 1978

Souvenir d'un pendu. Carteggio 1910-1931, con documenti inediti e rari, org. Gabriel Cacho Millet, Napoli, Edizioni Scientifiche Italiane, 1985

Dino Campana sperso per il mondo. Autografi sparsi 1906-1918, org. Gabriel Cacho Millet, Firenze, Leo S. Olschki, 2000

Canti Orfici

(Die Tragödie des letzten Germanen in Italien)

A Guglielmo II Imperatore dei Germani L´autore dedica

Cantos Órficos

(*Die Tragödie des letzten Germanen in Italien*)

A Guilherme II, imperador dos Germanos, o autor dedica[1]

LA NOTTE

I. LA NOTTE

1. Ricordo una vecchia città, rossa di mura e turrita, arsa su la pianura sterminata nell'Agosto torrido, con il lontano refrigerio di colline verdi e molli sullo sfondo. Archi enormemente vuoti di ponti sul fiume impaludato in magre stagnazioni plumbee: sagome nere di zingari mobili e silenziose sulla riva: tra il barbaglio lontano di un canneto lontane forme ignude di adolescenti e il profilo e la barba giudaica di un vecchio: e a un tratto dal mezzo dell'acqua morta le zingare e un canto, da la palude afona una nenia primordiale monotona e irritante: e del tempo fu sospeso il corso.

*
* *

2. Inconsciamente io levai gli occhi alla torre barbara che dominava il viale lunghissimo dei platani. Sopra il silenzio fatto intenso essa riviveva il suo mito lontano e selvaggio: mentre per visioni lontane, per sensazioni oscure e violente un altro mito, anch'esso mistico e selvaggio mi ricorreva a tratti alla mente. Laggiù avevano tratto le lunghe vesti mollemente verso lo splendore vago della porta le passeggiatrici, le antiche: la campagna intorpidiva allora nella rete dei canali: fanciulle dalle acconciature agili, dai profili di medaglia, sparivano a tratti sui carrettini dietro gli svolti verdi. Un tocco di campana argentino e dolce di lontananza: la Sera: nella chiesetta solitaria, all'ombra

A NOITE

•

I. A NOITE

1. Lembro-me de uma velha cidade[2], vermelha de muros e torreada, árida na planície infinda do tórrido Agosto, com o longínquo refrigério de verdes e moles colinas no fundo. Arcos enormemente ocos de pontes sobre o rio apaulado em magros charcos plúmbeos: negras silhuetas de ciganos móveis e silenciosas na margem: entre o clarão remoto de um caniçal remotas formas nuas de adolescentes e o perfil e a barba judaica de um ancião: e de repente do meio das águas mortas as ciganas e um canto, do áfono paul uma nênia primordial monótona e irritante: e do tempo foi suspenso o curso.

*
* *

2. Sem dar por mim ergui os olhos à bárbara torre[3] que dominava a longuíssima alameda dos plátanos. Por sobre o silêncio agora intenso ela revivia seu longínquo mito selvagem: enquanto por visões distantes, por violentas e obscuras sensações um outro mito, esse também místico e selvagem voltava-me à mente de tempo em tempo. Lá embaixo traziam molemente suas longas vestes ao vago esplendor da porta as prostitutas, as antigas; o campo entorpecia naquela hora na rede dos canais: jovens de ágeis penteados e perfil de medalha desapareciam de tempo em tempo em carroças atrás das curvas verdes. O toque argentino e doce de um sino ao longe: a Tarde: na capela solitária, à sombra

delle modeste navate, io stringevo Lei, dalle carni rosee e dagli accesi occhi fuggitivi: anni ed anni ed anni fondevano nella dolcezza trionfale del ricordo.

*
* *

3. Inconsciamente colui che io ero stato si trovava avviato verso la torre barbara, la mitica custode dei sogni dell'adolescenza. Saliva al silenzio delle straducole antichissime lungo le mura di chiese e di conventi: non si udiva il rumore dei suoi passi. Una piazzetta deserta, casupole schiacciate, finestre mute: a lato in un balenìo enorme la torre, otticuspide rossa impenetrabile arida. Una fontana del cinquecento taceva inaridita, la lapide spezzata nel mezzo del suo commento latino. Si svolgeva una strada acciottolata e deserta verso la città.

*
* *

4. Fu scosso da una porta che si spalancò. Dei vecchi, delle forme oblique ossute e mute, si accalcavano spingendosi coi gomiti perforanti, terribili nella gran luce. Davanti alla faccia barbuta di un frate che sporgeva dal vano di una porta sostavano in un inchino trepidante servile, strisciavano via mormorando, rialzandosi poco a poco, trascinando uno ad uno le loro ombre lungo i muri rossastri e scalcinati, tutti simili ad ombra. Una donna dal passo dondolante e dal riso incosciente si univa e chiudeva il corteo.

*
* *

5. Strisciavano le loro ombre lungo i muri rossastri e scalcinati: egli seguiva, autòma. Diresse alla donna una parola che cadde nel silenzio del meriggio: un vecchio si voltò a guardarlo con uno sguardo assurdo lucente e vuoto. E la donna sorrideva sempre di un sorriso molle nell'aridità meridiana, ebete e sola nella luce catastrofica.

de suas modestas naves, eu A apertava, suas carnes róseas e seus olhos acesos fugidios: anos e anos e anos fundiam na triunfal doçura da lembrança.

*
* *

3. Sem dar por mim, quem eu havia sido[4] encontrava-se indo em direção à torre bárbara, a mítica guardiã dos sonhos da adolescência. Subia ao silêncio das antiquíssimas sendas, pelos muros de igrejas e conventos: não se ouvia o ruído de seus passos. Uma pequena praça deserta, casinhas espremidas, janelas mudas: ao lado, num enorme vislumbre, a torre, octocúspide vermelha árida impenetrável[5]. Uma fonte quinhentista calava em sua secura, a lápide quebrada no meio de seu comentário latino. Uma estrada de pedras desenrolava-se, deserta, rumo à cidade.

*
* *

4. Sacudiu-o[6] uma porta se abrindo de par em par. Velhos[7], mudas formas oblíquas e ossudas se apinhando e se empurrando com cotovelos perfurantes, terríveis na luz forte. Diante do rosto barbudo de um frade assomando do vão da porta, parados em trepidante reverência servil, rastejavam murmurando, reerguendo-se aos poucos, arrastando cada um suas sombras pelos muros rubros escalavrados, semelhantes todos a uma sombra. Uma mulher de passo balouçante e riso inconsequente alcançava-os, encerrando o cortejo.

*
* *

5. Suas sombras rastejavam pelos muros rubros escalavrados: ele, autômato, seguia. Dirigiu à mulher uma palavra que caiu no silêncio do meio-dia: virou-se um velho a olhá-lo com um olhar absurdo oco e luzidio. E a mulher sempre sorria de um sorriso mole na aridez meridiana, embrutecida e só na catastrófica luz.

*
* *

6. Non seppi mai come, costeggiando torpidi canali, rividi la mia ombra che mi derideva nel fondo. Mi accompagnò per strade male odoranti dove le femmine cantavano nella caldura. Ai confini della campagna una porta incisa di colpi, guardata da una giovine femmina in veste rosa, pallida e grassa, la attrasse: entrai. Una antica e opulente matrona, dal profilo di montone, coi neri capelli agilmente attorti sulla testa sculturale barbaramente decorata dall'occhio liquido come da una gemma nera dagli sfaccettamenti bizzarri sedeva, agitata da grazie infantili che rinascevano colla speranza traendo essa da un mazzo di carte lunghe e untuose strane teorie di regine languenti re fanti armi e cavalieri. Salutai e una voce conventuale, profonda e melodrammatica mi rispose insieme ad un grazioso sorriso aggrinzito. Distinsi nell'ombra l'ancella che dormiva colla bocca semiaperta, rantolante di un sonno pesante, seminudo il bel corpo agile e ambrato. Sedetti piano.

*
* *

7. La lunga teoria dei suoi amori sfilava monotona ai miei orecchi. Antichi ritratti di famiglia erano sparsi sul tavolo untuoso. L'agile forma di donna dalla pelle ambrata stesa sul letto ascoltava curiosamente, poggiata sui gomiti come una Sfinge: fuori gli orti verdissimi tra i muri rosseggianti: noi soli tre vivi nel silenzio meridiano.

*
* *

8. Era intanto calato il tramonto ed avvolgeva del suo oro il luogo commosso dai ricordi e pareva consacrarlo. La voce della Ruffiana si era fatta man mano più dolce, e la sua testa di sacerdotessa orientale compiaceva a pose languenti. La magia della sera, lan-

*
* *

6. Nunca soube como, beirando canais entorpecidos, revi minha sombra que ria de mim, no fundo. Acompanhou-me pelas ruas malcheirosas onde as fêmeas cantavam no calor. Nos confins do campo uma porta marcada de porradas, vigiada por uma jovem fêmea de veste cor-de-rosa, pálida e gorda, atraiu-a[8]: entrei. Uma matrona opulenta e antiga, perfil de bode, cabelos negros agilmente emaranhados na testa escultural barbaramente decorada pelo olho líquido como por uma gema negra de facetas bizarramente lapidadas sentava, agitada por graças infantis que renasciam com a esperança, tirando de um baralho de cartas longas e untuosas estranhas teorias de lânguidas rainhas, reis, valetes, armas e cavaleiros. Saudei-a e uma voz conventual, profunda e melodramática me respondeu com mavioso sorriso enrugado. Distingui na sombra a ancila que dormia com a boca semiaberta, estertorando de sono pesado, semi-nu o belo corpo ágil cor-de-âmbar. Sentei, devagar.

*
* *

7. O longo terço de seus amores desfiava monótono a meus ouvidos. Na mesa untuosa, antigos retratos de família. A esbelta forma da mulher de pele âmbar deitada sobre a cama escutava, curiosa, os cotovelos postos como a Esfinge: fora, as hortas muito verdes entre os muros rubros: só nós três vivos no silêncio a pino.

*
* *

8. Enquanto isso o pôr do sol chegara e envolvera com seu ouro o lugar comovido de lembranças e parecia consagrá-lo. A voz da Alcoviteira fizera-se mais doce aos poucos e sua cabeça de sacerdotisa oriental comprazia-se em poses enlanguescentes. A magia da

guida amica del criminale, era galeotta delle nostre anime oscure e i suoi fastigi sembravano promettere un regno misterioso. E la sacerdotessa dei piaceri sterili, l'ancella ingenua ed avida e il poeta si guardavano, anime infeconde inconsciamente cercanti il problema della loro vita. Ma la sera scendeva messaggio d'oro dei brividi freschi della notte.

*
* *

9. Venne la notte e fu compita la conquista dell'ancella. Il suo corpo ambrato la sua bocca vorace i suoi ispidi neri capelli a tratti la rivelazione dei suoi occhi atterriti di voluttà intricarono una fantastica vicenda. Mentre più dolce, già presso a spegnersi ancora regnava nella lontananza il ricordo di Lei, la matrona suadente, la regina ancora ne la sua linea classica tra le sue grandi sorelle del ricordo: poi che Michelangiolo aveva ripiegato sulle sue ginocchia stanche di cammino colei che piega, che piega e non posa, regina barbara sotto il peso di tutto il sogno umano, e lo sbattere delle pose arcane e violente delle barbare travolte regine antiche aveva udito Dante spegnersi nel grido di Francesca là sulle rive dei fiumi che stanchi di guerra mettono foce, nel mentre sulle loro rive si ricrea la pena eterna dell'amore. E l'ancella, l'ingenua Maddalena dai capelli ispidi e dagli occhi brillanti chiedeva in sussulti dal suo corpo sterile e dorato, crudo e selvaggio, dolcemente chiuso nell'umiltà del suo mistero. La lunga notte piena degli inganni delle varie immagini.

*
* *

10. Si affacciavano ai cancelli d'argento delle prime avventure le antiche immagini, addolcite da una vita d'amore, a proteggermi ancora col loro sorriso di una misteriosa incantevole tenerezza. Si aprivano le chiuse aule dove la luce affonda uguale dentro gli specchi all'infinito, apparendo le immagini avventurose delle

noite, lânguida amiga do criminoso[9], era a atravessadora[10] de nossas almas obscuras e seus fastígios pareciam promessas de um reino misterioso. E a sacerdotisa dos estéreis prazeres, a ancila ingênua e ávida e o poeta entreolhavam-se, infecundas almas a procurar sem sabê-lo o problema de sua vida. Mas a tarde caía, mensagem dourada do fresco estremecer da noite.

*
* *

9. Veio a noite e cumpriu-se a conquista da ancila. Seu corpo ambreado sua boca voraz seus ásperos cabelos negros, por vezes a revelação de seus olhos aterrados de voluptuosidade teceram fantástica história. Enquanto já mais doce, prestes a apagar-se ainda reinava ao longe a lembrança Dela, a matrona[11] aliciante, a rainha ainda em sua linha clássica entre suas grandes irmãs da lembrança: depois que Miguel Ângelo dobrara sobre os joelhos cansados de caminho aquela que dobra, aquela que dobra e não pousa[12], rainha bárbara sob o peso de todo o sonho humano, e o baque do pousar arcano e violento das bárbaras alvoroçadas rainhas antigas ouvira Dante apagar-se no grito de Francesca[13] na margem dos rios que cansados de guerra deságuam em foz, enquanto em sua beira se recria a eterna pena do amor. E a ancila, a ingênua Madalena de ásperos cabelos e olhos brilhantes pedia nos arrepios do corpo dourado estéril, cru e selvagem, docemente encerrado na humildade de seu mistério. A longa noite pespontada dos enganos de muitas imagens.

*
* *

10. Assomavam aos portões de prata das prístinas aventuras as antigas imagens[14], doces de uma vida de amor, a proteger-me ainda com seu sorriso de misteriosa encantadora ternura. Abriam-se as salas cerradas onde a luz afunda igual dentro de espelhos infinitos, as imagens aventurosas das cortesãs aparecendo na luz dos

cortigiane nella luce degli specchi impallidite nella loro attitudine di sfingi: e ancora tutto quello che era arido e dolce, sfiorite le rose della giovinezza, tornava a rivivere sul panorama scheletrico del mondo.

*
* *

11. Nell'odore pirico di sera di fiera, nell'aria gli ultimi clangori, vedevo le antichissime fanciulle della prima illusione profilarsi a mezzo i ponti gettati da la città al sobborgo ne le sere dell'estate torrida: volte di tre quarti, udendo dal sobborgo il clangore che si
5 accentua annunciando le lingue di fuoco delle lampade inquiete a trivellare l'atmosfera carica di luci orgiastiche: ora addolcite: nel già morto cielo dolci e rosate, alleggerite di un velo: così come Santa Marta, spezzati a terra gli strumenti, cessato già sui sempre verdi paesaggi il canto che il cuore di Santa Cecilia accorda
10 col cielo latino, dolce e rosata presso il crepuscolo antico ne la linea eroica de la grande figura femminile romana sosta. Ricordi di zingare, ricordi d'amori lontani, ricordi di suoni e di luci: stanchezze d'amore, stanchezze improvvise sul letto di una taverna lontana, altra culla avventurosa di incertezza e di rimpianto: così
15 quello che ancora era arido e dolce, sfiorite le rose de la giovinezza, sorgeva sul panorama scheletrico del mondo.

*
* *

12. Ne la sera dei fuochi de la festa d'estate, ne la luce deliziosa e bianca, quando i nostri orecchi riposavano appena nel silenzio e i nostri occhi erano stanchi de le girandole di fuoco, de le stelle multicolori che avevano lasciato un odore pirico, una vaga gra-
5 vezza rossa nell'aria, e il camminare accanto ci aveva illanguiditi esaltandoci di una nostra troppo diversa bellezza, lei fine e bruna, pura negli occhi e nel viso, perduto il barbaglio della collana dal collo ignudo, camminava ora a tratti inesperta stringendo il

espelhos pálidas em suas poses de esfinges: e ainda tudo aquilo que era árido e doce, esmaecidas as rosas da mocidade, voltava a reviver no panorama esquelético[15] do mundo.

*
* *

11. No cheiro pírico[16] de noite de feira, no ar os últimos clangores, via as antigas donzelas da primeira ilusão[17] perfilar-se no meio das pontes lançadas entre cidade[18] e subúrbio nas tardes do tórrido verão: virando o rosto em três quartos[19], ouvindo vir do subúrbio o clangor que se acentua anunciando as línguas de fogo das lâmpadas inquietas que perfuram a atmosfera carregada de orgiásticas luzes: agora mais doces: no céu já morto suaves, rosadas, leves[20] de um véu: assim como santa Marta, os instrumentos quebrados, no chão, não mais nas verdes paisagens o pairar do canto que o coração de santa Cecília[21] entoa com o céu latino; suave e rosada no crepúsculo antigo na linha heroica da grande figura feminina romana, repousa. Lembranças de ciganas, lembranças de longínquos amores, lembranças de sons e luzes: cansaços de amor; improvisos cansaços sobre o leito de uma remota taberna, outro berço aventuroso de incerteza e saudade: assim o que ainda era árido e doce, esmaecidas as rosas da mocidade, surgia no panorama esquelético do mundo.

*
* *

12. Na noite dos fogos da festa de verão[22], na luz deliciosa e branca, quando os nossos ouvidos mal repousavam no silêncio e os nossos olhos estavam lassos das girândolas de fogos, das estrelas multicores que haviam deixado um odor pírico, um vago gravame rubro no ar, e o caminhar lado a lado havia nos enlanguescido exaltando-nos em nossa beleza demasiado diferente, ela fina e morena, pura nos olhos e no rosto, perdido o clarão do colar no colo nu, andava agora inexperiente[23] segurando o leque.

ventaglio. Fu attratta verso la baracca: la sua vestaglia bianca a fini strappi azzurri ondeggiò nella luce diffusa, ed io seguii il suo pallore segnato sulla sua fronte dalla frangia notturna dei suoi capelli. Entrammo. Dei visi bruni di autocrati, rasserenati dalla fanciullezza e dalla festa, si volsero verso di noi, profondamente limpidi nella luce. E guardammo le vedute. Tutto era di un'irrealtà spettrale. C'erano dei panorami scheletrici di città. Dei morti bizzarri guardavano il cielo in pose legnose. Una odalisca di gomma respirava sommessamente e volgeva attorno gli occhi d'idolo. E l'odore acuto della segatura che felpava i passi e il sussurrio delle signorine del paese attonite di quel mistero. "È cosí Parigi? Ecco Londra. La battaglia di Muckden". Noi guardavamo intorno: doveva essere tardi. Tutte quelle cose viste per gli occhi magnetici delle lenti in quella luce di sogno! Immobile presso a me io la sentivo divenire lontana e straniera mentre il suo fascino si approfondiva sotto la frangia notturna dei suoi capelli. Si mosse. Ed io sentii con una punta d'amarezza tosto consolata che mai più le sarei stato vicino. La seguii dunque come si segue un sogno che si ama vano: cosí eravamo divenuti a un tratto lontani e stranieri dopo lo strepito della festa, davanti al panorama scheletrico del mondo.

*
* *

13. Ero sotto l'ombra dei portici stillata di goccie e goccie di luce sanguigna ne la nebbia di una notte di dicembre. A un tratto una porta si era aperta in uno sfarzo di luce. In fondo avanti posava nello sfarzo di un'ottomana rossa il gomito reggendo la testa, poggiava il gomito reggendo la testa una matrona, gli occhi bruni vivaci, le mammelle enormi: accanto una fanciulla inginocchiata, ambrata e fine, i capelli recisi sulla fronte, con grazia giovanile, le gambe lisce e ignude dalla vestaglia smagliante: e sopra di lei, sulla matrona pensierosa negli occhi giovani una tenda, una tenda bianca di trina, una tenda che sembrava agitare delle immagi-

A tenda atraiu-a: sua veste branca de finos rasgos azuis ondeou na luz difusa, e eu acompanhei a palidez marcada em sua testa pela franja noturna de seus cabelos. Entramos. Rostos escuros de autocratas[24], apaziguados pela festa e pela mocidade, olharam para nós, profundamente límpidos na luz. E olhamos para a vista. Tudo era de uma irrealidade espectral. Havia esqueléticos panoramas de cidade. Bizarros mortos olhavam para o céu em poses lenhosas. Uma odalisca de borracha respirava em surdina e volvia ao redor olhos de ídolo. E o forte odor da serragem que felpava os passos e o murmúrio das moças da aldeia atônitas pelo mistério: "É assim Paris? Assim é Londres. A batalha de Mukden." Nós olhávamos à volta: devia ser tarde. Todas aquelas coisas vistas pelos olhos magnéticos das lentes[25] naquela luz de sonho! Imóvel junto a mim sentia-a tornar-se remota e estrangeira, enquanto seu fascínio se aprofundava sob a franja noturna dos cabelos. Mexeu-se. E eu senti com uma ponta de amargura logo consolada que jamais estaria de novo perto dela. E segui-a então como se segue um sonho que se ama vão: assim havíamos nos tornado de repente remotos e estrangeiros depois do estrépito da festa, diante do panorama esquelético do mundo.

*
* *

13. Eu estava sob a sombra das arcadas[26] ressumbrada de gotas e gotas de luz sanguínea na névoa de uma noite de dezembro. De repente uma porta se abrira num fausto de luz. Adiante ao fundo pousava no fausto de uma otomana roxa o cotovelo segurando a testa, pousava o cotovelo segurando a testa uma matrona, vivos os olhos escuros, tetas enormes: ao lado uma jovem ajoelhada, fina e ambreada, os cabelos cortados rente à testa, juvenil a graça, nuas e lisas as pernas sob o chambre deslumbrante: e acima dela, acima da matrona pensativa nos olhos jovens uma cortina, uma cortina branca de renda, uma cortina que parecia agitar imagens, imagens sobre ela, imagens cândidas acima dela pensativa nos

ni, delle immagini sopra di lei, delle immagini candide sopra di lei pensierosa negli occhi giovani. Sbattuto a la luce dall'ombra dei portici stillata di gocce e gocce di luce sanguigna io fissavo astretto attonito la grazia simbolica e avventurosa di quella scena. Già era tardi, fummo soli e tra noi nacque una intimità libera e la matrona dagli occhi giovani poggiata per sfondo la mobile tenda di trina parlò. La sua vita era un lungo peccato: la lussuria. La lussuria ma tutta piena ancora per lei di curiosità irraggiungibili. "La femmina lo picchiettava tanto di baci da destra: da destra perchè? Poi il piccione maschio restava sopra, immobile?, dieci minuti, perchè?" Le domande restavano ancora senza risposta, allora lei spinta dalla nostalgia ricordava ricordava a lungo il passato. Fin che la conversazione si era illanguidita, la voce era taciuta intorno, il mistero della voluttà aveva rivestito colei che lo rievocava. Sconvolto, le lagrime agli occhi io in faccia alla tenda bianca di trina seguivo seguivo ancora delle fantasie bianche. La voce era taciuta intorno. La ruffiana era sparita. La voce era taciuta. Certo l'avevo sentita passare con uno sfioramento silenzioso struggente. Avanti alla tenda gualcita di trina la fanciulla posava ancora sulle ginocchia ambrate, piegate piegate con grazia di cinedo.

*
* *

14. Faust era giovane e bello, aveva i capelli ricciuti. Le bolognesi somigliavano allora a medaglie siracusane e il taglio dei loro occhi era tanto perfetto che amavano sembrare immobili a contrastare armoniosamente coi lunghi riccioli bruni. Era facile incontrarle la sera per le vie cupe (la luna illuminava allora le strade) e Faust alzava gli occhi ai comignoli delle case che nella luce della luna sembravano punti interrogativi e restava pensieroso allo strisciare dei loro passi che si attenuavano. Dalla vecchia taverna a volte che raccoglieva gli scolari gli piaceva udire tra i calmi conversari dell'inverno bolognese, frigido e nebuloso come il suo, e lo schioccare dei ciocchi e i guizzi della fiamma

olhos jovens. Atirado à luz da sombra das arcadas ressumbrada de gotas e gotas de luz sanguínea eu fitava adstrito[27] atônito a graça simbólica e aventurosa daquela cena. Já era tarde, ficamos sozinhos e entre nós nasceu uma intimidade livre e a matrona dos olhos jovens dispondo como fundo a tenda móvel de renda falou. Um longo pecado era sua vida: a luxúria. A luxúria, mas toda cheia ainda para ela de inatingíveis curiosidades. "A fêmea tamborilava-o de beijos que só vendo: pela direita, pela direita por quê? Depois o pombo-macho se sobrepunha, imóvel?, dez minutos, por quê?" As perguntas permaneciam ainda sem resposta, e ela então impelida pela nostalgia lembrava lembrava longamente o passado. Até a conversa enlanguescer, a voz calar-se ao redor, o mistério da voluptuosidade revestir aquela que o evocara. Arrasado, as lágrimas nos olhos eu diante da cortina branca de renda ainda seguia seguia fantasias brancas[28]. Ao redor a voz calara-se. A alcoviteira sumira. A voz calara-se. Certo eu a sentira passar com um roçar silencioso pungente. Diante da cortina amarrotada de renda a jovem ainda pousava sobre os joelhos de âmbar, dobrados dobrados com graça de invertido.

*
* *

14. Faust[29] era jovem e belo, os cabelos crespos. As bolonhesas pareciam-se então com medalhas de Siracusa[30] e o corte de seus olhos era de tal forma perfeito que amavam permanecer imóveis e contrastar harmoniosamente com os longos cachos morenos. Era fácil encontrá-las à tarde pelas ruas escuras (a lua iluminava então as ruas) e Faust erguia os olhos às chaminés das casas que à luz da lua pareciam pontos de interrogação e permanecia pensativo enquanto seus passos se arrastavam atenuando-se. Da velha taverna que acolhia os escolares agradava-lhe por vezes escutar entre as calmas conversas do inverno bolonhês, frígido e nebuloso como o dele, e o estalar dos cepos e as labaredas da chama sobre o ocre das abóbadas os passos apressados por sob as arcadas próximas.

sull'ocra delle volte i passi frettolosi sotto gli archi prossimi. Amava allora raccogliersi in un canto mentre la giovine ostessa, rosso il guarnello e le belle gote sotto la pettinatura fumosa passava e ripassava davanti a lui. Faust era giovane e bello. In un giorno come quello, dalla saletta tappezzata, tra i ritornelli degli organi automatici e una decorazione floreale, dalla saletta udivo la folla scorrere e i rumori cupi dell'inverno. Oh! ricordo!: ero giovine, la mano non mai quieta poggiata a sostenere il viso indeciso, gentile di ansia e di stanchezza. Prestavo allora il mio enigma alle sartine levigate e flessuose, consacrate dalla mia ansia del supremo amore, dall'ansia della mia fanciullezza tormentosa assetata. Tutto era mistero per la mia fede, la mia vita era tutta "un'ansia del segreto delle stelle, tutta un chinarsi sull'abisso". Ero bello di tormento, inquieto pallido assetato errante dietro le larve del mistero. Poi fuggii. Mi persi per il tumulto delle città colossali, vidi le bianche cattedrali levarsi congerie enorme di fede e di sogno colle mille punte nel cielo, vidi le Alpi levarsi ancora come più grandi cattedrali, e piene delle grandi ombre verdi degli abeti, e piene della melodia dei torrenti di cui udivo il canto nascente dall'infinito del sogno. Lassù tra gli abeti fumosi nella nebbia, tra i mille e mille ticchiettìi le mille voci del silenzio svelata una giovine luce tra i tronchi, per sentieri di chiarìe salivo: salivo alle Alpi, sullo sfondo bianco delicato mistero. Laghi, lassù tra gli scogli chiare gore vegliate dal sorriso del sogno, le chiare gore i laghi estatici dell'oblio che tu Leonardo fingevi. Il torrente mi raccontava oscuramente la storia. Io fisso tra le lance immobili degli abeti credendo a tratti vagare una nuova melodia selvaggia e pure triste forse fissavo le nubi che sembravano attardarsi curiose un istante su quel paesaggio profondo e spiarlo e svanire dietro le lancie immobili degli abeti. E povero, ignudo, felice di essere povero ignudo, di riflettere un istante il paesaggio quale un ricordo incantevole ed orrido in fondo al mio cuore salivo: e giunsi giunsi là fino dove le nevi

Amava então encolher-se em um canto enquanto a jovem taberneira, de saiote e faces vermelhas sob o penteado fumoso passava e repassava à sua frente. Faust era jovem e belo. Em um dia como aquele, da saleta com as paredes forradas, entre os refrãos dos órgãos automáticos e uma decoração floreal, da saleta ouvia a multidão escoar e os rumores sombrios do inverno. Oh, lembro!: eu era jovem, a mão jamais parada a sustentar[31] o rosto indeciso, gentil de ansiedade e de cansaço. Emprestava então meu enigma às costureirinhas brunidas e flexuosas, consagradas por meu anseio do supremo amor, pelo anseio da minha mocidade sedenta e torturante. Tudo era mistério para minha fé, minha vida toda era uma "ânsia do segredo das estrelas, toda um debruçar-se sobre o abismo"[32]. Era belo de tormento[33], inquieto pálido sedento errante atrás das larvas do mistério. Depois fugi. Perdi-me no tumulto das cidades colossais, vi erguerem-se as brancas catedrais acervo enorme de fé e de sonho com mil agulhas no céu, vi os Alpes erguerem-se ainda como catedrais mais grandes, e cheios das grandes sombras verdes dos abetos, cheios da melodia das torrentes de onde ouvia o canto nascente do infinito do sonho. Lá em cima, entre os abetos fumosos na neblina, entre os mil e mil tamborilares as mil vozes do silêncio vislumbrando por entre os troncos uma luz jovem, por sendas de claros subia: subia aos Alpes, no fundo branco delicado mistério. Lagos, lá em cima entre os rochedos claros pauis velados pelo sorriso do sonho, os claros pauis os lagos estáticos do olvido que tu Leonardo fingias[34]. A torrente contava-me obscuramente a história. Eu fixo entre as lanças imóveis dos abetos acreditando vaguear por ali uma nova melodia selvagem e triste no entanto talvez fitava as nuvens que pareciam atrasar-se curiosas um instante sobre aquela paisagem profunda e espiá-la e esvaecer atrás das lanças imóveis dos abetos. E pobre, nu, feliz por ser pobre e nu, por refletir um instante a paisagem lembrança encantadora e horrenda no fundo de meu coração eu subia: e cheguei cheguei lá até onde as neves dos Alpes me barra-

delle Alpi mi sbarravano il cammino. Una fanciulla nel torrente lavava, lavava e cantava nelle nevi delle bianche Alpi. Si volse, mi accolse, nella notte mi amò. E ancora sullo sfondo le Alpi il bianco delicato mistero, nel mio ricordo s'accese la purità della
50 lampada stellare, brillò la luce della sera d'amore.

*
* *

15. Ma quale incubo gravava ancora su tutta la mia giovinezza? O i baci i baci vani della fanciulla che lavava, lavava e cantava nella neve delle bianche Alpi! (le lagrime salirono ai miei occhi al ricordo). Riudivo il torrente ancora lontano: crosciava ba-
5 gnando antiche città desolate, lunghe vie silenziose, deserte come dopo un saccheggio. Un calore dorato nell'ombra della stanza presente, una chioma profusa, un corpo rantolante procubo nella notte mistica dell'antico animale umano. Dormiva l'ancella dimentica nei suoi sogni oscuri: come un'icona bizan-
10 tina, come un mito arabesco imbiancava in fondo il pallore incerto della tenda.

*
* *

16. E allora figurazioni di un'antichissima libera vita, di enormi miti solari, di stragi di orgie si creano avanti al mio spirito. Rividi un'antica immagine, una forma scheletrica vivente per la forza misteriosa di un mito barbaro, gli occhi gorghi cangianti
5 vividi di linfe oscure, nella tortura del sogno scoprire il corpo vulcanizzato, due chiazze due fori di palle di moschetto sulle sue mammelle estinte. Credetti di udire fremere le chitarre là nella capanna d'assi e di zingo sui terreni vaghi della città, mentre una candela schiariva il terreno nudo. In faccia a me una
10 matrona selvaggia mi fissava senza batter ciglio. La luce era scarsa sul terreno nudo nel fremere delle chitarre. A lato sul tesoro fiorente di una fanciulla in sogno la vecchia stava ora

ram o caminho. Uma jovem na torrente lavava, lavava e cantava nas neves dos brancos Alpes. Voltou-se, acolheu-me, na noite amou-me. E ainda sobre o fundo dos Alpes o branco delicado mistério, em minha lembrança acendeu-se a pureza da lâmpada estelar, brilhou a luz da tarde de amor.

*
* *

15. Mas qual pesadelo inda gravava sobre minha inteira mocidade? Oh os beijos os beijos vãos[35] da jovem que lavava, lavava e cantava na neve dos brancos Alpes! (lágrimas encheram meus olhos à lembrança). Voltava a ouvir a torrente inda longínqua: cachoava banhando antigas cidades desoladas, longas ruas silenciosas, desertas como após um saque. Um calor dourado na sombra do quarto presente[36], uma coma solta, um corpo estertorante prócubo na noite mística do antigo animal humano. Dormia a ancila esquecida em seus sonhos obscuros: feito um ícone bizantino, feito um mito arabesco esbranqueava no fundo a incerta palidez da cortina.

*
* *

16. E então, figurações de uma vida livre, antiquíssima, de enormes mitos solares, de chacinas de orgias criaram-se em minha mente. Revi uma antiga imagem, uma forma esquelética vivendo pela força misteriosa de um mito bárbaro, os olhos remoinhos mutantes vívidos de linfas obscuras, na tortura do sonho descobrir o corpo vulcanizado, duas manchas dois furos de mosquete sobre as mamas extintas. Pareceu-me ouvir o murmúrio de guitarras lá na cabana de tábua e zinco nos terrenos vagos da cidade, enquanto uma vela aclarava o terreno nu. À minha frente uma matrona selvagem fitava-me sem pestanejar. A luz era escassa no terreno nu ao murmurar das guitarras. Ao lado sobre o tesouro florescente de uma jovem em sonho a velha estava ora

aggrappata come un ragno mentre pareva sussurrare all'orecchio parole che non udivo, dolci come il vento senza parole della Pampa che sommerge. La matrona selvaggia mi aveva preso: il mio sangue tiepido era certo bevuto dalla terra: ora la luce era più scarsa sul terreno nudo nell'alito metalizzato delle chitarre. A un tratto la fanciulla liberata esalò la sua giovinezza, languida nella sua grazia selvaggia, gli occhi dolci e acuti come un gorgo. Sulle spalle della bella selvaggia si illanguidì la grazia all'ombra dei capelli fluidi e la chioma augusta dell'albero della vita si tramò nella sosta sul terreno nudo invitando le chitarre il lontano sonno. Dalla Pampa si udì chiaramente un balzare uno scalpitare di cavalli selvaggi, il vento si udì chiaramente levarsi, lo scalpitare parve perdersi sordo nell'infinito. Nel quadro della porta aperta le stelle brillarono rosse e calde nella lontananza: l'ombra delle selvagge nell'ombra.

II. IL VIAGGIO E IL RITORNO

17. Salivano voci e voci e canti di fanciulli e di lussuria per i ritorti vichi dentro dell'ombra ardente, al colle al colle. A l'ombra dei lampioni verdi le bianche colossali prostitute sognavano sogni vaghi nella luce bizzarra al vento. Il mare nel vento mesceva il suo sale che il vento mesceva e levava nell'odor lussurioso dei vichi, e la bianca notte mediterranea scherzava colle enormi forme delle femmine tra i tentativi bizzarri della fiamma di svellersi dal cavo dei lampioni. Esse guardavano la fiamma e cantavano canzoni di cuori in catene. Tutti i preludii erano taciuti oramai. La notte, la gioia più quieta della notte era calata. Le porte moresche si caricavano e si attorcevano di mostruosi portenti neri nel mentre sullo sfondo il cupo azzurro si insenava di stelle. Solitaria troneggiava ora la notte accesa in tutto il suo brulicame di stelle e di fiamme. Avanti come una mostruosa ferita profon-

agarrada feito aranha enquanto parecia sussurrar ao ouvido palavras que eu não ouvia, doces como o vento sem palavras do Pampa que submerge. A matrona selvagem agarrara-me: meu sangue tépido era certamente sorvido pela terra: agora a luz era mais escassa no terreno nu no hálito metalizado das guitarras. De repente a jovem libertada exalou sua juventude, lânguida em sua graça selvagem, os olhos doces e agudos feito um remoinho. Sobre os ombros da bela selvagem enlangueceu-se a graça à sombra dos cabelos fluidos e a coma augusta da árvore da vida tramou-se na pausa no terreno nu convidando as guitarras o longínquo sono. Do Pampa ouviu-se claramente um pular um patear de cavalos selvagens, ouviu-se claramente levantar o vento, o patear pareceu perder-se surdo no infinito. No quadro da porta aberta as estrelas brilharam rubras e quentes na lonjura: a sombra das selvagens na sombra.

II. A VIAGEM E A VOLTA

17. Subiam vozes e vozes e cantos de rapazes e de luxúria pelos becos retorcidos dentro da sombra ardente, ao morro ao morro[37]. À sombra dos verdes lampiões as brancas enormes prostitutas sonhavam sonhos vagos na luz bizarra ao vento. O mar, no vento, vertia seu sal que o vento vertia e levava no cheiro luxurioso dos becos, e a branca noite mediterrânea brincava com as enormes formas das fêmeas entre as tentativas bizarras da chama para arrancar-se do oco dos lampiões. Elas olhavam a chama e cantavam canções de corações acorrentados. Todos os prelúdios já haviam calado. A noite, a alegria mais quieta da noite, já caíra. As portas mouriscas carregavam-se e torciam-se de monstruosos portentos negros enquanto no fundo o intenso azul se enseava de estrelas. Solitária entronava agora a noite, acesa em seu fervilhar de estrelas e flamas. Adiante, monstruosa ferida, afun-

15 dava una via. Ai lati dell'angolo delle porte, bianche cariatidi di
un cielo artificiale sognavano il viso poggiato alla palma. Ella
aveva la pura linea imperiale del profilo e del collo vestita di
splendore opalino. Con rapido gesto di giovinezza imperiale trae-
va la veste leggera sulle sue spalle alle mosse e la sua finestra
20 scintillava in attesa finchè dolcemente gli scuri si chiudessero
su di una duplice ombra. Ed il mio cuore era affamato di sogno,
per lei, per l'evanescente come l'amore evanescente, la dona-
trice d'amore dei porti, la cariatide dei cieli di ventura. Sui suoi
divini ginocchi, sulla sua forma pallida come un sogno uscito
25 dagli innumerevoli sogni dell'ombra, tra le innumerevoli luci fal-
laci, l'antica amica, l'eterna Chimera teneva fra le mani rosse il
mio antico cuore.

*
* *

18. Ritorno. Nella stanza ove le schiuse sue forme dai velarii della
luce io cinsi, un alito tardato: e nel crepusculo la mia pristina
lampada instella il mio cuor vago di ricordi ancora. Volti, volti cui
risero gli occhi a fior del sogno, voi giovani aurighe per le vie
5 leggere del sogno che inghirlandai di fervore: o fragili rime, o
ghirlande d'amori notturni... Dal giardino una canzone si rompe in
catena fievole di singhiozzi: la vena è aperta: arido rosso e dolce
è il panorama scheletrico del mondo.

*
* *

19. O il tuo corpo! il tuo profumo mi velava gli occhi: io non vedevo il tuo corpo (un dolce e acuto profumo): là nel grande specchio
ignudo, nel grande specchio ignudo velato dai fumi di viola, in
alto baciato di una stella di luce era il bello, il bello e dolce dono
5 di un dio: e le timide mammelle erano gonfie di luce, e le stelle
erano assenti, e non un Dio era nella sera d'amore di viola: ma tu
leggera tu sulle mie ginocchia sedevi, cariatide notturna di un

dava-se uma rua. Dos lados dos ângulos das portas, brancas cariátides de um céu artificial sonhavam, o rosto apoiado em sua palma. Ela possuía a pura linha imperial do perfil e do pescoço vestida de resplendor de opala. Com gesto rápido de juventude imperial puxava a veste leve aos seus ombros, com os movimentos e sua janela cintilava à espera de que os postigos se fechassem suaves sobre uma dúplice sombra. E meu coração estava faminto de sonho, por ela, pela evanescente como o amor evanescente, a doadora de amor dos portos, a cariátide dos céus de ventura. Sobre seus joelhos divinos, sobre sua forma pálida feito um sonho saído dos inúmeros sonhos de sombra, entre as inúmeras falazes luzes, a antiga amiga, a Quimera eterna tinha em suas mãos vermelhas meu antigo coração[38].

*
* *

18. Volta. No quarto onde abracei suas formas reveladas pelos velários da luz, um hálito tardio[39]: e no crepúsculo minha prístina lâmpada estrela meu coração ávido de lembranças ainda. Rostos, rostos para os quais riram os olhos à flor do sonho, vós jovens aurigas pelas vias leves do sonho que enguirlandei de fervor: ó frágeis rimas, ó guirlandas de amores noturnos.... Do jardim uma canção se rompe numa cadeia de débeis soluços: é a veia aberta: árido rubro e doce é o panorama esquelético do mundo.

*
* *

19. Oh, teu corpo! teu perfume velava-me os olhos: eu não via teu corpo (um doce e agudo perfume): lá no grande espelho nu velado pelos fumos de violeta, no alto beijado por uma estrela de luz era belo, o belo e doce dom de um deus: e as tímidas mamas eram infladas de luz, e as estrelas eram ausentes e nem um Deus havia na noite de amor de violeta: mas tu leve tu sobre meus joelhos sentavas, cariátide noturna de um céu encantador. Teu

incantevole cielo. Il tuo corpo un aereo dono sulle mie ginocchia, e le stelle assenti, e non un Dio nella sera d'amore di viola: ma tu nella sera d'amore di viola: ma tu chinati gli occhi di viola, tu ad un ignoto cielo notturno che avevi rapito una melodia di carezze. Ricordo cara: lievi come l'ali di una colomba tu le tue membra posasti sulle mie nobili membra. Alitarono felici, respirarono la loro bellezza, alitarono a una più chiara luce le mie membra nella tua docile nuvola dai divini riflessi. O non accenderle! non accenderle! Non accenderle: tutto è vano vano è il sogno: tutto è vano tutto è sogno: Amore, primavera del sogno sei sola sei sola che appari nel velo dei fumi di viola. Come una nuvola bianca, come una nuvola bianca presso al mio cuore, o resta o resta o resta! Non attristarti o Sole!

Aprimmo la finestra al cielo notturno. Gli uomini come spettri vaganti: vagavano come gli spettri: e la città (le vie le chiese le piazze) si componeva in un sogno cadenzato, come per una melodia invisibile scaturita da quel vagare. Non era dunque il mondo abitato da dolci spettri e nella notte non era il sogno ridesto nelle potenze sue tutte trionfale? Qual ponte, muti chiedemmo, qual ponte abbiamo noi gettato sull'infinito, che tutto ci appare ombra di eternità? A quale sogno levammo la nostalgia della nostra bellezza? La luna sorgeva nella sua vecchia vestaglia dietro la chiesa bizantina.

III. FINE

20. Nel tepore della luce rossa, dentro le chiuse aule dove la luce affonda uguale dentro gli specchi all'infinito fioriscono sfioriscono bianchezze di trine. La portiera nello sfarzo smesso di un giustacuore verde, le rughe del volto più dolci, gli occhi che nel chiarore velano il nero guarda la porta d'argento. Dell'amore si sente il fascino indefinito. Governa una donna matura addolcita da una

corpo um aéreo dom sobre meus joelhos, e as estrelas ausentes, e nem um Deus na noite de amor de violeta: mas tu na noite de amor de violeta: mas tu abaixaste os olhos de violeta, tu a um ignoto céu noturno que havias roubado uma melodia de carícias.[40] Lembro-me, cara: leves qual asas de uma pomba teus membros pousaste sobre meus nobres membros. Sopraram felizes, respiraram sua beleza, sopraram a uma mais clara luz meus membros em tua dócil nuvem de reflexos divinos. Ó, não as acenda! não as acenda! Não as acenda: tudo é vão vão é o sonho: tudo é vão tudo é sonho: Amor, primavera do sonho estás só estás só que[41] apareces no véu dos fumos de violeta. Qual nuvem branca, qual nuvem branca junto a meu coração, ó fica ó fica ó fica! Não te entristeças, ó Sol!

Abrimos a janela ao céu noturno. Os homens feito espectros vagando: vagavam feito espectros: e a cidade (as ruas as igrejas as praças) compunha-se em um sonho cadenciado, como por uma melodia invisível jorrada daquele vaguear. Por acaso não era o mundo habitado por doces espectros e na noite não era o sonho reaceso triunfal em todas suas potências? Qual ponte, perguntamos mudos, qual ponte lançamos sobre o infinito, que tudo nos aparece como sombra de eternidade? De qual sonho tiramos a nostalgia de nossa beleza? A lua surgia em sua velha veste por trás da igreja bizantina.

III. FIM

20. Na tepidez da luz vermelha, dentro das aulas fechadas onde a luz afunda igual dentro dos espelhos ao infinito florescem desflorescem brancuras de rendas. A porteira no fausto desusado da casaca verde, as rugas do rosto mais suaves, os olhos que no resplendor velam o escuro olha a porta de prata. Do amor sente-se o indefinido fascínio. Domina uma mulher madura abrandada por

vita d'amore con un sorriso con un vago bagliore che è negli occhi il ricordo delle lacrime della voluttà. Passano nella veglia opime di messi d'amore, leggere spole tessenti fantasie multicolori, errano, polvere luminosa che posa nell'enigma degli specchi. La portiera guarda la porta d'argento. Fuori è la notte chiomata di muti canti, pallido amor degli erranti.

uma vida de amor com um sorriso e vago clarão que nos olhos é lembrança das lágrimas de volúpia. Passam na vigília opimas de messes de amor, leves navetas tecendo fantasias multicores, vagueiam, poeira luminosa que pousa no enigma dos espelhos. A porteira olha a porta de prata. Fora é a noite comada de mudos cantos, pálido amor dos errantes[42].

NOTTURNI

LA CHIMERA

    Non so se tra roccie il tuo pallido
    Viso m'apparve, o sorriso
    Di lontananze ignote
    Fosti, la china eburnea
5   Fronte fulgente o giovine
    Suora de la Gioconda:
    O delle primavere
    Spente, per i tuoi mitici pallori
    O Regina o Regina adolescente:
10 Ma per il tuo ignoto poema
    Di voluttà e di dolore
    Musica fanciulla esangue,
    Segnato di linea di sangue
    Nel cerchio delle labbra sinuose,
15 Regina de la melodia:
    Ma per il vergine capo
    Reclino, io poeta notturno
    Vegliai le stelle vivide nei pelaghi del cielo,
    Io per il tuo dolce mistero
20 Io per il tuo divenir taciturno.
    Non so se la fiamma pallida
    Fu dei capelli il vivente
    Segno del suo pallore,
    Non so se fu un dolce vapore,

NOTURNOS

A QUIMERA

    Não sei se entre os rochedos teu pálido
    Rosto me surge, ou sorriso
    De lonjuras ignotas
    Foste, vergada, ebúrnea
5   Fronte fúlgida ó jovem
    Sóror da Gioconda[43]:
    Ó das extintas
    Primaveras, por teus palores míticos
    Ó Regina[44] ó Regina adolescente:
10 Mas por teu ignoto poema
    De volúpia e de dor
    Música donzela exangue,
    Marcado de linha de sangue
    No aro dos lábios sinuosos,
15 Rainha da melodia[45]:
    Mas por tua virgem testa
    Inclinada, eu poeta noturno
    Velei as estrelas vívidas nos pélagos do céu,
    Eu por teu doce mistério
20 Eu por teu devir taciturno.
    Não sei se a chama pálida
    Foi dos cabelos o vivente
    Signo de seu palor,
    Não sei se foi um doce vapor,

25 Dolce sul mio dolore,
   Sorriso di un volto notturno:
   Guardo le bianche rocce le mute fonti dei venti
   E l'immobilità dei firmamenti
   E i gonfii rivi che vanno piangenti
30 E l'ombre del lavoro umano curve là sui poggi algenti
   E ancora per teneri cieli lontane chiare ombre correnti
   E ancora ti chiamo ti chiamo Chimera.

25 Doce sobre essa dor,
Sorriso de um vulto noturno:
Olho os rochedos brancos as mudas fontes dos ventos
E a imobilidade dos firmamentos
E os rios inflados que vão plangentes
30 E as sombras do esforço humano curvas lá no outeiro algente
E ainda por tenros céus longínquas claras sombras correntes
E ainda te chamo te chamo Quimera.

GIARDINO AUTUNNALE (Firenze)

Al giardino spettrale al lauro muto
De le verdi ghirlande
A la terra autunnale
Un ultimo saluto!
5 A l'aride pendici
Aspre arrossate nell'estremo sole
Confusa di rumori
Rauchi grida la lontana vita:
Grida al morente sole
10 Che insanguina le aiole.
S'intende una fanfara
Che straziante sale: il fiume spare
Ne le arene dorate: nel silenzio
Stanno le bianche statue a capo i ponti
15 Volte: e le cose già non sono più.
E dal fondo silenzio come un coro
Tenero e grandioso
Sorge ed anela in alto al mio balcone:
E in aroma d'alloro,
20 In aroma d'alloro acre languente,
Tra le statue immortali nel tramonto
Ella m'appar, presente.

JARDIM DE OUTONO (Florença)

    Ao espectral jardim[46] ao louro mudo[47]
    Das verdes guirlandas
    À terra no outono
    Um último salve!
5   Às áridas vertentes
    Ásperas roxeadas pelo extremo sol
    Confusa em ruídos
    Roucos grita a longínqua vida[48]:
    Grita ao sol que morre
10 Ensanguentando os canteiros.
    Ouve-se uma fanfarra
    Que lancinante sobe: some o rio
    Nas areias douradas: no silêncio
    Ficam as estátuas brancas sobre as pontes
15 Viradas[49]: e as coisas já não mais são.
    E do fundo silêncio feito um coro
    Tenro e grandioso
    Surge e anela no alto ao meu balcão:
    E em aroma de louro,
20 Em aroma de louro acre enlanguescente,
    Entre as imortais estátuas do crepúsculo
    Ela[50] surge, presente.

LA SPERANZA (sul torrente notturno)

    Per l'amor dei poeti
    Principessa dei sogni segreti
    Nell'ali dei vivi pensieri ripeti ripeti
    Principessa i tuoi canti:
5 O tu chiomata di muti canti
    Pallido amor degli erranti
    Soffoca gli inestinti pianti
    Da tregua agli amori segreti:
    Chi le taciturne porte
10 Guarda che la Notte
    Ha aperte sull'infinito?
    Chinan l'ore: col sogno vanito
    China la pallida Sorte . . . .

    . . . .

15 Per l'amor dei poeti, porte
    Aperte de la morte
    Su l'infinito!
    Per l'amor dei poeti
    Principessa il mio sogno vanito
20 Nei gorghi de la Sorte!

A ESPERANÇA (sobre a torrente noturna)

    Para o amor dos poetas
    Princesa dos sonhos secretos
    Nas asas dos vivos pensares repete repete
    Princesa teus cantos:
5 Oh, tu, comada de mudos cantos
    Pálido amor dos errantes
    Sufoca os inextintos prantos
    Dá trégua aos amores secretos:
    Quem as taciturnas portas
10 Olha que a Noite
    Abriu sobre o infinito?
    Declinam as horas: com o sonho esvaecido
    Declina a pálida Sorte . . . .
    . . . .
15 Pelo amor dos poetas, portas
    Abertas da morte
    Sobre o infinito!
    Pelo amor dos poetas
    Princesa meu sonho esvaecido
20 Nos remoinhos da Sorte!

L'INVETRIATA

    La sera fumosa d'estate
    Dall'alta invetriata mesce chiarori nell'ombra
    E mi lascia nel cuore un suggello ardente.
    Ma chi ha (sul terrazzo sul fiume si accende una
                              [lampada) chi ha
5 A la Madonnina del Ponte chi è chi è che ha acceso
                                    [la lampada? – c'è
    Nella stanza un odor di putredine: c'è
    Nella stanza una piaga rossa languente.
    Le stelle sono bottoni di madreperla e la sera si veste
                                        [di velluto:
    E tremola la sera fatua: è fatua la sera e tremola ma c'è
10 Nel cuore della sera c'è,
    Sempre una piaga rossa languente.

O VITRAL

A fumosa tarde estival
Do alto vitral despeja clarões na sombra.
E deixa-me no imo um sinete ardente.
Mas quem foi (no terraço no rio acende-se uma
[lâmpada) quem foi
5 À Madonna da Ponte[51] quem foi quem foi acender
[a lâmpada? – há
No quarto um cheiro de podre: há
No quarto uma chaga vermelha que langue.
As estrelas botões de madrepérola e a noite se
[veste de veludo:
E a tarde trêmula é fátua: fátua é a tarde e trêmula mas tem
10 No coração da tarde tem
Sempre uma chaga vermelha que langue.

II. CANTO DELLA TENEBRA

La luce del crepuscolo si attenua:
Inquieti spiriti sia dolce la tenebra
Al cuore che non ama più!
Sorgenti sorgenti abbiam da ascoltare,
5 Sorgenti, sorgenti che sanno
Sorgenti che sanno che spiriti stanno
Che spiriti stanno a ascoltare.......
Ascolta: la luce del crepuscolo attenua
Ed agli inquieti spiriti è dolce la tenebra:
10 Ascolta: ti ha vinto la Sorte:
Ma per i cuori leggeri un'altra vita è alle porte:
Non c'è di dolcezza che possa uguagliare la Morte
Più Più Più
Intendi chi ancora ti culla:
15 Intendi la dolce fanciulla
Che dice all'orecchio: Più Più
Ed ecco si leva e scompare
Il vento: ecco torna dal mare
Ed ecco sentiamo ansimare
20 Il cuore che ci amò di più!
Guardiamo: di già il paesaggio
Degli alberi e l'acque è notturno
Il fiume va via taciturno.....
Pùm! mamma quell'omo lassù!

II. O CANTO DA TREVA

A luz do crepúsculo atenua-se:
Espíritos inquietos seja doce a treva
Ao coração que já não ama!
Fontes fontes havemos de escutar,
5 Fontes fontes que sabem
Fontes que sabem que espíritos estão
Que espíritos estão a nos escutar.......
Escuta: a luz do crepúsculo atenua
E aos espíritos inquietos é doce a treva:
10 Escuta: venceu-te a Sorte:
Mas para as almas leves há outra vida às portas:
Não há doçura que possa igualar a Morte
Mais Mais Mais
Ouve a quem ainda te embala:
15 Ouve a suave donzela
Que diz em teu ouvido: Mais Mais
E eis que se alça e desfaz-se
O vento: eis que ele volta do mar
E eis nos parece ofegar
20 Quem mais nos amou, coração[52]!
Olhemos: já agora é a paisagem
De plantas e águas noturna
O rio que se vai taciturno........
Pám! Mamãe o homem lá em cima[53]!

LA SERA DI FIERA

    Il cuore stasera mi disse: non sai?
    La rosabruna incantevole
    Dorata da una chioma bionda:
    E dagli occhi lucenti e bruni colei che di grazia imperiale
5 Incantava la rosea
    Freschezza dei mattini:
    E tu seguivi nell'aria
    La fresca incarnazione di un mattutino sogno:
    E soleva vagare quando il sogno
10 E il profumo velavano le stelle
    (Che tu amavi guardar dietro i cancelli
    Le stelle le pallide notturne):
    Che soleva passare silenziosa
    E bianca come un volo di colombe
15 Certo è morta: non sai?
    Era la notte
    Di fiera della perfida Babele
    Salente in fasci verso un cielo affastellato un
                     [paradiso di fiamma
    In lubrici fischi grotteschi
20 E tintinnare d'angeliche campanelle
    E gridi e voci di prostitute
    E pantomime d'Ofelia
    Stillate dall'umile pianto delle lampade elettriche.
    . . . .
25 Una canzonetta volgaruccia era morta
    E mi aveva lasciato il cuore nel dolore
    E me ne andavo errando senz'amore
    Lasciando il cuore mio di porta in porta:
    Con Lei che non è nata eppure è morta

A TARDE NO PARQUE DE DIVERSÕES

    Diz-me hoje o coração: não sabes?
    A rosabruna encantando
    Dourada de cachos louros:
    E de olhos escuros brilhantes a que com graça imperial

5 Encantava o rosado
    Frescor das manhãs:
    E tu seguindo no ar
    A fresca encarnação de um sonho matutino:
    E costumava vagar quando o sonho
10 E o perfume as estrelas velavam
    (Pois amavas olhar pelos portões
    As estrelas pálidas noturnas):
    Que costumava passar silente
    E branca qual voo de pombas
15 Claro está morta: não sabes?
    Era a noite
    De feira[54] da pérfida Babel
    Subindo em feixes rumo a um céu enfeixado um paraíso
                                          [de chama
    Os lúbricos silvos grotescos
20 E tilintar de angélicos sininhos
    E gritos e vozes de putas
    E pantomimas de Ofélia[55]
    Gotejando do humilde pranto das lâmpadas elétricas.
    . . . .
25 Morrera um canto meio vulgar
    E deixara-me na dor o coração
    E ia eu andando sem amor
    Deixando o coração de porta em porta:
    Com Ela que não nascera mas morrera

30 E mi ha lasciato il cuore senz'amore:
    Eppure il cuore porta nel dolore:
    Lasciando il cuore mio di porta in porta.

30   Deixando-me sem amor o coração:
No entanto porta na dor o coração:
Deixando meu coração de porta em porta.

LA PETITE PROMENADE DU POÈTE

Me ne vado per le strade
Strette oscure e misteriose:
Vedo dietro le vetrate
Affacciarsi Gemme e Rose.
5 Dalle scale misteriose
C'è chi scende brancolando:
Dietro i vetri rilucenti
Stan le ciane commentando.
. . . .
10 La stradina è solitaria:
Non c'è un cane: qualche stella
Nella notte sopra i tetti:
E la notte mi par bella.
E cammino poveretto
15 Nella notte fantasiosa,
Pur mi sento nella bocca
La saliva disgustosa. Via dal tanfo
Via dal tanfo e per le strade
E cammina e via cammina,
20 Già le case son più rade.
Trovo l'erba: mi ci stendo
A conciarmi come un cane:
Da lontano un ubriaco
Canta amore alle persiane.

LA PETITE PROMENADE DU POÈTE

    Vou-me pelas ruas
    Rentes escuras e misteriosas:
    Vejo atrás das vidraças
    Assomar-se Gemas e Rosas[56].
5 Das escadas misteriosas
    Há um descer cambaleante
    Atrás dos vidros brilhosos
    Há *cianas*[57] bisbilhotantes.
    . . . .
10 A ruazinha é solitária:
    Não há um cachorro: alguma estrela
    Na noite pelos telhados:
    E a noite se faz bela.
    Ando ando malfadado
15 Na noite de fantasias
    Mesmo assim na minha boca
    A saliva me dá azia. Sair do cheiro
    Sair do cheiro e pelas ruas
    Caminhar e caminhar,
20 Já as casas são mais raras.
    Acho grama e lá me deito
    A rolar feito cachorro[58]:
    Ao longe um embriagado
    Canta seu amor pelo forro.

LA VERNA

I. LA VERNA (Diario)

15 Settembre (per la strada di Campigno)

1. Tre ragazze e un ciuco per la strada mulattiera che scendono. I complimenti vivaci degli stradini che riparano la via. Il ciuco che si voltola in terra. Le risa. Le imprecazioni montanine. Le roccie e il fiume.

. . . .

Castagno, 17 Settembre

2. La Falterona è ancora avvolta di nebbie. Vedo solo canali rocciosi che le venano i fianchi e si perdono nel cielo di nebbie che le onde alterne del sole non riescono a diradare. La pioggia à reso cupo il grigio delle montagne. Davanti alla fonte hanno stazionato a lungo i Castagnini attendendo il sole, aduggiati da una notte di pioggia nelle loro stamberghe allagate. Una ragazza in ciabatte passa che dice rimessamente: un giorno la piena ci porterà tutti. Il torrente gonfio nel suo rumore cupo commenta tutta questa miseria. Guardo oppresso le roccie ripide della Falterona: dovrò salire, salire. Nel presbiterio trovo una lapide ad Andrea del Castagno. Mi colpisce il tipo delle ragazze: viso legnoso, occhi cupi incavati, toni bruni su toni giallognoli: contrasta con una così semplice antica grazia toscana del profilo e del collo che riesce a renderle piacevoli! forse. Come differente la sera di Campigno: come mistico il paesaggio, come bella la po-

A VERNA

I. A VERNA (Diário)[59]

15 de setembro (no caminho para Campigno)

1. Três moças e um burro descem pelo caminho das mulas. Os galanteios ousados dos cantoneiros que consertam a estrada. O burro que rola pelo chão. As risadas. As imprecações montanhesas. As rochas e o rio.

. . . .

Castagno, 17 de setembro

2. A Falterona[60] ainda envolta em neblina. Só dá para ver canais rochosos que veiam seus flancos e se perdem no céu de névoas que as ondas alternas do sol não conseguem desbastar. A chuva torna escuro o cinza das montanhas. Diante da fonte estão parados há tempo os castanhenses[61] à espera do sol, tristes por uma noite de chuva em seus casebres alagados. Passa um moça em chinelas e diz em voz baixa: um dia a cheia vai nos levar a todos. A torrente inchada em seu rumor turvo comenta toda essa miséria. Olho oprimido para os rochedos íngremes da Falterona. Terei que subir, subir. No presbitério encontro uma lápide para Andrea del Castagno. O tipo das moças[62] me impressiona: rosto lenhoso, olhos sombrios encavados, tons escuros sobre tons amarelados: contrasta com a antiga graça toscana tão simples do perfil e do pescoço que consegue torná-las agradáveis! talvez. Quão diferente a tarde de Campigno[63]: quão mística a paisagem, quão bela a pobreza de seus case-

vertà delle sue casupole! Come incantate erano sorte per me le stelle nel cielo dallo sfondo lontano dei dolci avvallamenti dove sfumava la valle barbarica, donde veniva il torrente inquieto e cupo di profondità! Io sentivo le stelle sorgere e collocarsi lumi-
20 nose su quel mistero. Alzando gli occhi alla roccia a picco altissima che si intagliava in un semicerchio dentato contro il violetto crepuscolare, arco solitario e magnifico teso in forza di catastrofe sotto gli ammucchiamenti inquieti di rocce all'agguato dell'infinito, io non ero non ero rapito di scoprire nel cielo luci
25 ancora luci. E, mentre il tempo fuggiva invano per me, un canto, le lunghe onde di un triplice coro salienti a lanci la roccia, trattenute ai confini dorati della notte dall'eco che nel seno petroso le rifondeva allungate, perdute.

Il canto fu breve: una pausa, un commento improvviso e mi-
30 sterioso e la montagna riprese il suo sogno catastrofico. Il canto breve: le tre fanciulle avevano espresso disperatamente nella cadenza millenaria la loro pena breve ed oscura e si erano taciute nella notte! Tutte le finestre nella valle erano accese. Ero solo.

Le nebbie sono scomparse: esco. Mi rallegra il buon odore
35 casalingo di spigo e di lavanda dei paesetti toscani. La chiesa ha un portico a colonnette quadrate di sasso intero, nudo ed elegante, semplice e austero, veramente toscano. Tra i cipressi scorgo altri portici. Su una costa una croce apre le braccia ai vastissimi fianchi della Falterona, spoglia di macchie, che scopre la sua co-
40 struttura sassosa. Con una fiamma pallida e fulva bruciano le erbe del camposanto.

Sulla Falterona, (Giogo)

3. La Falterona verde nero e argento: la tristezza solenne della Falterona che si gonfia come un enorme cavallone pietrificato, che lascia dietro a sè una cavalleria di screpolature screpolature e screpolature nella roccia fino ai ribollimenti arenosi di colline
5 laggiù sul piano di Toscana: Castagno, casette di macigno disper-

bres! Como encantadas haviam surgido para mim as estrelas no céu do fundo longínquo das baixas suaves onde esfumava o vale barbárico, de onde provinha a torrente inquieta e turva de profundidade! Eu sentia as estrelas surgirem e se colocarem luminosas sobre aquele mistério. Alçando os olhos ao altíssimo rochedo que se entalhava a pique num semicírculo dentado contra o violeta do crepúsculo, arco solitário e magnífico tenso em força de catástrofe sob os amontoados inquietos de rochas emboscando o infinito, eu não estava não estava maravilhado por descobrir no céu luzes ainda luzes. E, enquanto o tempo fugia em vão para mim, um canto, as longas ondas de um tríplice coro galgavam em lances a rocha, retidas nos confins dourados da noite pelo eco que no seio petroso as refundia alongadas, perdidas.

O canto foi breve: uma pausa, um misterioso comentário improviso e a montanha retomou seu sonho catastrófico. O canto breve: as três moças expressaram desesperadamente sua pena breve e obscura na cadência milenar e calaram na noite! As janelas, todas acesas no vale. Sozinho, estava.

A névoa desaparecera: saio[64]. Alegra-me o aroma caseiro de lavanda e de alfazema dos povoados da Toscana. A igreja tem um alpendre de pequenas colunas quadradas de uma pedra só, sóbrio e elegante, simples e austero, bem toscano. Descubro mais alpendres entre os ciprestes. Numa encosta uma cruz abre seus braços sobre os vastíssimos flancos da Falterona que despojada de moitas não encobre sua estrutura pedregosa. Numa chama ruiva e pálida queima o mato do campo-santo.

Do alto da Falterona (Giogo)

3. A Falterona verde negro prata: a tristeza solene da Falterona que se infla como uma enorme onda petrificada, que deixa atrás de si uma cavalaria de rachaduras rachaduras e rachaduras sobre a rocha até as refervuras arenosas das colinas lá embaixo no plano da Toscana: Castagno, casinhas de penhasco dispersas no

se a mezza costa, finestre che ho visto accese: così a le creature del paesaggio cubistico, in luce appena dorata di occhi interni tra i fini capelli vegetali il rettangolo della testa in linea occultamente fine dai fini tratti traspare il sorriso di Cerere bionda: limpidi sotto la linea del sopra ciglio nero i chiari occhi grigi: la dolcezza della linea delle labbra, la serenità del sopra ciglio memoria della poesia toscana che fu.

(Tu già avevi compreso o Leonardo, o divino primitivo!)

Campigna, foresta della Falterona

4. (Le case quadrangolari in pietra viva costruite dai Lorena restano vuote e il viale dei tigli dà un tono romantico alla solitudine dove i potenti della terra si sono fabbricate le loro dimore. La sera scende dalla cresta alpina e si accoglie nel seno verde degli abeti.)

Dal viale dei tigli io guardavo accendersi una stella solitaria sullo sprone alpino e la selva antichissima addensare l'ombra e i profondi fruscìi del silenzio. Dalla cresta acuta nel cielo, sopra il mistero assopito della selva io scorsi andando pel viale dei tigli la vecchia amica luna che sorgeva in nuova veste rossa di fumi di rame: e risalutai l'amica senza stupore come se le profondità selvaggie dello sprone l'attendessero levarsi dal paesaggio ignoto. Io per il viale dei tigli andavo intanto difeso dagli incanti mentre tu sorgevi e sparivi dolce amica luna, solitario e fumigante vapore sui barbari recessi. E non guardai più la tua strana faccia ma volli andare ancora a lungo pel viale se udissi la tua rossa aurora nel sospiro della vita notturna delle selve.

Stia, 20 Settembre

5. Nell'albergo un vecchio milanese cavaliere parla dei suoi amori lontani a una signora dai capelli bianchi e dal viso di bambina.

meio da encosta, janelas que já vi acesas: assim as criaturas da paisagem cubista[65], em luz apenas dourada de olhos interiores por entre os finos cabelos vegetais o retângulo da testa numa linha oculta de traços finos transparece o sorriso da Ceres loura: límpidos sob a linha da sobrancelha negra os claros olhos cinza: a doçura das linhas dos lábios, a serenidade da sobrancelha memória da poesia toscana que já foi.

(Tu já havias entendido ó Leonardo, ó divino primitivo!)[66]

Campigna, floresta da Falterona

4. (As casas quadrangulares em pedra viva construídas pelos Lorena permanecem vazias e a alameda das tílias dá um tom romântico à solidão onde os poderosos da terra construíram suas moradas. A tarde cai da crista alpina e se acolhe no seio verde dos abetos).

Da alameda das tílias eu olhava uma estrela solitária acender-se sobre o esporão alpino e a antiquíssima selva adensar a sombra e os profundos frufrus do silêncio. Da aguçada crista do céu, sobre o mistério adormecido da selva descortinei andando pela alameda das tílias a lua, a velha amiga que surgia em nova veste rubra de fumos de cobre: e voltei a cumprimentar a amiga sem espanto como se as profundezas selvagens do esporão esperassem ela surgir da ignota paisagem. Eu andava no entanto pela alameda das tílias protegido dos encantos enquanto tu surgias e desaparecias doce amiga lua, solitário fumígero vapor sobre recessos bárbaros. E não mais olhei para teu estranho rosto mas quis andar mais e longamente pela alameda caso ouvisse[67] tua rubra aurora no suspiro da vida noturna das selvas.

Stia[68], 20 de setembro

5. No hotel um velho milanês cavaleiro fala de seus longínquos amores a uma senhora de cabelos brancos e rosto de menina. Ela

Lei calma gli spiega le stranezze del cuore: lui ancora stupisce e si affanna: qua nell'antico paese chiuso dai boschi. Ho lasciato Castagno: ho salito la Falterona lentamente seguendo il corso del torrente rubesto: ho riposato nella limpidezza angelica dell'alta montagna addolcita di toni cupi per la pioggia recente, ingemmata nel cielo coi contorni nitidi e luminosi che mi facevano sognare davanti alle colline dei quadri antichi. Ho sostato nelle case di Campigna. Son sceso per interminabili valli selvose e deserte con improvvisi sfondi di un paesaggio promesso, un castello isolato e lontano: e al fine Stia, bianca elegante tra il verde, melodiosa di castelli sereni: il primo saluto della vita felice del paese nuovo: la poesia toscana ancor viva nella piazza sonante di voci tranquille, vegliata dal castello antico: le signore ai balconi poggiate il puro profilo languidamente nella sera: l'ora di grazia della giornata, di riposo e di oblio.

Al di fuori si è fatta la quiete: il colloquio fraterno del cavaliere continua:

Comme deux ennemis rompus
Que leure haine ne soutient plus
Et qui laissent tomber leurs armes!

21 Settembre (presso la Verna)

6. Io vidi dalle solitudini mistiche staccarsi una tortora e volare distesa verso le valli immensamente aperte. Il paesaggio cristiano segnato di croci inclinate dal vento ne fu vivificato misteriosamente. Volava senza fine sull'ali distese, leggera come una barca sul mare. Addio colomba, addio! Le altissime colonne di roccia della Verna si levavano a picco grige nel crepuscolo, tutt'intorno rinchiuse dalla foresta cupa.

calma lhe explica as esquisitices do coração: ele ainda se admira e se afana: aqui no antigo povoado fechado pelos bosques. Deixei Castagno: subi a Falterona lentamente seguindo o curso da torrente impetuosa: descansei na limpidez angélica da alta montanha suave de tons sombrios pela chuva recente, engalanada no céu com os contornos nítidos e luminosos que me faziam sonhar diante das colinas dos quadros antigos. Descansei nas casas de Campigna. Desci por intermináveis vales selvosos e desertos com fundos improvisos de uma paisagem prometida, um castelo isolado e afastado: e ao final Stia, branca, elegante, por entre o verde, melodiosa de serenos castelos: a primeira saudação da vida feliz do novo povoado: a poesia toscana viva ainda na praça soando de vozes tranquilas, velada pelo antigo castelo: senhoras assomam nos balcões o puro perfil languidamente à tarde: a hora da graça do dia, do descanso, do olvido.

Fora se fez a quietude: o colóquio fraterno do cavaleiro continua:

> Comme deux ennemis rompus
> Que leure[69] haine ne soutient plus
> Et qui laissent tomber leurs armes![70]
> [Como dois inimigos lassos
> Que seu ódio já não mais sustenta
> E que deixam cair suas armas!]

21 de setembro (próximo à Verna)

6. Das solidões místicas vi se desprender uma rolinha e voar despregada em direção aos vales imensamente abertos. A paisagem cristã marcada por cruzes inclinadas pelo vento ficou misteriosamente vivificada. Ela voava sem fim sobre as asas estendidas, leve como um barco sobre o mar. Adeus rolinha, adeus! As altíssimas colunas de pedra da Verna elevavam-se a pique cinza no crepúsculo, todas vedadas em volta pela floresta sombria.

Incantevolmente cristiana fu l'ospitalità dei contadini là presso. Sudato mi offersero acqua. "In un'ora arriverete alla Verna, se Dio vole." Una ragazzina mi guardava cogli occhi neri un pò tristi, attonita sotto l'ampio cappello di paglia. In tutti un raccoglimento inconscio, una serenità conventuale addolciva a tutti i tratti del volto. Ricorderò per molto tempo ancora la ragazzina e i suoi occhi conscii e tranquilli sotto il cappellone monacale.

Sulle stoppie interminabili sempre più alte si alzavano le torri naturali di roccia che reggevano la casetta conventuale rilucente di dardi di luce nei vetri occidui.

Si levava la fortezza dello spirito, le enormi rocce gettate in cataste da una legge violenta verso il cielo, pacificate dalla natura prima che le aveva coperte di verdi selve, purificate poi da uno spirito d'amore infinito: la meta che aveva pacificato gli urti dell'ideale che avevano fatto strazio, a cui erano sacre pure supreme commozioni della mia vita.

22 Settembre (La Verna)

7. "Francesca B. O divino santo Francesco pregate per me peccatrice. 20 Agosto 189...."

Me ne sono andato per la foresta con un ricordo risentendo la prima ansia. Ricordavo gli occhi vittoriosi, la linea delle ciglia: forse mai non aveva saputo: ed ora la ritrovavo al termine del mio pellegrinaggio che rompeva in una confessione così dolce, lassù lontano da tutto. Era scritta a metà del corridoio dove si svolge la Via Crúcis della vita di S. Francesco: (dalle inferriate sale l'alito gelido degli antri). A metà, davanti alle semplici figure d'amore il suo cuore si era aperto ad un grido ad una lacrima di passione, così il destino era consumato!

Antri profondi, fessure rocciose dove una scaletta di pietra si sprofonda in un'ombra senza memoria, ripidi colossali bassorilievi di colonne nel vivo sasso: e nella chiesa l'angiolo, purità dolce

Encantadoramente cristã foi a hospitalidade dos camponeses dos arredores. Suado[71] ofereceram-me água. "Em uma hora chegará a Verna, se Deus quiser". Uma menina olhava-me com olhos negros um pouco tristes, atônita sob o amplo chapéu de palha. Em todos um recolhimento inconsciente, uma serenidade de convento suavizava os traços de seus rostos. Lembrarei por muito tempo ainda da menina e de seus olhos ajuizados e tranquilos sob o grande chapéu de monja.

Sobre os intermináveis restolhos sempre mais altas erguiam-se as torres naturais de pedra que sustentavam a casinha conventual brilhante de dardos de luz nos vidros que davam a poente.

Erguia-se a fortaleza do espírito, as enormes rochas atiradas aos montões em direção ao céu por uma lei violenta, pacificadas antes pela natureza que as havia coberto de verdes selvas, purificadas depois por um espírito de amor infinito: a meta que havia apaziguado os choques do ideal que tanto dano haviam feito, a quem eram sagradas as puras supremas comoções de minha vida[72].

22 de setembro (A Verna)

7. "Francesca B. Ó divino São Francisco rogai por mim pecadora. 20 de Agosto de 189..."[73]

Fui andando pela floresta com uma lembrança experimentando o afã da primeira vez. Lembrava dos olhos vitoriosos, da linha dos cílios: talvez ela nunca tivesse sabido: e agora a encontrava no fim de minha peregrinação que rompia em uma confissão tão doce, lá longe de tudo. Estava escrita no meio do corredor onde se desenrola a Via Crúcis da vida de São Francisco: (das barras de ferro das janelas sobe o hálito gélido dos antros). No meio, diante das simples figuras de amor seu coração abrira-se num grito numa lágrima de paixão, assim o destino havia se consumado!

Antros profundos, fissuras nas rochas onde uma escadinha de pedra afunda-se numa sombra sem memória, íngremes gigantescos baixos-relevos de colunas na viva pedra: e na igreja o

che il giglio divide e la Vergine eletta, e un cirro azzurreggia nel cielo e un'anfora classica rinchiude la terra ed i gigli: che appare nello scorcio giusto in cui appare il sogno, e nella nuvola bianca della sua bellezza che posa un istante il ginocchio a terra, lassù così presso al cielo:

. . . .
stradine solitarie tra gli alti colonnarii d'alberi contente di una lieve stria di sole. . . . .
finchè io là giunsi indove avanti a una vastità velata di paesaggio una divina dolcezza notturna mi si discoprì nel mattino, tutto velato di chiarìe il verde, sfumato e digradante all'infinito: e pieno delle potenze delle sue profilate catene notturne. Caprese, Michelangiolo, colei che tu piegasti sulle sue ginocchia stanche di cammino, che piega che piega e non posa, nella sua posa arcana come le antiche sorelle, le barbare regine antiche sbattute nel turbine del canto di Dante, regina barbara sotto il peso di tutto il sogno umano.....

. . . .

Il corridoio, alitato dal gelo degli antri, si veste tutto della leggenda Francescana. Il santo appare come l'ombra di Cristo, rassegnata, nata in terra d'umanesimo, che accetta il suo destino nella solitudine. La sua rinuncia è semplice e dolce: dalla sua solitudine intona il canto alla natura con fede: Frate Sole, Suor Acqua, Frate Lupo. Un caro santo italiano. Ora hanno rivestito la sua cappella scavata nella viva roccia. Corre tutt'intorno un tavolato di noce dove con maliconia potente un frate . . . . . da Bibbiena intarsiò mezze figure di santi monaci. La semplicità bizzarra del disegno bianco risalta quando l'oro del tramonto tenta versarsi dall'invetriata prossima nella penombra della cappella. Acquistano allora quei sommarii disegni un fascino bizzarro e nostalgico. Bianchi sul tono ricco del noce sembrano rilevarsi i profili ieratici dal breve paesaggio claustrale da cui sorgono decollati, figure di una santità fatta spiri-

anjo, doce pureza que o lírio divide da Virgem eleita, e um cirro azuleja no céu e uma ânfora clássica encerra a terra e os lírios[74]: que aparecem no exato escorço em que aparece o sonho, e na nuvem branca de sua beleza que por um instante pousa o joelho no chão, lá em cima assim próximo do céu:

. . . .
solitárias sendas entre os altos pilares das árvores felizes com uma leve réstia de sol. . . . .
até eu chegar lá onde diante de uma vastidão velada de paisagem uma divina doçura noturna descortinei de manhã, o verde todo velado de clarores, esfumado e degradando para o infinito: e pleno das potências de suas perfiladas cadeias noturnas. Caprese[75], ó Michelangiolo, aquela[76] que tu dobraste sobre seus joelhos cansados de caminho, que dobra que dobra e não pousa, em sua pose arcana como as antigas irmãs, as bárbaras rainhas antigas atiradas no turbilhão do canto de Dante[77], rainha bárbara sob o peso de todo o sonho humano.....

. . . .
O corredor para onde halita o gelo dos antros veste-se todo da lenda franciscana. O santo aparece como a sombra de Cristo, resignada, nascida em terra de humanismo, que aceita seu destino na solidão. Sua renúncia é doce e simples: de sua solidão entoa o canto à natureza com fé: Frade Sol, Sóror Água, Frade Lobo. Um santo italiano querido. Agora revestiram sua capela escavada na rocha viva. Todo em volta corre uma mesa de nogueira onde com poderosa melancolia um frade. . . . . de Bibbiena marchetou meias figuras de monges santos. A bizarra simplicidade do desenho branco ressalta quando o ouro do ocaso tenta despejar-se da vidraça próxima na penumbra da capela. Aqueles desenhos sumários adquirem então um estranho e nostálgico fascínio. Brancos sobre a tonalidade rica da nogueira parecem destacar-se os perfis hieráticos da breve paisagem claustral da qual surgem decapitados, figuras de uma santidade tornada espírito, rígidas

to, linee rigide enigmatiche di grandi anime ignote. Un frate decrepito nella tarda ora si trascina nella penombra dell'altare, silenzioso nel saio villoso, e prega le preghiere d'ottanta anni d'amore. Fuori il tramonto s'intorbida. Strie minacciose di ferro si gravano sui monti prospicenti lontane. Il sogno è al termine e l'anima improvvisamente sola cerca un appoggio una fede nella triste ora. Lontano si vedono lentamente sommergersi le vedette mistiche e guerriere dei castelli del Casentino. Intorno è un grande silenzio un grande vuoto nella luce falsa dai freddi bagliori che ancora guizza sotto le strette della penombra. E corre la memoria ancora alle signore gentili dalle bianche braccia ai balconi laggiù: come in un sogno: come in un sogno cavalleresco!

Esco: il piazzale è deserto. Seggo sul muricciolo. Figure vagano, facelle vagano e si spengono: i frati si congedano dai pellegrini. Un alito continuo e leggero soffia dalla selva in alto, ma non si ode nè il frusciare della massa oscura nè il suo fluire per gli antri. Una campana dalla chiesetta francescana tintinna nella tristezza del chiostro: e pare il giorno dall'ombra, il giorno piagner che si muore.

II. RITORNO

8. SALGO (nello spazio, fuori del tempo)
    L'acqua il vento
  La sanità delle prime cose –
  Il lavoro umano sull'elemento
  Liquido – la natura che conduce
5 Strati di rocce su strati – il vento
  Che scherza nella valle – ed ombra del vento
  La nuvola – il lontano ammonimento

enigmáticas linhas de grandes almas desconhecidas. Um frade decrépito àquela hora tardia arrasta-se na penumbra do altar, silencioso em seu saio viloso, e reza as rezas de oitenta anos de amor. Fora, turva-se o ocaso. Ameaçadoras estrias de ferro gravam-se[78] sobre os montes que despontam ao longe. O sonho está no fim e a alma de repente só procura um apoio uma fé na triste hora. Longe veem-se submergir lentamente as vedetas místicas e aguerridas dos castelos do Casentino[79]. Tudo em volta é um grande silêncio, um grande vazio na luz falsa de frios clarões que ainda se esgueira apertada pela penumbra. E corre a memória ainda às gentis damas de brancos braços nos balcões lá embaixo: como num sonho: como num sonho cavalheiresco!

Saio: o pátio está deserto. Sento-me à mureta. Figuras vagueiam, lumes vagueiam e se apagam: os frades despedem-se dos peregrinos. Um contínuo e leve alento sopra da selva para o alto, mas não se ouve nem o farfalhar da massa obscura nem seu fluir pelos antros. Um sino da igreja franciscana retine na tristeza do claustro: e parece o dia da sombra, o dia a chorar que está morrendo[80].

II. A VOLTA

8. SUBO (no espaço, fora do tempo)
    A água o vento
  A sanidade das primeiras coisas –
  O trabalho humano sobre o elemento
  Líquido[81] – a natureza que conduz
5 Estratos sobre estratos de rochas – o vento
  Que brinca no vale – e sombra do vento
  A nuvem – o longínquo pressentimento
  Do rio no vale –
  E a ruína do contraforte – o desmoronamento

Del fiume nella valle –
E la rovina del contrafforte – la frana
10 La vittoria dell'elemento – il vento
Che scherza nella valle.
Su la lunghissima valle che sale in scale
La casetta di sasso sul faticoso verde:
La bianca immagine dell'elemento.

15   La tellurica melodia della Falterona. Le onde telluriche. L'ultimo asterisco della melodia della Falterona s'inselva nelle nuvole. Su la costa lontana traluce la linea vittoriosa dei giovani abeti, l'avanguardia dei giganti giovinetti serrati in battaglia, felici nel sole lungo la lunga costa torrenziale. In fondo, nel frusciar delle
20 nere selve sempre più avanti accampanti lo scoglio enorme che si ripiega grottesco su sè stesso, pachiderma a quattro zampe sotto la massa oscura: la Verna. E varco e varco.

    Campigno: paese barbarico, fuggente, paese notturno, mistico incubo del caos. Il tuo abitante porge la notte dell'antico ani-
25 male umano nei suoi gesti. Nelle tue mosse montagne l'elemento grottesco profila: un gaglioffo, una grossa puttana fuggono sotto le nubi in corsa. E le tue rive bianche come le nubi, triangolari, curve come gonfie vele: paese barbarico, fuggente, paese notturno, mistico incubo del Caos.

30 . . . .

Riposo ora per l'ultima volta nella solitudine della foresta. Dante la sua poesia di movimento, mi torna tutta in memoria. O pellegrino, o pellegrini che pensosi andate! Catrina, bizzarra figlia della montagna barbarica, della conca rocciosa dei venti, come è dolce
35 il tuo pianto: come è dolce quando tu assistevi alla scena di dolore della madre, della madre che aveva morto l'ultimo figlio. Una delle pie donne a lei dintorno, inginocchiata cercava di consolarla: ma lei non voleva essere consolata, ma lei gettata a terra voleva piangere tutto il suo pianto. Figura del Ghirlandaio, ultima figlia

10 A vitória do elemento – o vento
Que brinca no vale.
No longo vale que sobe em remoinhos
A casinha de pedra no verde fatigante:
A branca imagem do elemento.

A telúrica melodia da Falterona. As ondas telúricas. O último asterisco[82] da melodia da Falterona enselva-se nas nuvens. Na remota encosta transluz a linha vitoriosa dos jovens abetos, a vanguarda dos jovens gigantes[83] cerrados para a luta, felizes no sol ao longo da torrencial encosta. No fundo, no farfalhar das negras selvas que acampam sempre mais à frente o escolho enorme que se dobra grotesco sobre si, paquiderme de quatro patas sob a massa obscura: a Verna. E pelo desfiladeiro passo.

Campigno: fugidia aldeia barbárica, aldeia noturna, místico pesadelo do caos. Teu morador estende a noite do antigo animal humano em seus gestos. Em tuas montanhas vivas o elemento grotesco se perfila: um vadio, uma puta grande fogem correndo por sob as nuvens. E tuas margens brancas como as nuvens, triangulares, encurvadas como velas cheias[84]: aldeia barbárica, fugidia, aldeia noturna, místico pesadelo do Caos.

. . . .

Descanso agora pela última vez na solidão da floresta. Dante, a sua poesia de movimento, volta-me toda à lembrança. Ó peregrino, ó peregrinos que pensando andais[85]! Catrina[86], bizarra filha da montanha barbárica, da bacia rochosa dos ventos, quão suave é teu pranto: quão suave quando assistias à cena da dor da mãe, da mãe diante de seu último filho morto. Uma das piedosas mulheres à sua volta, ajoelhada, tentava consolá-la: mas ela não queria ser consolada, ela, prostrada ao chão, queria chorar todo o seu pranto. Figura de Ghirlandaio, última filha da poesia toscana que foi, tu que desceste então de teu cavalo, tu que então olhaste: tu que no fluxo ondejante de teus cabelos

della poesia toscana che fu, tu scesa allora dal tuo cavallo tu allora guardavi: tu che nella profluvie ondosa dei tuoi capelli salivi, salivi con la tua compagnia, come nelle favole d'antica poesia: e già dimentica dell'amor del poeta.

Monte Filetto 25 Settembre

9. Un usignolo canta tra i rami del noce. Il poggio è troppo bello sul cielo troppo azzurro. Il fiume canta bene la sua cantilena. È un'ora che guardo lo spazio laggiù e la strada a mezza costa del poggio che vi conduce. Quassù abitano i falchi. La pioggia leggera d'estate batteva come un ricco accordo sulle foglie del noce. Ma le foglie dell'acacia albero caro alla notte si piegavano senza rumore come un'ombra verde. L'azzurro si apre tra questi due alberi. Il noce è davanti alla finestra della mia stanza. Di notte sembra raccogliere tutta l'ombra e curvare le cupe foglie canore come una messe di canti sul tronco rotondo lattiginoso quasi umano: l'acacia sa profilarsi come un chimerico fumo. Le stelle danzavano sul poggio deserto. Nessuno viene per la strada. Mi piace dai balconi guardare la campagna deserta abitata da alberi sparsi, anima della solitudine forgiata di vento. Oggi che il cielo e il paesaggio erano così dolci dopo la pioggia pensavo alle signorine di Maupassant e di Jammes chine l'ovale pallido sulla tapezzeria memore e sulle stampe. Il fiume riprende la sua cantilena. Vado via. Guardo ancora la finestra: la costa è un quadretto d'oro nello squittire dei falchi.

Presso Campigno (26 Settembre)

10. Per rendere il paesaggio, il paese vergine che il fiume docile a valle solo riempie del suo rumore di tremiti freschi, non basta la pittura, ci vuole l'acqua, l'elemento stesso, la melodia docile dell'acqua che si stende tra le forre all'ampia rovina del suo letto, che dolce come l'antica voce dei venti incalza verso le

subias, subias com tua companhia, como nas fábulas da antiga poesia: e já esquecida do amor do poeta.

Monte Filetto, 25 de setembro

9. Um rouxinol canta entre as árvores da nogueira. O outeiro é demasiado belo no céu demasiado azul. O rio canta[87] bem sua ladainha. Há uma hora estou olhando para o espaço lá embaixo e a estrada a meia encosta do morro que a ele conduz. Aqui em cima moram os falcões. A chuva leve do estio batia como um rico acorde sobre as folhas da nogueira. Mas as folhas da acácia, árvore cara à noite[88], dobravam-se sem ruído como uma sombra verde. Abre-se o azul entre essas duas árvores. A nogueira, frente à janela de meu quarto. Parece recolher toda a sombra e encurvar suas turvas folhas canoras, à noite, feito uma messe de cantos sobre o tronco redondo cor-de-leite quase humano: a acácia sabe perfilar-se como uma fumaça quimérica. As estrelas dançavam no outeiro deserto. Ninguém vem pela estrada. Agrada-me dos balcões olhar para o campo deserto, habitado por árvores esparsas, alma da solidão forjada de vento. Hoje o céu e a paisagem eram tão suaves depois da chuva, pensava nas moças de Maupassant e de Jammes, reclinando o pálido oval sobre as tapeçarias memoriosas e as estampas. Retoma a ladainha o rio. Vou-me. Olho mais uma vez pela janela: a vertente é um pequeno quadro dourado no piar dos falcões.

Próximo a Campigno (26 de setembro)

10. A render a paisagem, o povoado[89] virgem que o rio dócil lá embaixo só enche de seu ruído de frescos tremores, não basta a pintura, água é preciso, o elemento mesmo, a melodia dócil da água que se estende entre os despenhadeiros na ampla ruína de seu leito, que doce como a antiga voz dos ventos se atira sem trégua para os vales em curvas regais: pois que aqui ela é realmente a rainha da paisagem.

valli in curve regali: poi chè essa è quì veramente la regina del paesaggio.

. . . .

Valdervé è una costa interamente alpina che scende a tratti a dirupi e getta sull'acqua il suo piedistallo come la zanna del leone. L'acqua volge con tonfi chiari e profondi lasciando l'alto scenario pastorale di grandi alberi e colline.

. . . .

Ecco le rocce, strati su strati, monumenti di tenacia solitaria che consolano il cuore degli uomini. E dolce mi è sembrato il mio destino fuggitivo al fascino dei lontani miraggi di ventura che ancora arridono dai monti azzurri: e a udire il sussurrare dell'acqua sotto le nude roccie, fresca ancora delle profondità della terra. Così conosco una musica dolce nel mio ricordo senza ricordarmene neppure una nota: so che si chiama la partenza o il ritorno: conosco un quadro perduto tra lo splendore dell'arte fiorentina colla sua parola di dolce nostalgia: è il figliuol prodigo all'ombra degli alberi della casa paterna. Letteratura? Non so. Il mio ricordo, l'acqua è così. Dopo gli sfondi spirituali senza spirito, dopo l'oro crepuscolare, dolce come il canto dell'onnipresente tenebra è il canto dell'acqua sotto le rocce: così come è dolce l'elemento nello splendore nero degli occhi delle vergini spagnole: e come le corde delle chitarre di Spagna...... Ribera, dove vidi le tue danze arieggiate di secchi accordi? Il tuo satiro aguzzo alla danza dei vittoriosi accordi? E in contro l'altra tua faccia, il cavaliere della morte, l'altra tua faccia cuore profondo, cuore danzante, satiro cinto di pampini danzante sulla sacra oscenità di Sileno? Nude scheletriche stampe, sulla rozza parete in un meriggio torrido fantasmi della pietra......

. . . .

Ascolto. Le fontane hanno taciuto nella voce del vento. Dalla roccia cola un filo d'acqua in un incavo. Il vento allenta e raffrena il morso del lontano dolore. Ecco son volto. Tra le rocce crepusco-

. . . .

Valdervé é uma encosta verdadeiramente alpina que desce por trechos em quebradas e joga na água seu pedestal como a presa do leão[90]. Escorre a água com baques claros e profundos deixando o alto cenário pastoril de grandes árvores e morros.

. . . .

Aí estão as rochas, camadas em camadas, monumentos de solitária tenacidade que consolam o coração dos homens. E doce pareceu-me meu destino fugitivo pela fascinação das longínquas miragens de ventura que ainda sorriem das montanhas azuis: e ouvindo o murmurar da água sob as rochas nuas, fresca ainda das profundezas da terra. Assim conheço uma música suave em minha lembrança sem sequer lembrar uma única nota: sei que se chama partida ou retorno: conheço um quadro perdido entre o resplendor da arte florentina com sua doce palavra de nostalgia: é o filho pródigo à sombra das árvores da casa paterna[91]. Literatura? Não sei. Minha lembrança, a água é assim. Depois dos fundos espirituais sem espírito, depois do ouro do crepúsculo, doce feito o canto da treva onipresente é o canto das águas sob as rochas: assim como doce é o elemento no resplendor negro dos olhos das virgens espanholas: e como as cordas das guitarras da Espanha... Ribera, onde vi tuas danças arejadas de acordes secos? Teu sátiro[92] aguçado na dança de acordes vitoriosos? E, na frente, a outra tua face, o cavaleiro da morte[93], a outra tua face coração profundo, coração dançante, sátiro cingido de parras dançando sobre a sagrada obscenidade de Sileno? Nuas esqueléticas estampas, sobre a rude parede de uma tórrida tarde fantasmas da pedra......

. . . .

Ouço. As fontes calaram na voz do vento. Da rocha coa um fio d'água numa encavação. O vento afrouxa e refreia a mordida da remota dor. Virei-me. Entre as rochas crepusculares uma forma negra chifruda imóvel olha-me imóvel com olhos de ouro.

lari una forma nera cornuta immobile mi guarda immobile con occhi d'oro.

. . . .

Laggiù nel crepuscolo la pianura di Romagna. O donna sognata, donna adorata, donna forte, profilo nobilitato di un ricordo di immobilità bizantina, in linee dolci e potenti testa nobile e mitica dorata dell'enigma delle sfingi: occhi crepuscolari in paesaggio di torri là sognati sulle rive della guerreggiata pianura, sulle rive dei fiumi bevuti dalla terra avida là dove si perde il grido di Francesca: dalla mia fanciullezza una voce liturgica risuonava in preghiera lenta e commossa: e tu da quel ritmo sacro a me commosso sorgevi, già inquieto di vaste pianure, di lontani miracolosi destini: risveglia la mia speranza sull'infinito della pianura o del mare sentendo aleggiare un soffio di grazia: nobiltà carnale e dorata, profondità dorata degli occhi: guerriera, amante, mistica, benigna di nobiltà umana antica Romagna.

. . . .

L'acqua del mulino corre piana e invisibile nella gora. Rivedo un fanciullo, lo stesso fanciullo, laggiù steso sull'erba. Sembra dormire. Ripenso alla mia fanciullezza: quanto tempo è trascorso da quando i bagliori magnetici delle stelle mi dissero per la prima volta dell'infinità delle morti!....... Il tempo è scorso, si è addensato, è scorso: così come l'acqua scorre, immobile per quel fanciullo: lasciando dietro a sè il silenzio, la gora profonda e uguale: conservando il silenzio come ogni giorno l'ombra.......

Quel fanciullo o quella immagine proiettata dalla mia nostalgia? Così immobile laggiù: come il mio cadavere.

Marradi (Antica volta. Specchio velato)

11. Il mattino arride sulle cime dei monti. In alto sulle cuspidi di un triangolo desolato si illumina il castello, piú alto e piú

. . . .
Lá embaixo, no crepúsculo a planície da Romanha. Ó mulher sonhada, mulher adorada, mulher forte, perfil nobilitado por uma lembrança de imobilidade bizantina[94], em linhas doces e poderosas cabeça nobre e mítica dourada pelo enigma das esfinges: olhos crepusculares numa paisagem de torres sonhadas lá nas margens da batalha da planície, nas margens dos rios bebidos pela terra ávida, lá onde se perde o grito de Francesca[95]: de minha infância uma voz litúrgica ressoava em oração lenta e comovida: e tu surgias a mim tocado por aquele ritmo sagrado, já inquieto[96] de vastas planícies, de longínquos milagrosos destinos: desperta minha esperança sobre o infinito da planície ou do mar sentindo halitar um sopro de graça: nobreza carnal e dourada, profundeza dourada dos olhos: guerreira, amante, mística, benigna de nobreza humana antiga Romanha.

. . . .
A água do moinho corre plana e invisível para o canal. Torno a ver um menino, o mesmo menino, deitado na relva, lá embaixo. Parece estar dormindo. Repenso em minha meninice: há quanto tempo os clarões magnéticos das estrelas disseram-me pela primeira vez da infinidade das mortes!. . . . . . . O tempo passou, fez-se espesso, passou: da mesma forma que a água escorre imóvel para aquele menino: deixando atrás de si o silêncio, o charco profundo e igual, conservando o silêncio como cada dia a sombra. . . . .

Aquele menino ou aquela imagem projetada pela minha saudade? Imóvel lá embaixo: feito meu cadáver.

Marradi (Abóbada antiga. Espelho velado)

11. A manhã sorri no alto dos morros. Lá em cima, sobre as cúspides de um desolado triângulo o castelo ilumina-se, mais alto e mais remoto. Vênus passa acocorada na carroça que vai pelo caminho do convento. O rio desenrola-se no vale: roto e mugin-

lontano. Venere passa in barroccio accoccolata per la strada conventuale. Il fiume si snoda per la valle: rotto e muggente a tratti canta e riposa in larghi specchi d'azzurro: e più veloce trascorre le mura nere (una cupola rossa ride lontana con il suo leone) e i campanili si affollano e nel nereggiare inquieto dei tetti al sole una lunga veranda che ha messo un commento variopinto di archi!

Presso Marradi (ottobre)

12. Son capitato in mezzo a bona gente. La finestra della mia stanza che affronta i venti: e la . . . . . e il figlio, povero uccellino dai tratti dolci e dall'anima indecisa, povero uccellino che trascina una gamba rotta, e il vento che batte alla finestra dall'orizzonte annuvolato i monti lontani ed alti, il rombo monotono del vento. Lontano è caduta la neve . . . . . La padrona zitta mi rifà il letto aiutata dalla fanticella. Monotona dolcezza della vita patriarcale. Fine del pellegrinaggio.

do, por vezes, canta e descansa em largos espelhos de azul: e mais veloz passa os muros negros (uma cúpula vermelha ri ao longe com seu leão)⁹⁷ e os campanários povoam-se e no quieto negrejar dos telhados ao sol uma longa varanda que colocou seu variegado comentário de arcadas!

Próximo a Marradi (Outubro)

12. Cheguei no meio de gente boa. A janela de meu quarto enfrenta os ventos: e a . . . . . e o filho, pobre passarinho de traços suaves e alma indecisa, pobre passarinho que arrasta sua perna quebrada⁹⁸, e o vento que bate à janela, do horizonte nublado os montes altos e longínquos, e o estrondo monótono do vento. Longe caiu a neve . . . . . A patroa, calada, arruma minha cama ajudada pela empregadinha. Monótona suavidade da vida patriarcal. Fim da peregrinação.

IMMAGINI DEL VIAGGIO
E DELLA MONTAGNA

．．．．．．． poi che nella sorda lotta notturna
La più potente anima seconda ebbe frante le nostre
[catene
Noi ci svegliammo piangendo ed era l'azzurro mattino:
Come ombre d'eroi veleggiavano:
5 De l'alba non ombre nei puri silenzii
De l'alba
Nei puri pensieri
Non ombre
De l'alba non ombre:
10 Piangendo: giurando noi fede all'azzurro

． ． ． ． ． ． ． ． ． ． ． ． ． ． ． ． ． ． ． ．
． ． ． ． ． ． ． ． ． ． ． ． ． ． ． ． ．

Pare la donna che siede pallida giovine ancora
Sopra dell'erta ultima presso la casa antica:
15 Avanti a lei incerte si snodano le valli
Verso le solitudini alte de gli orizzonti:
La gentile canuta il cuculo sente a cantare.
E il semplice cuore provato negli anni
A le melodie della terra
20 Ascolta quieto: le note
Giungon, continue ambigue come in un velo di seta.
Da selve oscure il torrente
Sorte ed in torpidi gorghi la chiostra di rocce
Lambe ed involge aereo cilestrino．．．．．．．

IMAGENS DA VIAGEM
E DA MONTANHA

.... depois que na surda luta noturna
A mais possante alma segunda⁹⁹ pôde nossas correntes
                                            [rebentar
Despertamos chorando e era o azul da manhã:
Como sombras velejavam dos heróis:
5 D´alvorada não sombras nos puros silêncios
D´alvorada
Nos puros pensamentos
Não sombras
D´alvorada não sombras:
10 Chorando: juramos nós fé ao azul

    . . . .
    . . . .

Parece a mulher que senta pálida ainda jovem¹⁰⁰
Sobre a última ladeira perto da casa antiga:
15 À sua frente incertos desenrolam-se os vales
Rumo às altas solidões dos horizontes:
A anciã gentil ouve o cuco cantar.
E o singelo coração pelos anos provado
Nas melodias da terra
20 Ouve tranquilo: as notas
Chegam, contínuas ambíguas feito num véu de seda.
O rio, vindo de obscuras selvas
Aparece e em turvos remoinhos o círculo de rochas
Lambe envolvendo, aéreo cor-de-anil.......

25 E il cuculo cola più lento due note velate
Nel silenzio azzurrino

. . . .
. . . .

L'aria ride: la tromba a valle i monti
30 Squilla: la massa degli scorridori
Si scioglie: ha vivi lanci: i nostri cuori
Balzano: e grida ed oltrevarca i ponti.
E dalle altezze agli infiniti albori
Vigili, calan trepidi pei monti,
35 Tremuli e vaghi nelle vive fonti,
Gli echi dei nostri due sommessi cuori.........
Hanno varcato in lunga teoria:
Nell'aria non so qual bacchico canto
Salgono: e dietro a loro il monte introna:
40 . . . .
E si distingue il loro verde canto.

. . . .
. . . .

Andar, *de l'acque ai gorghi*, per la china
45 Valle, nel sordo mormorar sfiorato:
Seguire un'ala stanca per la china
Valle che batte e volge: desolato
Andar per valli, in fin che in azzurrina
Serenità, dall'aspre rocce dato
50 Un Borgo in grigio e vario torreggiare
All'alterno pensier pare e dispare,
Sovra l'arido sogno, serenato!
O se come il torrente che rovina
E si riposa nell'azzurro eguale,
55 Se tale a le tue mura la proclina
Anima al nulla nel suo andar fatale,
Se alle tue mura in pace cristallina

25 E o cuco coa mais lento duas notas veladas
No silêncio do azul

. . . .

. . . .

Ri o ar: a trompa[101] no sopé dos montes
30 Ressoa: dissolve-se a massa dos corredores:
Tem lances vivos: nossos corações
Saltam: e grita e ultrapassa as pontes.
E das alturas ao infinito alvor
Atentos, baixam trepidantes pelos montes,
35 Vagos e trêmulos em suas vivas fontes,
Os ecos de nossos abafados corações.........
Passaram em comprida fila:
Alçam ao ar não sei que canto báquico
E atrás deles a montanha estronda:
40 . . . .
E se percebe o verde cantar deles.

. . . .

. . . .

Andar, *aos vórtices das águas,* pelo vale
45 Inclinado, *roçado pelo surdo murmurar:*
Seguir uma asa lassa pelo vale
Inclinado que bate e volta: desolado
Andar pelos vales, até que em azul
Serenidade, da áspera rocha nascido
50 Um Burgo[102] em cinzento e vário torrear
Furta-se e dá-se ao pensar alternado,
Sereno, sobre o árido sonho!
Oh, se igual à torrente que despeja
E se repousa na placidez do azul,
55 Se tal a teus muros a propensa
Ao nada minh'alma em seu andar fatal[103],
Se a teus muros em cristalina paz

Tender potessi, in una pace uguale,
E il ricordo specchiar di una divina
60 Serenità perduta o tu immortale
Anima! o Tu!

. . . .
. . . .

La messe, intesa al misterioso coro
65 Del vento, in vie di lunghe onde tranquille
Muta e gloriosa per le mie pupille
Discioglie il grembo delle luci d'oro.
O Speranza! O Speranza! a mille a mille
Splendono nell'estate i frutti! un coro
70 Ch'è incantato, è al suo murmure, canoro
Che vive per miriadi di faville!........

. . . .

Ecco la notte: ed ecco vigilarmi
E luci e luci: ed io lontano e solo:
75 Quieta è la messe, verso l'infinito
(Quieto è lo spirto) vanno muti carmi
A la notte: a la notte: intendo: Solo
Ombra che torna, ch'era dipartito......

Tender pudesse, numa paz igual,
E a lembrança espelhar de uma divina
60 Perdida serenidade, ó, tu imortal
Alma! ó, Tu!

. . . .

. . . .

A messe[104], ciosa do misterioso coro
65 Do vento, em vias de longas ondas tranquilas
Muda e gloriosa por minhas pupilas
Desprende o colo de suas luzes d´ouro.
Ó Esperança! Ó Esperança! Em mais de mil
Rutilam no verão os frutos! um coro
70 Que é encantado, torna-se canoro ao seu murmúrio
E vive por milhares de fagulhas!........

. . . .

Eis chega a noite: e eis que me vigiam
Luzes mais luzes: e eu longínquo e só:
75 Quieta está a messe, rumo ao infinito
(Quieto está o espírito) vão mudos carmes
À noite: à noite: entendo: Apenas
Sombra que volta, que havia se despedido[105]......

VIAGGIO A MONTEVIDEO

Io vidi dal ponte della nave
I colli di Spagna
Svanire, nel verde
Dentro il crepuscolo d'oro la bruna terra celando
5 Come una melodia:
D'ignota scena fanciulla sola
Come una melodia
Blu, su la riva dei colli ancora tremare una viola.....
Illanguidiva la sera celeste sul mare:
10 Pure i dorati silenzii ad ora ad ora dell'ale
Varcaron lentamente in un azzurreggiare: ......
Lontani tinti dei varii colori
Dai più lontani silenzii
Ne la celeste sera varcaron gli uccelli d'oro: la nave
15 Già cieca varcando battendo la tenebra
Coi nostri naufraghi cuori
Battendo la tenebra l'ale celeste sul mare.
Ma un giorno
Salirono sopra la nave le gravi matrone di Spagna
20 Da gli occhi torbidi e angelici
Dai seni gravidi di vertigine. Quando
In una baia profonda di un'isola equatoriale
In una baia tranquilla e profonda assai più del cielo
                                            [notturno
Noi vedemmo sorgere nella luce incantata
25 Una bianca città addormentata

VIAGEM A MONTEVIDÉU[106]

    Vi da ponte do navio[107]
    Os morros da Espanha
    Desaparecer, no verde
    No crepúsculo de ouro a escura terra ocultando
5   Como uma melodia:
    Moça sozinha de uma ignota cena[108]
    Como uma melodia
    Azul, na beira dos morros ainda tremer uma viola.....[109]
    Enlanguescia a tarde celeste no mar:
10 Mesmo os dourados silêncios de hora em hora das asas
    Cruzaram lentamente em um azular:........
    Longínquas tingidas de várias cores
    Dos mais remotos silêncios
    Na tarde celeste cruzaram aves d´ouro: o navio
15 Já cego cruzando batendo a treva
    Com nossos náufragos corações
    Batendo a treva asas azuis no mar.
    Um dia porém
    Subiram no navio as graves matronas de Espanha
20 Olhos turvo-angelicais
    Seios grávidos de vertigem. Quando
    Numa baía profunda de uma ilha equatorial[110]
    Numa baía tranquila e profunda muito mais que o céu
                                 [noturno
    Vimos surgir na luz encantada
25 Uma branca cidade adormecida

Ai piedi dei picchi altissimi dei vulcani spenti
Nel soffio torbido dell'equatore: finchè
Dopo molte grida e molte ombre di un paese ignoto,
Dopo molto cigolìo di catene e molto acceso fervore
30 Noi lasciammo la città equatoriale
Verso l'inquieto mare notturno.
Andavamo andavamo, per giorni e per giorni: le navi
Gravi di vele molli di caldi soffi incontro passavano
[*lente:*
Sì presso di sul cassero a noi ne appariva bronzina
35 *Una fanciulla della razza nuova,*
Occhi lucenti e le vesti al vento! ed ecco: selvaggia
[a la fine di un giorno che apparve
La riva selvaggia là giù sopra la sconfinata marina:
E vidi come cavalle
Vertiginose che si scioglievano le dune
40 Verso la prateria senza fine
Deserta senza le case umane
E noi volgemmo fuggendo le dune che apparve
Su un mare giallo de la portentosa dovizia del fiume,
Del continente nuovo la capitale marina.
45 Limpido fresco ed elettrico era il lume
Della sera e là le alte case parevan deserte
Laggiù sul mar del pirata
De la città abbandonata
Tra il mare giallo e le dune. . . . .
. . . .

Aos pés dos altos picos dos vulcões extintos
No tórrido sopro do Equador: até que
Após muitos gritos e muitas sombras de um país ignoto,
Após o ranger de correntes e muito aceso fervor
30 Deixamos a cidade equatorial
Rumo ao inquieto mar noturno.
Andávamos andávamos por dias e dias: os navios
Graves de velas moles de quentes sopros contra passavam
                                        [*lentos:*
Tão próxima a nós no tombadilho parecia-nos brônzea
35 *Uma jovem da raça nova*
Olhos luzindo e as vestes ao céu! E eis que: selvagem
            [no fim de um dia eis que aparece
A margem selvagem[111] lá ao longe sobre a ilimitada marina:
E vi como éguas
Vertiginosas as dunas desprenderem-se
40 Na pradaria sem fim
Deserta sem casas humanas
E nos viramos fugindo às dunas surgiu
Sobre um mar amarelo[112] da portentosa abundância do rio,
Do novo continente a capital marinha[113].
45 Límpido fresco elétrico era o lume
Da noite e lá as altas casas pareciam desertas
Lá ao longe no mar do pirata[114]
Da cidade abandonada
Entre o mar amarelo e as dunas. . . . .
            . . . .

FANTASIA SU UN QUADRO D'ARDENGO SOFFICI

Faccia, zig zag anatomico che oscura
La passione torva di una vecchia luna
Che guarda sospesa al soffitto
In una taverna café chantant
5 D'America: la rossa velocità
Di luci *funambola che tanga*
Spagnola cinerina
Isterica in tango di luci si disfà:
Che guarda nel café chantant
10 D'America:
Sul piano martellato tre
Fiammelle rosse si sono accese da sè.

FANTASIA SOBRE UM QUADRO DE ARDENGO SOFFICI[115]

    Rosto, zigue-zague anatômico que tolda
    A paixão turva de uma velha lua
    Que olha suspensa ao forro
    Numa taberna café chantant
5   D'América: a rubra velocidade
    De luzes *funâmbula que tanga*
    Cinérea Espanholita
    Histérica em tango de luzes se desfaz:
    Que olha no café chantant
10 Da América:
    No piano martelado três
    Flâmulas rubras acenderam-se sozinhas.

FIRENZE (UFFIZII)

Entro dei ponti tuoi multicolori
L'Arno presago quietamente arena
E in riflessi tranquilli frange appena
Archi severi tra sfiorir di fiori.
5 . . . .
Azzurro l'arco dell'intercolonno
Trema rigato tra i palazzi eccelsi:
Candide righe nell'azzurro: persi
Voli: su bianca gioventù in colonne.

FLORENÇA (UFFIZII)

Dentro de tuas pontes multicores
O Arno pressago quietamente aderna
E em reflexos tranquilos frange[116] apenas
Arcos severos entre o murchar de flores.
5 . . . .
Azul a arcada por entre as colunas
Treme estriada por fádicos palácios:
Cândidas riscas no azul: falácias
De voos: nos anos alvos em colunas.

BATTE BOTTE

　　Ne la nave
　　Che si scuote,
　　Con le navi che percuote
　　Di un'aurora
5　　Sulla prora
　　Splende un occhio
　　Incandescente:
　　(Il mio passo
　　Solitario
10　　Beve l'ombra
　　Per il Quais)
　　Ne la luce
　　Uniforme
　　Da le navi
15　　A la città
　　Solo il passo
　　Che a la notte
　　Solitario
　　Si percuote
20　　Per la notte
　　Dalle navi
　　Solitario
　　Ripercuote:
　　Così vasta
25　　Così ambigua
　　Per la notte

BATE BOTE[117]

    No navio
    Que rebola,
    Com os barcos com que choca
    De uma aurora
5 Sobre a proa.
    Brilha um olho[118]
    Incandescente:
    (O meu passo
    Solitário
10 Bebe a sombra
    Pelo cais)
    Dentre as luzes
    Uniformes
    Dos navios
15 Até a cidade
    Só esse passo
    Que na noite
    Solitário
    Repercute
20 Pela noite
    Dos navios
    Solitário
    Repercute:
    Assim vasta
25 Tão ambígua
    Pela noite

     Così pura!
     L'acqua (il mare
     Che n'esala?)
30   A le rotte
     Ne la notte
     Batte: cieco
     Per le rotte
     Dentro l'occhio
35   Disumano
     De la notte
     Di un destino
     Ne la notte
     Più lontano
40   Per le rotte
     De la notte
     Il mio passo
     Batte botte.

Assim tão pura!
A água (ou o mar
será que a exala?)
30 Dentre as rotas
Dentre as noites
Bate: cego
Pelas rotas
Dentro d'olho
35 Desumano[119]
Dessa noite
De um destino
Nessa noite
Mais ao longe
40 Pelas rotas
Dessa noite
O meu passo
Bate bote.

FIRENZE

Fiorenza giglio di potenza virgulto primaverile. Le mattine di primavera sull'Arno. La grazia degli adolescenti (che non è grazia al mondo che vinca tua grazia d'Aprile), vivo vergine continuo alito, fresco che vivifica i marmi e fa nascere Venere Botticelliana: I pollini del desiderio gravi da tutte le forme scultoree della bellezza, l'alto Cielo spirituale, le linee delle colline che vagano, insieme a la nostalgia acuta di dissolvimento alitata dalle bianche forme della bellezza: mentre pure nostra è la divinità del sentirsi oltre la musica, nel sogno abitato di immagini plastiche!

*
* *

L'Arno qui ancora ha tremiti freschi: poi lo occupa un silenzio dei più profondi: nel canale delle colline basse e monotone toccando le piccole città etrusche, uguale oramai sino alle foci, lasciando i bianchi trofei di Pisa, il duomo prezioso traversato dalla trave colossale, che chiude nella sua nudità un così vasto soffio marino. A Signa nel ronzìo musicale e assonnante ricordo quel profondo silenzio: il silenzio di un'epoca sepolta, di una civiltà sepolta: e come una fanciulla etrusca possa rattristare il paesaggio...........

*
* *

Nel vico centrale osterie malfamate, botteghe di rigattieri, bislacchi ottoni disparati. Un'osteria sempre deserta di giorno

FLORENÇA[120]

Florença, lírio de potência broto da primavera[121]. As manhãs de primavera ao longo do Arno. A graça dos adolescentes (pois não há graça no mundo que vença tua graça em Abril), vivo virgem contínuo hálito, frescor que vivifica os mármores e faz nascer a Vênus de Botticelli: os pólens do desejo prenhes por todas as formas esculturais da beleza, o alto Céu espiritual, as linhas das colinas que vagueiam, junto com a aguda nostalgia de dissolução soprada pelas formas brancas da beleza: enquanto nossa também é a divindade ao sentirmo-nos além da música, no sonho habitado por imagens plásticas!

*
* *

O Arno aqui ainda tem tremores frescos: depois quem o ocupa é um silêncio dos mais profundos: no canal das baixas e monótonas colinas que tocam as pequenas cidades etruscas, sempre igual agora até a foz, deixando os brancos troféus de Pisa, a preciosa catedral atravessada pela trave colossal, que encerra em sua nudez um tão vasto sopro marinho. Em Signa no zumbido musical e enlanguescente recordo aquele profundo silêncio: o silêncio de uma época enterrada, de uma civilização enterrada: e como uma moça etrusca possa entristecer a paisagem..........

*
* *

No beco central mal-afamadas tavernas, ferros-velhos, estranhos latões disparatados. Uma taverna sempre deserta de dia

mostra la sera dietro la vetrata un affaccendarsi di figure losche. Grida e richiami beffardi e brutali si spandono pel vico quando qualche avventore entra. In faccia nel vico breve e stretto c'è una finestra, unica, ad inferriata, nella parete rossa corrosa di un vecchio palazzo, dove dietro le sbarre si vedono affacciati dei visi ebeti di prostitute disfatte a cui il belletto da un aspetto tragico di pagliacci. Quel passaggio deserto, fetido di un orinatoio, della muffa dei muri corrosi, ha per sola prospettiva in fondo l'osteria. I pagliacci ritinti sembrano seguire curiosamente la vita che si svolge dietro l'invetriata, tra il fumo delle pastasciutte acide, le risa dei mantenuti dalle femmine e i silenzii improvvisi che provoca la squadra mobile: Tre minorenni dondolano monotonamente le loro grazie precoci. Tre tedeschi irsuti sparuti e scalcagnati seggono compostamente attorno ad un litro. Uno di loro dalla faccia di Cristo è rivestito da una tunica da prete (!) che tiene raccolta sulle ginocchia. Fumo acre delle pastasciutte: tinnire di piatti e di bicchieri: risa dei maschi dalle dita piene di anelli che si lasciano accarezzare dalle femmine, ora che hanno mangiato. Passano le serve nell'aria acre di fumo gettando un richiamo musicale: Pastee. In un quadro a bianco e nero una ragazza bruna con una chitarra mostra i denti e il bianco degli occhi appesa in alto. – Serenata sui Lungarni. M'investe un soffio stanco dalle colline fiorentine: porta un profumo di corolle smorte, misto a un odor di lacche e di vernici di pitture antiche, percettibile appena (Mereskoswki).

mostra à noite atrás da vidraça um vaivém de figuras suspeitas. Gritos e chamados brutais e de escárnio espalham-se pelo beco quando entra algum freguês. Em frente na ruela breve e estreita há uma janela, única, com grade, na parede rubra corroída de um velho palácio, onde atrás das barras vêm-se assomar os rostos embrutecidos de prostitutas desfeitas a quem a maquiagem dá um aspecto trágico de palhaços. Aquela passagem deserta, fétida de um mictório, do mofo dos muros corroídos tem como única perspectiva no fundo a taverna. Os palhaços emplastrados parecem acompanhar curiosamente a vida que se desenrola atrás dos vidros, entre a fumaça das massas ácidas, as risadas dos gigolôs e os repentinos silêncios que a polícia provoca: Três menores balançam monotonamente suas graças precoces. Três[122] alemães hirsutos, macilentos e esfarrapados sentam compostos em volta de uma garrafa. Um deles com cara de Cristo veste uma túnica de padre (!) arregaçada nos joelhos. Fumo acre dos pratos de macarrão: pratos e copos retinem: risadas dos machos dos dedos cheios de anéis que se deixam acariciar pelas fêmeas, agora que se aboletaram. Passam as serviçais no ar acre de fumaça jogando um chamado musical: Massaas. Num quadro em branco e preto uma moça morena com violão mostra os dentes e o branco dos olhos pendurada lá no alto. – Serenata nos Lungarnos. Atropela-me um sopro cansado das colinas florentinas: traz um perfume de corolas murchas, misto a um odor de lacas e vernizes de pintura antiga, apenas perceptível (Merejkóvski)[123].

FAENZA

Una grossa torre barocca: dietro la ringhiera una lampada accesa: appare sulla piazza al capo di una lunga contrada dove tutti i palazzi sono rossi e tutti hanno una ringhiera corrosa: (le contrade alle svolte sono deserte). Qualche matrona piena di fascino. Nell'aria si accumula qualche cosa di danzante. Ascolto: la grossa torre barocca ora accesa mette nell'aria un senso di liberazione. L'occhio dell'orologio trasparente in alto appare che illumina la sera, le freccie dorate: una piccola madonna bianca si distingue già dietro la ringhiera colla piccola lucerna corrosa accesa: *E già la grossa torre barocca è vuota e si vede che porta illuminati i simboli del tempo e della fede.*

*
* *

La piazza ha un carattere di scenario nelle loggie ad archi bianchi leggieri e potenti. Passa la pescatrice povera nello scenario di caffè concerto, rete sul capo e le spalle di velo nero tenue fitto di neri punti per la piazza viva di archi leggieri e potenti. Accanto una rete nera a triangolo a berretta ricade su una spalla che si schiude: un viso bruno aquilino di indovina, uguale a la Notte di Michelangiolo.

. . . .

Ofelia la mia ostessa è pallida e le lunghe ciglia le frangiano appena gli occhi: il suo viso è classico e insieme avventuroso. Osservo che ha le labbra morse: dello spagnolo, della dolcezza italiana: e insieme: il ricordo, il riflesso: *dell'antica gioventù latina.*

FAENZA

Uma grande torre[124] barroca: atrás da balaustrada, uma lâmpada acesa: aparece na praça à testa de uma longa rua onde todos os palácios são vermelhos e todos têm parapeito comido pela ferrugem: (as ruas nas esquinas são desertas). Alguma matrona cheia de encanto. Algo de dançante[125] acumula-se no ar. Ouço: a grande torre barroca agora acesa põe no ar um sentido de libertação. O olho do relógio transparente no alto[126] parece iluminar a noite, as flechas douradas: uma pequena madona branca já se nota por trás da balaustrada com a pequena lucerna corroída acesa: *A grande torre barroca está vazia agora e se vê que ela porta iluminados os símbolos do tempo e da fé*[127].

*
* *

A praça tem aspecto de cenário nos pórticos com arcadas brancas leves e poderosas. Passa a pobre pescadora no cenário de café-concerto, a rede na cabeça e [n]os ombros de um véu negro e leve salpicado de pontos negros pela praça viva de arcadas leves e poderosas. Ao lado uma rede preta em triângulo feito gorro cai sobre um ombro que se abre: um rosto escuro, aquilino de adivinha, igual à Noite[128] de Michelangiolo.
. . . .
Ofélia, minha taberneira, é pálida e os longos cílios mal franjam seus olhos: seu rosto é clássico e ao mesmo tempo aventuroso. Observo que seus lábios são mordidos. Há algo de espanhol, de doçura italiana: e junto a isso: a lembrança, o reflexo: da *antiga*

Ascolto i discorsi. La vita ha qui in forte senso naturalistico. Come in Spagna. Felicità di vivere in un paese senza filosofia.

*
 * *

Il museo. Ribera e Baccarini. Nel corpo dell'antico palazzo rosso affocato nel meriggio sordo l'ombra cova sulla rozza parete delle nude stampe scheletriche. Durer, Ribera. Ribera: il passo di danza del satiro aguzzo su Sileno osceno briaco. L'eco dei secchi accordi chiaramente rifluente nell'ombra che è sorda. Ragazzine alla marinara, le liscie gambe lattee che passano a scatti strisciando spinte da un vago prurito bianco. Un delicato busto di adolescente, luce gioconda dello spirito italiano sorride, una bianca purità virginea conservata nei delicati incavi del marmo. Grandi figure della tradizione classica chiudono la loro forza tra le ciglia.

juventude latina. Ouço as conversas. Aqui a vida tem um forte acento naturalístico. Como na Espanha. Felicidade de viver num país sem filosofia[129].

*
* *

O museu. Ribera e Baccarini[130]. No corpo do antigo palácio vermelho esfogueado no surdo meio-dia a sombra espreita na grosseira parede das nuas estampas esqueléticas. Durer[131], Ribera. Ribera: o passo de dança do sátiro aguçado sobre Sileno obsceno embriagado. O eco dos secos acordes reflui claramente na sombra surda. Mocinhas à marinara[132], as lisas pernas lácteas que passam em pequenos impulsos serpenteando impelidas por vago prurido branco. Um delicado busto[133] de adolescente, jocunda luz do espírito italiano sorri, uma branca pureza virginal conservada nas delicadas encavações do mármore. Grandes figuras[134] da tradição clássica encerram sua força entre os cílios.

DUALISMO
(Lettera aperta a Manuelita Etchegarray)

Voi adorabile creola dagli occhi neri e scintillanti come metallo in fusione, voi figlia generosa della prateria nutrita di aria vergine voi tornate ad apparirmi col ricordo lontano: anima dell'oasi dove la mia vita ritrovò un istante il contatto colle forze del cosmo. Io vi rivedo Manuelita, il piccolo viso armato dell'ala battagliera del vostro cappello, la piuma di struzzo avvolta e ondulante eroicamente, i vostri piccoli passi pieni di slancio contenuto sopra il terreno delle promesse eroiche! Tutta mi siete presente esile e nervosa. La cipria sparsa come neve sul vostro viso consunto da un fuoco interno, le vostre vesti di rosa che proclamavano la vostra verginità come un'aurora piena di promesse! E ancora il magnetismo di quando voi chinaste il capo, voi fiore meraviglioso di una razza eroica, mi attira non ostante il tempo ancora verso di voi! Eppure Manuelita sappiatelo se lo potete: *io non pensavo, non pensavo a voi: io mai non ho pensato a voi.* Di notte nella piazza deserta, quando nuvole vaghe correvano verso strane costellazioni, alla triste luce elettrica io sentivo la mia infinita solitudine. La prateria si alzava come un mare argentato agli sfondi, e rigetti di quel mare, miseri, uomini feroci, uomini ignoti chiusi nel loro cupo volere, storie sanguinose subito dimenticate che rivivevano improvvisamente nella notte, tessevano attorno a me la storia della città giovine e feroce, conquistatrice implacabile, ardente di un'acre febbre di denaro e di gioie immediate. Io vi perdevo allora Manuelita, perdonate, tra la turba delle signorine elastiche dal viso molle inconsciamente feroce, violente-

DUALISMO
(Carta aberta a Manuelita Etchegarray)[135]

Vós, adorável crioula dos olhos negros e cintilantes qual metal em fusão, vós, filha generosa da pradaria nutrida por ar virgem, vós voltais a assombrar-me com a longínqua lembrança: alma do oásis onde minha vida reencontrou por um instante o contato com as forças do cosmo. Eu vos revejo, Manuelita, o pequeno rosto armado pela aba guerreira de vosso chapéu[136], a pena de avestruz enrolada e heroicamente ondulante, vossos pequenos passos cheios de impulso contidos sobre o terreno das promessas heroicas! Estais toda presente, delgada e nervosa. O pó de arroz esparso feito neve em vosso rosto consumido por uma chama interna, as roupas cor-de-rosa que proclamavam vossa virgindade como uma aurora cheia de promessas! E ainda o magnetismo de quando inclinastes a cabeça, vós maravilhosa flor de uma raça heroica, ainda atrai-me a vós, apesar do tempo passado. No entanto, Manuelita, sabei-o, se puderdes: *eu não pensava, não pensava em vós: jamais eu pensei em vós.* À noite, na praça deserta, quando vagas nuvens corriam rumo a estranhas constelações, sob a triste luz elétrica eu sentia minha infinita solidão. A pradaria alçava-se feito mar prateado ao fundo, e rejeitos daquele mar, míseros, homens ferozes, homens desconhecidos fechados em seu turvo querer, histórias de sangue logo esquecidas que reviviam repentinamente na noite, teciam à minha volta a história da cidade jovem e feroz, conquistadora implacável, ardente de uma acre febre de dinheiro e de gozos imediatos. Eu vos perdia então, Manuelita, perdoai, entre a turba das senhoritas elásticas de rosto mole inconscien-

mente eccitante tra le due bande di capelli lisci nell'immobilità delle dee della razza. Il silenzio era scandito dal trotto monotono di una pattuglia: e allora il mio anelito infrenabile andava lontano da voi, verso le calme oasi della sensibilità della vecchia Europa e mi si stringeva con violenza il cuore. Entravo, ricordo, allora nella biblioteca: io che non potevo Manuelita io che non sapevo pensare a voi. Le lampade elettriche oscillavano lentamente. Su da le pagine risuscitava un mondo defunto, sorgevano immagini antiche che oscillavano lentamente coll'ombra del paralume e sovra il mio capo gravava un cielo misterioso, gravido di forme vaghe, rotto a tratti da gemiti di melodramma: larve che si scioglievano mute per rinascere a vita inestinguibile nel silenzio pieno delle profondità meravigliose del destino. Dei ricordi perduti, delle immagini si componevano già morte mentre era più profondo il silenzio. Rivedo ancora Parigi, Place d'Italie, le baracche, i carrozzoni, i magri cavalieri dell'irreale, dal viso essicato, dagli occhi perforanti di nostalgie feroci, tutta la grande piazza ardente di un concerto infernale stridente e irritante. Le bambine dei Bohemiens, i capelli sciolti, gli occhi arditi e profondi congelati in un languore ambiguo amaro attorno dello stagno liscio e deserto. E in fine Lei, dimentica, lontana, l'amore, il suo viso di zingara nell'onda dei suoni e delle luci che si colora di un incanto irreale: e noi in silenzio attorno allo stagno pieno di chiarori rossastri: e noi ancora stanchi del sogno vagabondare a caso per quartieri ignoti fino a stenderci stanchi sul letto di una taverna lontana tra il soffio caldo del vizio noi là nell'incertezza e nel rimpianto colorando la nostra voluttà di riflessi irreali!

. . . .

E così lontane da voi passavano quelle ore di sogno, ore di profondità mistiche e sensuali che scioglievano in tenerezze i grumi più acri del dolore, ore di felicità completa che aboliva il tempo e il mondo intero, lungo sorso alle sorgenti dell'Oblio! E vi rivedevo

temente feroz, violentamente excitante entre as duas bandas de cabelos lisos na imobilidade das deusas da raça. O silêncio era cadenciado pelo trote monótono de uma patrulha: e então meu irreprimível desejo ia longe de vós, para as calmas oásis da sensibilidade da velha Europa, e meu coração apertava com violência. Entrava, recordo, então na biblioteca: eu que não podia, Manuelita, eu que não sabia pensar em vós. As lâmpadas elétricas oscilavam lentamente. Das páginas ressuscitava um mundo defunto, surgiam imagens antigas que oscilavam lentamente com a sombra da pantalha e sobre minha cabeça gravava um céu misterioso, grávido de formas vagas, rompido, às vezes, por gemidos de melodrama: larvas que se dissolviam emudecidas para renascer para uma vida inextinguível no silêncio pleno das maravilhosas profundezas do destino. Lembranças perdidas, imagens que se compunham já mortas enquanto o silêncio se fazia mais profundo. Revejo ainda Paris, Place d'Italie, as barracas, as carroças, os magros cavaleiros do irreal, rosto seco, olhos perfurantes de ferozes saudades, toda a grande praça ardendo de um concerto infernal, estridente e irritante. As meninas dos Bohemiens[137], cabelos soltos, olhos atrevidos e profundos congelados em um langor ambíguo amargo em volta do charco liso e deserto. E no final, Ela, esquecida, longínqua, o amor, seu rosto de cigana, na vaga dos sons e das luzes que se colora de um encanto irreal: e nós em silêncio ao redor do charco cheio de clarões avermelhados: e nós ainda cansados do sonho, vaguear ao sabor do acaso por bairros ignorados, até nos esticarmos cansados na cama de uma taberna remota entre o sopro quente do vício nós lá na incerteza e no pesar colorindo nosso gozo com reflexos irreais!

. . . .

E tão longe de vós passavam aquelas horas de sonho, horas de profundidades místicas e sensuais que dissolviam em ternuras os grumos mais acres da dor, horas de felicidade completa que

Manuelita poi: che vigilavate pallida e lontana: voi anima semplice chiusa nelle vostre semplici armi.

So Manuelita: voi cercavate la grande rivale. So: la cercavate nei miei occhi stanchi che mai non vi appresero nulla. Ma ora se lo potete sappiate: io dovevo restare fedele al mio destino: era un'anima inquieta quella di cui mi ricordavo sempre quando uscivo a sedermi sulle panchine della piazza deserta sotto le nubi in corsa. Essa era per cui solo il sogno mi era dolce. Essa era per cui io dimenticavo il vostro piccolo corpo convulso nella stretta del guanciale, il vostro piccolo corpo pericoloso tutto adorabile di snellezza e di forza. E pure vi giuro Manuelita io vi amavo vi amo e vi amerò sempre più di qualunque altra donna. . . . . dei due mondi.

anulava o tempo e o mundo inteiro, longo sorver às fontes do Olvido! E revia-vos, Manuelita, depois: que vigiáveis pálida e longínqua: vós, alma simples encerrada em vossas simples armas.

    Sei Manuelita: buscáveis a grande rival. Sei: procuráveis em meus olhos cansados que nada jamais vos ensinaram. Mas agora, se podeis, sabei: eu tinha de permanecer fiel ao meu destino: era uma alma inquieta a que eu sempre lembrava quando saía para sentar-me nos bancos da praça deserta sob as nuvens que corriam. Por ela só o sonho me era doce. Por ela esquecia vosso frágil corpo convulso no aperto do travesseiro, vosso frágil corpo perigoso, todo adorável de força e esbelteza. Juro-vos no entanto Manuelita eu vos amava amo e amarei sempre mais que qualquer outra mulher......... dos dois mundos.

SOGNO DI PRIGIONE

Nel viola della notte odo canzoni bronzee. La cella è bianca, il giaciglio è bianco. La cella è bianca, piena di un torrente di voci che muoiono nelle angeliche cune, delle voci angeliche bronzee è piena la cella bianca. Silenzio: il viola della notte: in rabeschi dalle sbarre bianche il blu del sonno. Penso ad Anika: stelle deserte sui monti nevosi: strade bianche deserte: poi chiese di marmo bianche: nelle strade Anika canta: un buffo dall'occhio infernale la guida, che grida. Ora il mio paese tra le montagne. Io al parapetto del cimitero davanti alla stazione che guardo il cammino nero delle macchine, sù, giù. Non è ancor notte; silenzio occhiuto di fuoco: le macchine mangiano rimangiano il nero silenzio nel cammino della notte. Un treno: si sgonfia arriva in silenzio, è fermo: la porpora del treno morde la notte: dal parapetto del cimitero le occhiaie rosse che si gonfiano nella notte: poi tutto, mi pare, si muta in rombo: *Da un finestrino in fuga io? Io ch'alzo le braccia nella luce!!* (il treno mi passa sotto rombando come un demonio).

SONHO NA PRISÃO[138]

No roxo da noite ouço canções de bronze. A cela é branca, o catre é branco. A cela é branca, cheia de uma torrente de vozes que morrem em berços angelicais, de vozes brônzeas angelicais está cheia a cela branca. Silêncio: o roxo da noite: em arabescos das grades brancas o azul do sono. Penso em Anika: estrelas desertas sobre montes nevados: estradas brancas desertas: depois, igrejas de mármore brancas: na estrada Anika canta: um bufão de olhar infernal a guia, que grita. Eis a minha vila entre os montes. Eu, na cerca do cemitério diante da estação que olho para o caminho preto dos carros, para cima, para baixo. Ainda não é noite; silêncio de fogo cheio de olhos[139]: os carros comem e recomem o negro silêncio no caminho da noite. Um trem: desincha, chega em silêncio, está parado: a púrpura do trem morde a noite: da cerca do cemitério as olheiras vermelhas que incham de madrugada: depois tudo, parece-me, muda-se em ronco: *Fugindo por uma janela, eu? Eu que ergo os braços na luz!!* (O trem passa por baixo de mim roncando feito um demônio).

LA GIORNATA DI UN NEVRASTENICO
(*BOLOGNA*)

La vecchia città dotta e sacerdotale era avvolta di nebbie nel pomeriggio di dicembre. I colli trasparivano più lontani sulla pianura percossa di strepiti. Sulla linea ferroviaria si scorgeva vicino, in uno scorcio falso di luce plumbea lo scalo delle merci. Lungo la linea di circonvallazione passavano pomposamente sfumate figure femminili, avvolte in pellicce, i cappelli copiosamente romantici, avvicinandosi a piccole scosse automatiche, rialzando la gorgiera carnosa come volatili di bassa corte. Dei colpi sordi, dei fischi dallo scalo accentuavano la monotonia diffusa nell'aria. Il vapore delle macchine si confondeva colla nebbia: i fili si appendevano e si riappendevano ai grappoli di campanelle dei pali telegrafici che si susseguivano automaticamente.

*
* *

Dalla breccia dei bastioni rossi corrosi nella nebbia si aprono silenziosamente le lunghe vie. Il malvagio vapore della nebbia intristice tra i palazzi velando la cima delle torri, le lunghe vie silenziose deserte come dopo il saccheggio. Delle ragazze tutte piccole, tutte scure, artifiziosamente avvolte nella sciarpa traversano saltellando le vie, rendendole più vuote ancora. E nell'incubo della nebbia, in quel cimitero, esse mi sembrano a un tratto tanti piccoli animali, tutte uguali, saltellanti, tutte nere, che vadano a covare in un lungo letargo un loro malefico sogno.

A JORNADA DE UM NEURASTÊNICO
(Bolonha)[140]

A velha cidade[141] douta e sacerdotal estava envolvida de névoas na tarde de dezembro. As colinas transpareciam ao longe, na planície perpassada de estrépitos. Na estrada de ferro via-se perto, num falso escorço de luz plúmbea, o desembarque das mercadorias. Ao longo da linha de circunvalação passavam figuras femininas pomposamente esfumadas, envolvidas em peles, os chapéus copiosamente românticos, aproximando-se em pequenas sacudidelas automáticas, erguendo o pescoço carnoso como aves de baixa alçada. Golpes surdos, assobios vindos do cais acentuavam a monotonia difusa no ar. O vapor das máquinas confundia-se com a neblina: os fios penduravam-se e rependuravam-se aos cachos de campainhas dos postes do telégrafo que se seguiam automaticamente.

*
* *

Da brecha dos bastiões vermelhos roídos na neblina abrem-se silenciosamente as longas vias. O vapor malvado da névoa entristece entre os palácios velando o cume das torres, as longas vias silenciosas desertas como depois de um saque. Jovens, todas miúdas, todas morenas, enroladas com artifícios em suas echarpes, atravessam as ruas aos pulinhos, tornando-as ainda mais vazias. E no pesadelo da neblina, naquele cemitério, elas me parecem de repente tantos pequenos animais, todas elas iguais, saltando, todas negras, indo chocar numa longa letargia um seu maléfico sonho.

*
* *

Numerose le studentesse sotto i portici. Si vede subito che siamo in un centro di cultura. Guardano a volte coll'ingenuità di Ofelia, tre a tre, parlando a fior di labbra. Formano sotto i portici il corteo pallido e interessante delle grazie moderne, le mie colleghe, che vanno a lezione! Non hanno l'arduo sorriso d'Annunziano palpitante nella gola come le letterate, ma più raro un sorriso e più severo, intento e masticato, di prognosi riservata, le scienziate.

*
* *

(Caffè) È passata la Russa. La piaga delle sue labbra ardeva nel suo viso pallido. È venuta ed è passata portando il fiore e la piaga delle sue labbra. Con un passo elegante, troppo semplice troppo conscio è passata. La neve seguita a cadere e si scioglie indifferente nel fango della via. La sartina e l'avvocato ridono e chiaccherano. I cocchieri imbacuccati tirano fuori la testa dal bavero come bestie stupite. Tutto mi è indifferente. Oggi risalta tutto il grigio monotono e sporco della città. Tutto fonde come la neve in questo pantano: e in fondo sento che è dolce questo dileguarsi di tutto quello che ci ha fatto soffrire. Tanto più dolce che presto la neve si stenderà ineluttabilmente in un lenzuolo bianco e allora potremo riposare in sogni bianchi ancora.

C'è uno specchio avanti a me e l'orologio batte: la luce mi giunge dai portici a traverso le cortine della vetrata. Prendo la penna: Scrivo: cosa, non so: ho il sangue alle dita: scrivo: "l'amante nella penombra si aggraffia al viso dell'amante per scarnificare il suo sogno..... ecc."

(Ancora per la via) Tristezza acuta. Mi ferma il mio antico compagno di scuola, già allora bravissimo ed ora di già in belle

*
* *

Muitas estudantes sob as arcadas. Vê-se logo que estamos num centro de cultura. Às vezes elas olham com a ingenuidade de Ofélia, falando quase sem mexer os lábios, em grupos de três[142]. Sob as arcadas formam o cortejo pálido e interessante das graças modernas, as minhas colegas que vão assistir a suas aulas! Não têm o árduo sorriso d'Annunziano palpitante na garganta como as literatas, mas um sorriso mais raro e mais severo, mastigado e absorto, de prognose reservada, as cientistas.

*
* *

(Café) A Russa passou por aqui. A chaga de seus lábios ardia em seu rosto pálido. Veio e passou levando a flor e a chaga de seus lábios. Com um passo elegante, simples demais, estudado demais, ela passou. A neve continua caindo e derretendo indiferente na lama da rua. A costureirinha e o advogado riem e chalreiam. Os cocheiros embuçados tiram sua cabeça para fora da gola feito animais estonteados. Tudo me é indiferente. Hoje realça o cinza monótono e sujo da cidade. Tudo funde como a neve nesse pântano: e no fundo sinto quão suave é esse dissipar-se de tudo o que nos fez sofrer. Tanto mais suave quanto cedo a neve irá se estender inelutável num lençol branco e então poderemos repousar em sonhos brancos, ainda.

Há um espelho à minha frente e o relógio bate: a luz chega-me das arcadas através das cortinas da vidraça. Pego a caneta: escrevo: o quê, não sei: tenho o sangue nos dedos: escrevo: "o amante na penumbra arranha o rosto da amante para descarnar seu sonho........ etc.".

(*Ainda na rua*) Tristeza aguda. Para-me meu antigo colega de escola, já então excelente e agora em belas letras professor

lettere guercio professor purulento: mi tenta, mi confessa con un sorriso sempre più lercio. Conclude: potresti provare a mandare qualcosa all'Amore Illustrato *(Via)*. Ecco inevitabile sotto i portici lo sciame aeroplanante delle signorine intellettuali, che ride e fa glu glu mostrando i denti, in caccia, sembra, di tutti i nemici della scienza e della cultura, che va a frangere ai piedi della cattedra. Già è l'ora! Vado a infangarmi in mezzo alla via: l'ora che l'illustre somiero rampa con il suo carico di nera scienza catalogale . . . .
. . . .

Sull'uscio di casa mi volgo e vedo il classico, baffuto, colossale emissario. . . . .
. . . .

Ah! i diritti della vecchiezza! Ah! quanti maramaldi!

*
* *

(Notte) Davanti al fuoco lo specchio. Nella fantasmagoria profonda dello specchio i corpi ignudi avvicendano muti: e i corpi lassi e vinti nelle fiamme inestinte e mute, e come fuori del tempo i corpi bianchi stupiti inerti nella fornace opaca: bianca, dal mio spirito esausto silenziosa si sciolse, Eva si sciolse e mi risvegliò.

Passeggio sotto l'incubo dei portici. Una goccia di luce sanguigna, poi l'ombra, poi una goccia di luce sanguigna, la dolcezza dei seppelliti. Scompaio in un vicolo ma dall'ombra sotto un lampione s'imbianca un'ombra che ha le labbra tinte. O Satana, tu che le troie notturne metti in fondo ai quadrivii, o tu che dall'ombra mostri l'infame cadavere di Ofelia, o Satana abbi pietà della mia lunga miseria!

zarolho purulento[143]: tenta-me, confessa-me com um sorriso cada vez mais imundo. Conclui: poderias tentar mandar alguma coisa ao Amor Ilustrado (*Fora*). Lá vem inevitável sob as arcadas o enxame aeroplanante das senhoritas intelectuais que ri e faz gluglu mostrando os dentes, à caça, parece, de todos os inimigos da ciência e da cultura, que vai romper[-se] aos pés da cátedra. Já está na hora! Vou para o meio da rua atolar meus pés na lama: a hora em que a ilustre besta arranca com sua carga de negra ciência catalogal. . . . .

. . . .

Volto o rosto à porta de onde moro e vejo o clássico bigodudo colossal emissário[144]. . . . .

. . . .

Ah, os direitos da velhice! Ah! Quantos covardes!

*
* *

(Noite) Diante do fogo, o espelho. Na fantasmagoria profunda do espelho[145] os corpos nus sucedem-se mudos; e os corpos lassos e vencidos nas labaredas inextintas e mudas, e como fora do tempo os corpos brancos estonteados inertes na fornalha opaca: branca, de meu espírito exausta silenciosa soltou-se, Eva soltou-se e me acordou.

Passei sob o pesadelo dos pórticos. Uma gota de luz sanguínea, depois a sombra, depois uma gota de luz sanguínea, a doçura dos enterrados. Desapareço num beco, mas da sombra sob um lampião branqueja uma sombra de lábios tingidos. Ó Satanás, tu que pões as putas noturnas no meio dos trevos, tu que da sombra mostras o infame cadáver de Ofélia[146], ó Satanás, tem piedade de minha longa miséria[147]!

VARIE E FRAMMENTI

BARCHE AMORRATE

. . . .
Le vele le vele le vele
Che schioccano e frustano al vento
Che gonfia di vane sequele
5 Le vele le vele le vele!
Che tesson e tesson: lamento
Volubil che l'onda che ammorza
Ne l'onda volubile smorza . . . . .
Ne l'ultimo schianto crudele . . . . .
10 Le vele le vele le vele

FRAMMENTO (Firenze)

. . . .
Ed i piedini andavano armoniosi
Portando i cappelloni battaglieri
Che armavano di un'ala gli occhi fieri
5 Del lor languore solo nel bel giorno:
. . . .
Scampanava la Pasqua per la via.......
. . . .
. . . .

VÁRIAS E FRAGMENTOS

BARCOS ABICADOS[148]

    . . . .
    As velas, as velas as velas
    Que estalam e açoitam ao vento
    Que infla de inúteis sequelas
5 As velas as velas as velas!
    Que tecem e tecem: lamento
    Volúvel que a onda que morre
    Na onda volúvel apaga . . . .
    No último estrondo cruel . . . . .
10 As velas as velas as velas

FRAGMENTO (Florença)

    . . . .
    E os pezinhos andavam harmoniosos
    Vestindo os chapelaços belicosos[149]
    Que armavam de uma asa o olho brioso
5 De seu langor apenas nesse dia:
    . . . .
    Pelo caminho a Páscoa retinia.......
    . . . .
    . . . .

PAMPA

Quiere Usted Mate? uno spagnolo mi profferse a bassa voce, quasi a non turbare il profondo silenzio della Pampa. – Le tende si allungavano a pochi passi da dove noi seduti in circolo in silenzio guardavamo a tratti furtivamente le strane costellazioni che doravano l'ignoto della prateria notturna. – Un mistero grandioso e veemente ci faceva fluire con refrigerio di fresca vena profonda il nostro sangue nelle vene: – che noi assaporavamo con voluttà misteriosa – come nella coppa del silenzio purissimo e stellato.

Quiere Usted Mate? Ricevetti il vaso e succhiai la calda bevanda.

Gettato sull'erba vergine, in faccia alle strane costellazioni io mi andavo abbandonando tutto ai misteriosi giuochi dei loro arabeschi, cullato deliziosamente dai rumori attutiti del bivacco. I miei pensieri fluttuavano: si susseguivano i miei ricordi: che deliziosamente sembravano sommergersi per riapparire a tratti lucidamente trasumanati in distanza, come per un'eco profonda e misteriosa, dentro l'infinita maestà della natura. Lentamente gradatamente io assurgevo all'illusione universale: dalle profondità del mio essere e della terra io ribattevo per le vie del cielo il cammino avventuroso degli uomini verso la felicità a traverso i secoli. Le idee brillavano della più pura luce stellare. Drammi meravigliosi, i più meravigliosi dell'anima umana palpitavano e si rispondevano a traverso le costellazioni. Una stella fluente in corsa magnifica segnava in linea gloriosa la fine di un corso di storia. Sgravata la bilancia del tempo sembrava risollevarsi lentamente oscillan-

PAMPA

Quiere Usted Mate[150]? um espanhol ofereceu-me em voz baixa, quase para não perturbar o profundo silêncio do Pampa. – As tendas alongavam-se[151] a poucos passos de onde nós, sentados em círculo em silêncio, olhávamos furtivamente, de tempo em tempo, as estranhas constelações que douravam o desconhecido da pradaria noturna. – Um mistério grandioso e veemente fazia fluir com refrigério de fresco veio profundo o nosso sangue nas veias: – que nós saboreávamos com gozo misterioso – como na abóbada do silêncio puríssimo e estrelado.

Quiere Usted Mate? Recebi a cuia e sorvi quente a bebida.

Atirado na erva virgem, diante das estranhas constelações ia-me abandonando todo aos misteriosos folguedos de seus arabescos, deliciosamente embalado pelos ruídos abafados do bivaque. Os meus pensamentos flutuavam: minhas lembranças sucediam-se: que deliciosamente pareciam submergir para surgirem de repente claramente transumanadas[152] a distância, como devido a um eco profundo e misterioso, dentro da infinita majestade da natureza. Lentamente gradualmente eu ia ascendendo à ilusão universal: das profundezas de meu ser e da terra eu rebatia pelas vias do céu o aventuroso caminho dos homens rumo à felicidade[153] através dos séculos. Brilhavam as ideias da mais pura luz estelar. Dramas maravilhosos, os mais maravilhosos da alma humana palpitavam e respondiam um ao outro através das constelações. Uma estrela fluindo em corrida magnífica marcava numa linha gloriosa o fim de um curso da história. Aliviada a balança do tempo parecia erguer-se novamente oscilando de

do: – per un meraviglioso attimo immutabilmente nel tempo e nello spazio alternandosi i destini eterni . . . .

Un disco livido spettrale spuntò all'orizzonte lontano profumato irraggiando riflessi gelidi d'acciaio sopra la prateria. Il teschio che si levava lentamente era l'insegna formidabile di un esercito che lanciava torme di cavalieri colle lancie in resta, acutissime lucenti: gli indiani morti e vivi si lanciavano alla riconquista del loro dominio di libertà in lancio fulmineo. Le erbe piegavano in gemito leggero al vento del loro passaggio. La commozione del silenzio intenso era prodigiosa.

Che cosa fuggiva sulla mia testa? Fuggivano le nuvole e le stelle, fuggivano: mentre che dalla Pampa nera scossa che sfuggiva a tratti nella selvaggia nera corsa del vento ora più forte ora più fievole ora come un lontano fragore ferreo: a tratti alla malinconia più profonda dell'errante un richiamo: . . . . . . dalle criniere dell'erbe scosse come alla malinconia più profonda dell'eterno errante per la Pampa riscossa come un richiamo che fuggiva lugubre.

Ero sul treno in corsa: disteso sul vagone sulla mia testa fuggivano le stelle e i soffi del deserto in un fragore ferreo: incontro le ondulazioni come di dorsi di belve in agguato: selvaggia, nera, corsa dai venti la Pampa che mi correva incontro per prendermi nel suo mistero: che la corsa penetrava, penetrava con la velocità di un cataclisma: dove un atomo lottava nel turbine assordante nel lugubre fracasso della corrente irresistibile.

. . . .

Dov'ero? Io ero in piedi: io ero in piedi: sulla pampa nella corsa dei venti, in piedi sulla pampa che mi volava incontro: per prendermi nel suo mistero! Un nuovo sole mi avrebbe salutato al mattino! Io correvo tra le tribù indiane? Od era la morte? Od era la vita? E mai, mi parve che mai quel treno non avrebbe

leve: – por um átimo maravilhoso imutável no tempo e no espaço alternando-se os destinos eternos . . . .
Um disco lívido espectral despontou no horizonte longínquo perfumado raiando reflexos gélidos de aço sobre a pradaria. A caveira que se levantava lentamente era a insígnia formidável de um exército que lançava multidões de cavaleiros com as lanças em riste, muito agudas, brilhosas: os índios mortos e vivos atiravam-se à reconquista de seu domínio de liberdade num arremesso fulmíneo. As ervas dobravam-se num gemido leve ao vento de sua passagem. A comoção do silêncio intenso era prodigiosa.

O que estava fugindo sobre minha cabeça? Fugiam as nuvens e as estrelas, fugiam: enquanto do Pampa negro abanado que desaparecia aos poucos na selvagem corrida negra do vento ora mais forte ora mais fraco ora como um longínquo férreo estrondo: de quando em quando à melancolia mais profunda do errante um chamado: . . . . . . das crinas das ervas tocadas como que à melancolia mais profunda do eterno errante pelo Pampa que volta a ser tocado como um chamado que lúgubre fugia.

Eu estava no trem que corria[154]: deitado no vagão sobre minha cabeça fugiam as estrelas e os sopros do deserto num férreo estrondo: encontro as ondulações como dorsos de fera emboscada: selvagem, negro, percorrido de ventos o Pampa que corria ao meu encontro para me tomar em seu mistério: pois a corrida penetrava, penetrava com a velocidade de um cataclismo: onde um átomo lutava no turbilhão ensurdecedor no lúgubre estrépito da irresistível correnteza.

. . . .

Onde estava? Eu estava de pé: Eu estava de pé: sobre o pampa na corrida dos ventos, de pé sobre o pampa que voava ao meu encontro: para tomar-me em seu mistério! Um novo sol iria saudar-me de manhã! Eu corria entre as tribos indígenas? Ou era a morte? Ou era a vida? E nunca, pareceu-me que

dovuto arrestarsi: nel mentre che il rumore lugubre delle ferramenta ne commentava incomprensibilmente il destino. Poi la stanchezza nel gelo della notte, la calma. Lo stendersi sul piatto di ferro, il concentrarsi nelle strane costellazioni fuggenti tra lievi veli argentei: e tutta la mia vita tanto simile a quella corsa cieca fantastica infrenabile che mi tornava alla mente in flutti amari e veementi.

La luna illuminava ora tutta la Pampa deserta e uguale in un silenzio profondo. Solo a tratti nuvole scherzanti un po' colla luna, ombre improvvise correnti per la prateria e ancora una chiarità immensa e strana nel gran silenzio.

La luce delle stelle ora impassibili era più misteriosa sulla terra infinitamente deserta: una più vasta patria il destino ci aveva dato: un più dolce calor naturale era nel mistero della terra selvaggia e buona. Ora assopito io seguivo degli echi di un'emozione meravigliosa, echi di vibrazioni sempre più lontane: fin che pure cogli echi l'emozione meravigliosa si spense. E allora fu che nel mio intorpidimento finale io sentii con delizia l'uomo nuovo nascere: l'uomo nascere riconciliato colla natura ineffabilmente dolce e terribile: deliziosamente e orgogliosamente succhi vitali nascere alle profondità dell'essere: fluire dalle profondità della terra: il cielo come la terra in alto, misterioso, puro, deserto dall'ombra, infinito.

Mi ero alzato. Sotto le stelle impassibili, sulla terra infinitamente deserta e misteriosa, dalla sua tenda l'uomo libero tendeva le braccia al cielo infinito non deturpato dall'ombra di Nessun Dio.

nunca aquele trem iria parar: enquanto o lúgubre rumor das ferramentas comentava incompreensível o seu destino. Depois o cansaço no gelo da noite, a calma. O estender-se sobre o prato de ferro, o concentrar-se nas estranhas constelações fugidias entre leves véus prateados: e toda a minha vida tão semelhante àquela corrida cega fantástica irrefreável que me voltava à mente em vagas amargas e veementes.

A lua iluminava agora todo o Pampa deserto e igual num silêncio profundo. Apenas de vez em quando nuvens brincando um pouco com a lua, sombras repentinas correndo pela pradaria e ainda uma claridade imensa e estranha no grande silêncio.

A luz das estrelas agora impassíveis era mais misteriosa na terra infinitamente deserta: uma mais vasta pátria o destino nos dera: um mais doce calor natural estava no mistério da terra boa e selvagem. Agora modorrento eu seguia os ecos de uma emoção maravilhosa, ecos de vibrações sempre mais longínquas: até que também com os ecos a emoção maravilhosa se apagou. E foi então que em meu entorpecimento final senti com deleite nascer o homem novo: nascer o homem reconciliado com a natureza inefavelmente doce e terrível: deliciosamente e orgulhosamente sumos vitais nascerem nas profundezas do ser: fluir da profundidade da terra: o céu, tal como a terra no alto, misterioso, puro, deserto de sombra, infinito.

Levantara-me. Sob as estrelas impassíveis, sobre a terra infinitamente deserta e misteriosa, de sua tenda o homem livre tendia os braços ao céu infinito não deturpado pela sombra de Nenhum Deus.

IL RUSSO

(*Da una poesia dell'epoca*)

>   Tombè dans l'enfer
>   Grouillant d'êtres humains
>   O Russe tu m'apparus
>   Soudain, céléstial
> 5 Parmi de la clameur
>   Du grouillement brutal
>   D'une lâche humanité
>   Se pourissante d'elle même.
>   Se vis ta barbe blonde
> 10 Fulgurante au coin
>   Ton âme je vis aussi
>   Par le gouffre réjetée
>   Tom âme dans l'étreinte
>   L'étreinte désésperée
> 15 Des Chimères fulgurantes
>   Dans le miasme humain.
>   Voilà que tu ecc. ecc.

In un ampio stanzone pulverulento turbinavano i rifiuti della società. Io dopo due mesi di cella ansioso di rivedere degli esseri umani ero rigettato come da onde ostili. Camminavano velocemente come pazzi, ciascuno assorto in ciò che formava
5 l'unico senso della sua vita: la sua colpa. Dei frati grigi dal volto

O RUSSO

(*De um poema da época*)[155]

    Tombè[156] dans l'enfer
    Grouillant d'êtres humains
    O Russe tu m'apparus
    Soudain, céléstial
5 Parmi de la clameur
    Du grouillement brutal
    D'une lâche humanité
    Se pourissante d'elle même.
    Se vis ta barbe blonde
10 Fulgurante au coin
    Ton âme je vis aussi
    Par le gouffre réjetée
    Tom âme dans l'étreinte
    L'étreinte désésperée
15 Des Chimères fulgurantes
    Dans le miasme humain.
    Voilà que tu ecc. ecc.

Num vasto quarto cheio de pó turbilhonavam os restos da sociedade. Depois de dois meses de cadeia[157] ansioso por rever seres humanos eu era rechaçado como que por ondas hostis. Caminhavam rápido, feito loucos, cada um absorto naquilo que constituía o único sentido de sua vida: sua culpa. Frades cinza de rosto sereno,

sereno, troppo sereno, assisi: vigilavano. In un angolo una testa spasmodica, una barba rossastra, un viso emaciato disfatto, coi segni di una lotta terribile e vana. Era il russo, violinista e pittore. Curvo sull'orlo della stufa scriveva febbrilmente.

*
* *

"Un uomo in una notte di dicembre, solo nella sua casa, sente il terrore della sua solitudine. Pensa che fuori degli uomini forse muoiono di freddo: ed esce per salvarli. Al mattino quando ritorna, solo, trova sulla sua porta una donna, morta assiderata. E si uccide". Parlava: quando, mentre mi fissava cogli occhi spaventati e vuoti, io cercando in fondo degli occhi grigio-opachi uno sguardo, uno sguardo mi parve di distinguere, che li riempiva: non di terrore: quasi infantile, inconscio, come di meraviglia.

*
* *

Il Russo era condannato. Da diciannove mesi rinchiuso, affamato, spiato implacabilmente, doveva confessare, aveva confessato. E il supplizio del fango! Colla loro placida gioia i frati, col loro ghigno muto i delinquenti gli avevano detto quando con una parola, con un gesto, con un pianto irrefrenabile nella notte aveva volta a volta scoperto un po' del suo segreto! Ora io lo vedevo chiudersi gli orecchi per non udire il rombo come di torrente sassoso del continuo strisciare dei passi.

*
* *

Erano i primi giorni che la primavera si svegliava in Fiandra. Dalla camerata a volte (la camerata dei veri pazzi dove ora mi avevano messo), oltre i vetri spessi, oltre le sbarre di ferro, io guardavo il cornicione profilarsi al tramonto. Un pulviscolo d'oro riempi-

demasiado sereno, sentados: vigiavam. Num canto, uma cabeça espasmódica, uma barba avermelhada, um rosto magro desfeito, com os sinais de uma luta terrível e vã. Era o russo, violinista e pintor. Encurvado na beira da estufa escrevia febrilmente.

*
* *

"Um homem numa noite de dezembro, sozinho em sua casa, sente o terror de sua solidão. Pensa que lá fora, talvez, homens morrem de frio: e sai para salvá-los. De manhã quando volta, sozinho, encontra na porta uma mulher, morta enregelada. E mata-se"[158]. Falava: quando, enquanto me fitava com olhos assustados e vazios, eu procurando um olhar no fundo dos olhos cinza-opacos, um olhar pareceu-me colher, que os enchia: não de terror: quase infantil, sem consciência, como de maravilha.

*
* *

O Russo estava condenado. Preso há dezenove meses, esfomeado, implacavelmente espionado, tinha de confessar, havia confessado[159]. E o suplício da lama[160]! Com seu gozo tranquilo os frades, com seu esgar mudo os delinquentes haviam-lhe dito quando com uma palavra, com um gesto, com um choro infrene na noite ele havia a cada vez dado a perceber um pouco de seu segredo! Agora o via tapar seus ouvidos para não ouvir o ribombar como que de torrente de seixos do contínuo arrastar-se de passos.

*
* *

Eram os primeiros dias do despertar da primavera, em Flandres. Da camarata em arcos (a camarata dos loucos verdadeiros onde me haviam colocado agora), além dos vidros grossos, além das barras de ferro eu olhava a cornija que se perfilava

va il prato, e poi lontana la linea muta della città rotta di torri gotiche. E così ogni sera coricandomi nella mia prigionia salutavo la primavera. E una di quelle sere seppi: il Russo era stato ucciso. Il pulviscolo d'oro che avvolgeva la città parve ad un tratto sublimarsi in un sacrifizio sanguigno. Quando? I riflessi sanguigni del tramonto credei mi portassero il suo saluto. Chiusi le palpebre, restai lungamente senza pensiero: quella sera non chiesi altro. Vidi che intorno si era fatto scuro. Nella camerata non c'era che il tanfo e il respiro sordo dei pazzi addormentati dietro le loro chimere. Col capo affondato sul guanciale seguivo in aria delle farfalline che scherzavano attorno alla lampada elettrica nella luce scialba e gelida. Una dolcezza acuta, una dolcezza di martirio, del suo martirio mi si torceva pei nervi. Febbrile, curva sull'orlo della stufa la testa barbuta scriveva. La penna scorreva strideva spasmodica. Perché era uscito per salvare altri uomini? Un suo ritratto di delinquente, un insensato, severo nei suoi abiti eleganti, la testa portata alta con dignità animale: un altro, un sorriso, l'immagine di un sorriso ritratta a memoria, la testa della fanciulla d'Este. Poi teste di contadini russi teste barbute tutte, teste, teste, ancora teste . . . .
. . . .

La penna scorreva strideva spasmodica: perchè era uscito per salvare altri uomini? Curvo, sull'orlo della stufa la testa barbuta, il russo scriveva, scriveva scriveva. . . . .

*
* *

Non essendovi in Belgio l'estradizione legale per i delinquenti politici avevano compito l'ufficio i Frati della Carità Cristiana.

à luz do ocaso. Um pó fino dourado enchia o prado, e depois, ao longe, a linha emudecida da cidade interrompida por torres góticas. E assim, cada noite, deitando-me em meu cativeiro, saudava a primavera. E uma daquelas noites eu soube: o Russo havia sido morto. O pozinho de ouro que envolvia a cidade pareceu de repente sublimar-se em um sacrifício sangrento[161]. Quando? Os reflexos sanguíneos do crepúsculo acreditei trouxessem sua despedida. Cerrei as pálpebras, fiquei longamente sem pensamento: naquela noite nada mais pedi. Vi que em volta escurecera. Na camarata só havia o fedor e respiro surdo dos loucos adormecidos atrás de suas quimeras. Com a cabeça afundada no travesseiro seguia no ar pequenas mariposas que brincavam ao redor da lâmpada na luz baça e gélida. Uma doçura aguda, uma doçura de martírio, de seu martírio enrolou-se em meus nervos. Febril, encurvado à beira da estufa, a cabeça barbuda escrevia. A caneta corria rangendo espasmódica. Por que havia saído para salvar outros homens[162]? Um retrato[163] de delinquente, um insano, severo em suas roupas elegantes, a cabeça erguida com dignidade animal: um outro, um sorriso, a imagem de um sorriso traçada de memória, a cabeça da donzela d'Este. Depois cabeças de camponeses russos, cabeças barbudas todas, cabeças, cabeças, ainda cabeças . . . .
. . . .

A caneta corria rangendo espasmódica: por que havia saído para salvar outros homens? Encurvado à beira da estufa a cabeça barbuda escrevia, escrevia escrevia . . . .

*
* *

Por não haver na Bélgica a extradição legalizada para os delinquentes políticos, os frades da Caridade Cristã[164] haviam cumprido a tarefa.

PASSEGGIATA IN TRAM
IN AMERICA E RITORNO

Aspro preludio di sinfonia sorda, tremante violino a corda elettrizzata, tram che corre in una linea nel cielo ferreo di fili curvi mentre la mole bianca della città torreggia come un sogno, moltiplicato miraggio di enormi palazzi regali e barbari, i diademi elettrici spenti. Corro col preludio che tremola si assorda riprende si afforza e libero sgorga davanti al molo alla piazza densa di navi e di carri. Gli alti cubi della città si sparpagliano tutti pel golfo in dadi infiniti di luce striati d'azzurro: nel mentre il mare tra le tanaglie del molo come un fiume che fugge tacito pieno di singhiozzi taciuti corre veloce verso l'eternità del mare che si balocca e complotta laggiù per rompere la linea dell'orizzonte.

Ma mi parve che la città scomparisse mentre che il mare rabbrividiva nella sua fuga veloce. Sulla poppa balzante io già ero portato lontano nel turbinare delle acque. Il molo, gli uomini erano scomparsi fusi come in una nebbia. Cresceva l'odore mostruoso del mare. La lanterna spenta s'alzava. Il gorgoglio dell'acqua tutto annegava irremissibilmente. Il bàttito forte nei fianchi del bastimento confondeva il battito del mio cuore e ne svegliava un vago dolore intorno come se stesse per aprirsi un bubbone. Ascoltavo il gorgoglio dell'acqua. L'acqua a volte mi pareva musicale, poi tutto ricadeva in un rombo e la terra e la luce mi erano strappate inconsciamente. Come amavo, ricordo, il tonfo sordo della prora che si sprofonda nell'onda che la raccoglie e la culla un brevissimo istante e la rigetta in alto leggera nel mentre il battello è una casa scossa dal terremoto che pencola terribilmen-

PASSEIO DE BONDE
NA AMÉRICA E VOLTA

Áspero prelúdio[165] de sinfonia surda, violino trêmulo de corda elétrica, bonde que corre numa linha no céu férreo de fios curvos enquanto a mole branca da cidade torreia como um sonho, miragem multiplicada de enormes palácios reais e bárbaros, os diademas elétricos apagados. Corro com o prelúdio que treme e ensurdece retoma reforça-se e jorra livre diante do molhe na praça densa de navios e de carros. Os altos cubos da cidade espalham-se todos pelo golfo em infinitos dados de luz estriados de azul: enquanto isso o mar feito um rio que foge tácito cheio de soluços calados entre as tenazes do molhe corre veloz rumo à eternidade do mar que brinca e conspira lá embaixo para quebrar a linha do horizonte.

Pareceu-me porém que a cidade sumia enquanto o mar estremecia em sua fuga veloz. Na popa saltitante eu já tinha sido levado ao longe no turbinar das águas. O molhe, os homens haviam desaparecido fundidos como que numa névoa. Crescia o cheiro monstruoso do mar. A lanterna[166] apagada erguia-se. O borbulhar das águas afogava tudo, irremissivelmente. O forte bater nos flancos do navio confundia o bater de meu coração e acordava em volta dele uma vaga dor, como se fosse o abrir-se de um bubão. Escutava o borbulhar da água. A água por vezes parecia musical, depois tudo voltava a cair num ribombo e a terra e a luz eram arrancadas de mim inconscientemente. Como eu amava, lembro, o baque surdo da proa que afunda na onda que a recolhe e a embala num brevíssimo instante e a atira de novo leve no alto enquanto o bote é uma casa sacudida pelo terremo-

te e fa un secondo sforzo contro il mare tenace e riattacca a concertare con i suoi alberi una certa melodia beffarda nell'aria, una melodia che non si ode, si indovina solo alle scosse di danza bizzarre che la scuotono!

C'erano due povere ragazze sulla poppa: "Leggera, siamo della leggera: te non la rivedi più la lanterna di Genova!" Eh! che importava in fondo! Ballasse il bastimento, ballasse fino a Buenos-Aires: questo dava allegria: e il mare se la rideva con noi del suo riso così buffo e sornione! Non so se fosse la bestialità irritante del mare, il disgusto che quel grosso bestione col suo riso mi dava.... basta: i giorni passavano. Tra i sacchi di patate avevo scoperto un rifugio. Gli ultimi raggi rossi del tramonto che illuminavano la costa deserta! costeggiavano da un giorno. Bellezza semplice di tristezza maschia. Oppure a volte quando l'acqua saliva ai finestrini io seguivo il tramonto equatoriale sul mare. Volavano uccelli lontano dal nido ed io pure: ma senza gioia. Poi sdraiato in coperta restavo a guardare gli alberi dondolare nella notte tiepida in mezzo al rumore dell'acqua..................

Riodo il preludio scordato delle rozze corde sotto l'arco di violino del tram domenicale. I piccoli dadi bianchi sorridono sulla costa tutti in cerchio come una dentiera enorme tra il fetido odore di catrame e di carbone misto al nauseante odor d'infinito. Fumano i vapori agli scali desolati. Domenica. Per il porto pieno di carcasse delle lente file umane, formiche dell'enorme ossario. Nel mentre tra le tanaglie del molo rabbrividisce un fiume che fugge, tacito pieno di singhiozzi taciuti fugge veloce verso l'eternità del mare, che si balocca e complotta laggiù per rompere la linea dell'orizzonte.

to que balança terrivelmente e faz um segundo esforço contra o mar tenaz e volta a concertar com suas árvores uma certa melodia zombadora no ar, uma melodia que não se ouve, se adivinha apenas pelas sacudidas de dança bizarras que a chocalham!

Havia duas pobres moças na popa: "Da zona, somos da zona[167]: nunca mais vais ver a lanterna[168] de Gênova!". E daí, o que importava, no fundo! Dançasse o navio, dançasse até Buenos Aires: isso dava alegria: e o mar ria conosco de seu riso tão engraçado, tão manhoso! Não sei se era a bestialidade irritante do mar, o fastio que aquele animalzão me dava com seu riso.... basta: os dias passavam. Entre os sacos de batatas encontrei um refúgio. Os últimos raios vermelhos do crepúsculo que iluminavam a costa deserta! já a costeavam há um dia. Beleza simples de tristeza máscula. Ou então, às vezes, quando a água subia até as vigias eu acompanhava o ocaso equatorial no mar. Pássaros voavam longe do ninho e eu também: sem alegria, porém. Depois deitado na coberta ficava a olhar as árvores que balançavam na noite morna no meio do rumor da água. . . . . . .

Volto a ouvir[169] o prelúdio desafinado das cordas grosseiras sob o arco de violino do bonde domingueiro. Os pequenos dados brancos sorriem na costa todos em círculo feito uma dentadura enorme entre o fedor do alcatrão e de carvão misto ao nauseante odor de infinito. Os cais desolados fumeiam vapores. Domingo. Pelo porto cheio de carcaças das lentas filas humanas, formigas do enorme ossário[170]. Enquanto isso entre as tenazes do molhe estremece um rio fugitivo tácito cheio de soluços calados que foge veloz rumo à eternidade do mar, que brinca e conspira lá embaixo para quebrar a linha do horizonte.

L'INCONTRO DI REGOLO

Ci incontrammo nella circonvallazione a mare. La strada era deserta nel calore pomeridiano. Guardava con occhio abbarbagliato il mare. Quella faccia, l'occhio strabico! Si volse: ci riconoscemmo immediatamente. Ci abbracciammo. Come va? Come va? A braccetto lui voleva condurmi in campagna: poi io lo decisi invece a calare sulla riva del mare. Stesi sui ciottoli della spiaggia seguitavamo le nostre confidenze calmi. Era tornato d'America. Tutto pareva naturale ed atteso. Ricordavamo l'incontro di quattro anni fa laggiù in America: e il primo, per la strada di Pavia, lui scalcagnato, col collettone alle orecchie! Ancora il diavolo ci aveva riuniti: per quale perchè? Cuori leggeri noi non pensammo a chiedercelo. Parlammo, parlammo, finchè sentimmo chiaramente il rumore delle onde che si frangevano sui ciottoli della spiaggia. Alzammo la faccia alla luce cruda del sole. La superficie del mare era tutta abbagliante. Bisognava mangiare. Andiamo!

*
* *

Avevo accettato di partire. Andiamo! Senza entusiasmo e senza esitazione. Andiamo. L'uomo o il viaggio, il resto o l'incidente. Ci sentiamo puri. Mai ci eravamo piegati a sacrificare alla mostruosa assurda ragione. Il paese natale: quattro giorni di sguattero, pasto di rifiuti tra i miasmi della lavatura grassa. Andiamo!

*
* *

O ENCONTRO DE REGOLO[171]

Encontramo-nos na circunvalação da costa. A estrada estava deserta no calor da tarde. Olhava para o mar com seu olhar deslumbrado. Aquele rosto, o olho estrábico! Virou-se: reconhecemo-nos imediatamente. Abraçamo-nos. Como vai? Como vai? Segurando-me pelo braço, queria levar-me para o campo: depois o convenci em lugar disso a baixar para beira-mar. Esticados sobre os seixos da praia, continuávamos com calma nossas confidências. Tinha retornado da América. Tudo parecia esperado e natural. Lembrávamos o encontro de quatro anos antes, lá na América: e o primeiro, no caminho de Pávia, ele maltrapilho, com a gola até as orelhas! De novo o diabo nos reunira: por que seria? Corações leves[172], nem pensamos em nos perguntar. Falamos, falamos, até que ouvimos claramente o ruído das ondas que se quebravam sobre os seixos da praia. Levantamos o rosto para a luz crua do sol. A superfície do mar ofuscava em toda sua extensão. Tínhamos de comer. Vamos!

*
* *

Eu já aceitara partir. Vamos! Sem entusiasmo e sem hesitação. Vamos. O homem ou a viagem, o resto ou o incidente[173]. Sentimo-nos puros. Jamais nos havíamos dobrado sacrificando-nos à monstruosa absurda razão. A terra natal: quatro dias de lava-pratos, comendo restos entre os miasmas da lavagem gordurosa. Vamos!

*
* *

Impestato a più riprese, sifilitico alla fine, bevitore, scialacquatore, con in cuore il demone della novità che lo gettava a colpi di fortuna che gli riuscivano sempre, quella mattina i suoi nervi saturi l'avevano tradito ed era restato per un quarto d'ora paralizzato dalla parte destra, l'occhio strabico fisso sul fenomeno, toccando con mano irritata la parte immota. Si era riavuto, era venuto da me e voleva partire.

*
* *

Ma come partire? La mia pazzia tranquilla quel giorno lo irritava. La paralisi lo aveva esacerbato. Lo osservavo. Aveva ancora la faccia a destra atona e contratta e sulla guancia destra il solco di una lacrima ma di una lagrima sola, involontaria, caduta dall'occhio restato fisso: voleva partire.

*
* *

Camminavo, camminavo nell'amorfismo della gente. Ogni tanto rivedevo il suo sguardo strabico fisso sul fenomeno, sulla parte immota che sembrava attrarlo irresistibilmente: vedevo la mano irritata che toccava la parte immota. Ogni fenomeno è per sè sereno.

*
* *

Voleva partire. Mai ci eravamo piegati a sacrificare alla mostruosa assurda ragione e ci lasciammo stringendoci semplicemente la mano: in quel breve gesto noi ci lasciammo, senza accorgercene ci lasciammo: così puri come due iddii noi liberi liberamente ci abbandonammo all'irreparabile.

Já várias vezes empesteado, sifilítico no final, beberrão, gastador, com o demo da novidade no coração, joguete dos golpes da fortuna que sempre davam certo, naquela manhã seus nervos saturados o haviam traído e ele havia ficado por uns quinze minutos paralisado do lado direito, o olho estrábico fitando o fenômeno, tocando com mão irritada a parte imóvel. Havia voltado a si, viera até mim e queria partir.

*
* *

Mas partir como? Minha loucura tranquila o irritava naquele dia. A paralisia o exacerbara. Eu o observava. Seu rosto ainda estava átono e contraído do lado direito e na face direita havia o sulco de uma lágrima mas de uma lágrima só, involuntária, caída do olho fixo: queria partir.

*
* *

Eu andava, andava por entre o amorfismo das pessoas. De vez em quando via de novo seu olhar estrábico sobre o fenômeno, sobre a parte imóvel que parecia atraí-lo irresistivelmente: via a mão irritada que tocava a parte imóvel. Cada fenômeno em si é sereno.

*
* *

Queria partir. Jamais nos havíamos dobrado sacrificando-nos à monstruosa absurda razão e nos despedimos apertando-nos simplesmente a mão: naquele breve gesto nos deixamos, sem percebê-lo nos deixamos: tão puros como dois deuses nós livres livremente nos abandonamos ao irreparável.

SCIROCCO
(Bologna)

Era una melodia, era un alito? Qualche cosa era fuori dei vetri. Aprìi la finestra: era lo Scirocco: e delle nuvole in corsa al fondo del cielo curvo (non c'era là il mare?) si ammucchiavano nella chiarità argentea dove l'aurora aveva lasciato un ricordo dorato. Tutto attorno la città mostrava le sue travature colossali nei palchi aperti dei suoi torrioni, umida ancora della pioggia recente che aveva imbrunito il suo mattone: dava l'immagine di un grande porto, deserto e velato, aperto nei suoi granai dopo la partenza avventurosa nel mattino: mentre che nello Scirocco sembravano ancora giungere in soffii caldi e lontani di laggiù i riflessi d'oro delle bandiere e delle navi che varcavano la curva dell'orizzonte. Si sentiva l'attesa. In un brusìo di voci tranquille le voci argentine dei fanciulli dominavano liberamente nell'aria. La città riposava del suo faticoso fervore. Era una vigilia di festa: la Vigilia di Natale. Sentivo che tutto posava: ricordi speranze anch'io li abbandonavo all'orizzonte curvo laggiù: e l'orizzonte mi sembrava volerli cullare coi riflessi frangiati delle sue nuvole mobili all'infinito. Ero libero, ero solo. Nella giocondità dello Scirocco mi beavo dei suoi soffii tenui. Vedevo la nebulosità invernale che fuggiva davanti a lui: le nuvole che si riflettevano laggiù sul lastrico chiazzato in riflessi argentei su la fugace chiarità perlacea dei visi femminili trionfanti negli occhi dolci e cupi: sotto lo scorcio dei portici seguivo le vaghe creature rasenti dai pennacchi melodiosi, sentivo il passo melodioso, smorzato nella cadenza lieve ed uguale: poi guardavo le torri

SIROCO
(Bolonha)

    Era uma melodia, era um sopro de vento? Havia alguma coisa fora dos vidros. Abri a janela[174]: era o Siroco: e as nuvens correndo no fundo do céu curvo (não havia lá o mar?) amontoavam-se na claridade prateada onde a aurora deixara uma lembrança dourada. Em toda a volta a cidade mostrava seus travejamentos colossais nos palcos abertos de seus torreões, úmida ainda da chuva recente que brunira seu tijolo: dava a imagem de um grande porto, deserto e velado, aberto em seus celeiros depois da partida aventurosa da manhã: enquanto que no Siroco pareciam chegar ainda em sopros cálidos e longínquos de lá de baixo os reflexos dourados das bandeiras e dos navios que transpunham a linha do horizonte. Sentia-se a espera. Num ciciar de vozes tranquilas, as vozes argentinas das crianças dominavam livremente no ar. A cidade repousava de seu fatigante fervor. Era véspera de festa: a véspera do Natal. Eu sentia que tudo pausava: lembranças esperanças eu também as abandonava no horizonte encurvado lá embaixo: e parecia-me que o horizonte os queria embalar com os reflexos franjados de suas nuvens infinitamente móveis. Estava livre, estava só. Na alegria do Siroco deleitava-me com seus sopros tênues. Via a nebulosidade invernal fugir diante dele: as nuvens que se refletiam lá embaixo na calçada manchada de reflexos prateados sobre a fugaz claridade perlácea dos rostos femininos triunfantes nos olhos doces e sombrios: sob o escorço das arcadas acompanhava as vagas criaturas que iam rente com seus penachos[175] melodiosos, ouvia o passo melodioso, esmorecido na cadência leve e igual: de-

rosse dalle travi nere, dalle balaustrate aperte che vegliavano deserte sull'infinito.

Era la Vigilia di Natale.

*
* *

Ero uscito: Un grande portico rosso dalle lucerne moresche: dei libri che avevo letti nella mia adolescenza erano esposti a una vetrina tra le stampe. In fondo la luminosità marmorea di un grande palazzo moderno, i fusti d'acciaio curvi di globi bianchi ai quattro lati.

La piazzetta di S. Giovanni era deserta: la porta della prigione senza le belle fanciulle del popolo che altre volte vi avevo viste.

*
* *

Attraverso a una piazza dorata da piccoli sepolcreti, nella scia bianca del suo pennacchio una figura giovine, gli occhi grigi, la bocca dalle linee rosee tenui, passò nella vastità luminosa del cielo. Sbiancava nel cielo fumoso la melodia dei suoi passi. Qualche cosa di nuovo, di infantile, di profondo era nell'aria commossa. Il mattone rosso ringiovanito dalla pioggia sembrava esalare dei fantasmi torbidi, condensati in ombre di dolore virgineo, che passavano nel suo torbido sogno: (contigui uguali gli archi perdendosi gradatamente nella campagna tra le colline fuori della porta): poi una grande linea che apparve passò: una grandiosa, virginea testa reclina d'ancella mossa di un passo giovine non domo alla cadenza, offrendo il contorno della mascella rosea e forte e a tratti la luce obliqua dell'occhio nero al disopra dell'omero servile, del braccio, onusti di giovinezza: muta.

*
* *

(Le serve ingenue affaccendate colle sporte colme di vettovaglie vagavano pettinate artifiziosamente la loro fresca grazia

pois olhava para as torres vermelhas de vigas negras, de balaustradas abertas que velavam desertas o infinito.

Era a véspera de Natal.

*
* *

Eu havia saído: um grande alpendre vermelho com lanternas mouriscas: livros que havia lido em minha adolescência estavam expostos em uma vitrine entre as estampas. Ao fundo, a luminosidade marmórea de um grande palácio moderno, os fustes de aço curvos de globos brancos dos quatro lados.

A pracinha de San Giovanni estava deserta: a porta da prisão sem as jovens bonitas do povo que vira das outras vezes.

*
* *

Por uma praça dourada por pequenos sepulcros enfileirados, na esteira branca de seu penacho uma figura jovem, olhos cinza, a boca de tênues linhas rosadas, passou pela vastidão luminosa do céu. No céu enfumaçado ia embranquecendo a melodia de seus passos. Havia no ar comovido alguma coisa de novo, de infantil, de profundo. O tijolo vermelho, avivado rejuvenescido pela chuva parecia exalar fantasmas turvos, condensados em sombras de dor virginal, que passavam em seu turvo sonho: (iguais e contíguas as arcadas que se perdiam gradativamente no campo, entre os morros fora da porta): depois uma grande linha que tinha aparecido, passou: uma grandiosa cabeça virginal inclinada de ancila movida por um passo jovem indômito à cadência, oferecendo o contorno do queixo róseo e forte e, por vezes, a luz oblíqua do olho negro por cima do ombro servil, do braço, onustos de juventude: muda.

*
* *

(As servas ingênuas atarefadas com suas cestas cheias de mantimentos passeavam penteadas com artifício sua viçosa

fuori della porta. Tutta verde la campagna intorno. Le grandi masse fumose degli alberi gravavano sui piccoli colli, la loro linea nel cielo aggiungeva un carattere di fantasia: la luce, un organetto che tentava la modesta poesia del popolo sotto una ciminiera altissima sui terreni vaghi, tra le donne variopinte sulle porte: le contrade cupe della città tutte vive di tentacoli rossi: verande di torri dalle travature enormi sotto il cielo curvo: gli ultimi soffii di riflessi caldi e lontani nella grande chiarità abbagliante e uguale quando per l'arco della porta mi inoltrai nel verde e il cannone tonò mezzogiorno: solo coi passeri intorno che si commossero in breve volteggio attorno al lago Leonardesco).

graça porta afora. O campo todo verde à volta. As grandes massas fumosas das árvores gravavam sobre as colinas, a linha delas no céu acrescentava um traço de fantasia: a luz, um realejo que ensaiava a modesta poesia do povo sob uma altíssima chaminé nos terrenos vagos, entre as mulheres pintadas às portas: os bairros sombrios da cidade bem vivos em seus tentáculos carmim: varandas de torres com travejamentos enormes sob o céu encurvado: os últimos sopros de reflexos quentes e ao longe na grande claridade ofuscante e igual quando pelo arco da porta eu adentrei o verde e o canhão trovejou meio-dia: só, com os pássaros em torno que se moveram em breve voltear ao redor do lago leonardesco).

CREPUSCOLO MEDITERRANEO

Crepuscolo mediterraneo perpetuato di voci che nella sera si esaltano, di lampade che si accendono, chi t'inscenò nel cielo più vasta più ardente del sole notturna estate mediterranea? Chi può dirsi felice che non vide le tue piazze felici, i vichi dove ancora in alto battaglia glorioso il lungo giorno in fantasmi d'oro, nel mentre a l'ombra dei lampioni verdi nell'arabesco di marmo un mito si cova che torce le braccia di marmo verso i tuoi dorati fantasmi, notturna estate mediterranea? Chi può dirsi felice che non vide le tue piazze felici? E le tue vie tortuose di palazzi e palazzi marini e dove il mito si cova? Mentre dalle volte un altro mito si cova che illumina solitaria limpida cubica la lampada colossale a spigoli verdi? Ed ecco che sul tuo porto fumoso di antenne, ecco che sul tuo porto fumoso di molli cordami dorati, per le tue vie mi appaiono in grave incesso giovani forme, di già presaghe al cuore di una bellezza immortale appaiono rilevando al passo un lato della persona gloriosa, del puro viso ove l'occhio rideva nel tenero agile ovale. Suonavano le chitarre all'incesso della dea. Profumi varii gravavano l'aria, l'accordo delle chitarre si addolciva da un vico ambiguo nell'armonioso clamore della via che ripida calava al mare. Le insegne rosse delle botteghe promettevano vini d'oriente dal profondo splendore opalino mentre a me trepidante la vita passava avanti nelle immortali forme serene. E l'amaro, l'acuto balbettìo del mare subito spento all'angolo di una via: spento, apparso e subito spento!

Il Dio d'oro del crepuscolo bacia le grandi figure sbiadite sui muri degli alti palazzi, le grandi figure che anelano a lui

CREPÚSCULO MEDITERRÂNEO[176]

    Crepúsculo mediterrâneo perpetuado de vozes que à tarde se exaltam, de lâmpadas que se acendem, quem te encenou no céu, mais vasto mais ardente que o sol, noturno verão mediterrâneo? Quem pode se dizer feliz sem ter visto tuas praças felizes, os becos onde no alto ainda batalha glorioso o longo dia em fantasmas dourados, enquanto à sombra de verdes lampiões no arabesco de mármore um mito é chocado que verga seus braços de mármore para teus dourados fantasmas, noturno verão mediterrâneo? Quem pode se dizer feliz sem ter visto tuas praças felizes? E tuas ruas sinuosas de palácios e palácios marinos onde o mito é chocado? Enquanto nas abóbadas[177] um outro mito é chocado que ilumina solitária límpida cúbica a lâmpada colossal de arestas verdes? Eis que em teu porto fumoso de antenas[178], eis que em teu porto fumoso de moles cordagens douradas, por tuas ruas me aparecem em grave andar majestoso jovens formas, que o coração já pressagia de beleza imortal aparecem relevando ao passar um lado da pessoa gloriosa, do rosto puro onde ria o olho no oval tenro e ligeiro. Ao andar da deusa as guitarras tocavam. Perfumes variados gravavam o ar, o acorde das guitarras suavizava-se vindo de um beco ambíguo no harmonioso clamor da rua que calava hirta no mar. Os letreiros vermelhos das lojas prometiam vinhos do Oriente de profundo esplendor opalino enquanto diante de mim trepidante a vida passava nas imortais formas serenas. E o amargo, o agudo gaguejar do mar logo apagado na esquina de uma rua: apagado, surgido e logo apagado!

come a un più antico ricordo di gloria e di gioia. Un bizzarro palazzo settecentesco sporge all'angolo di una via, signorile e fatuo, fatuo della sua antica nobiltà mediterranea. Ai piccoli balconi i sostegni di marmo si attorcono in sè stessi con bizzarria. La grande finestra verde chiude nel segreto delle imposte la capricciosa speculatrice, la tiranna agile bruno rosata, e la via barocca vive di una duplice vita: in alto nei trofei di gesso di una chiesa gli angioli paffuti e bianchi sciolgono la loro pompa convenzionale mentre che sulla via le perfide fanciulle brune mediterranee, brunite d'ombra e di luce, si bisbigliano all'orecchio al riparo delle ali teatrali e pare fuggano cacciate verso qualche inferno in quell'esplosione di gioia barocca: mentre tutto tutto si annega nel dolce rumore dell'ali sbattute degli angioli che riempie la via.

O Deus de ouro do crepúsculo beija as grandes figuras desbotadas nos muros dos altos palácios, as grandes figuras que anseiam por ele como por uma mais antiga memória de alegria e de glória. Um bizarro palácio setecentista desponta na esquina de uma rua, fátuo e senhorial, fátuo em sua antiga nobreza mediterrânea. Nos pequenos balcões as colunas de mármore se enrolam em si próprias com bizarria. A grande janela verde fecha no segredo dos postigos a especuladora caprichosa, a ágil tirana[179] morena e rosada, e a rua barroca[180] vive de uma dupla vida: no alto nos troféus de gesso[181] de uma igreja os anjos bochechudos e brancos desatam sua pompa convencional enquanto na rua as pérfidas mocinhas morenas mediterrâneas, brunidas de sombra e de luz, cochicham ao ouvido resguardadas por asas teatrais e parecem fugir impelidas para um inferno qualquer naquela explosão de alegria barroca: enquanto tudo tudo se afoga no doce rumor que enche as ruas das asas batidas dos anjos.

PIAZZA SARZANO

A l'antica piazza dei tornei salgono strade e strade e nell'aria pura si prevede sotto il cielo il mare. L'aria pura è appena segnata di nubi leggere. L'aria è rosa. Un antico crepuscolo ha tinto la piazza e le sue mura. E dura sotto il cielo che dura, estate rosea di più rosea estate.

Intorno nell'aria del crepuscolo si intendono delle risa, serenamente, e dalle mura sporge una torricella rosa tra l'edera che cela una campana: mentre, accanto, una fonte sotto una cupoletta getta acqua acqua ed acqua senza fretta, nella vetta con il busto di un savio imperatore: acqua acqua, acqua getta senza fretta, con in vetta il busto cieco di un savio imperatore romano.

Un vertice colorito dall'altra parte della piazza mette quadretta, da quattro cuspidi una torre quadrata mette quadretta svariate di smalto, un riso acuto nel cielo, oltre il tortueggiare, sopra dei vicoli il velo rosso del roso mattone: ed a quel riso odo risponde l'oblio. L'oblio così caro alla statua del pagano imperatore sopra la cupoletta dove l'acqua zampilla senza fretta sotto lo sguardo cieco del savio imperatore romano.

*
* *

Dal ponte sopra la città odo le ritmiche cadenze mediterranee. I colli mi appaiono spogli colle loro torri a traverso le sbarre verdi ma laggiù le farfalle innumerevoli della luce riempiono il paesaggio di un'immobilità di gioia inesauribile. Le grandi case

PRAÇA SARZANO

Para a antiga praça dos torneios[182] sobem ruas e mais ruas e no ar puro dá para imaginar, sob o céu, o mar. O ar puro é apenas marcado por nuvens leves. O ar é rosa. Um antigo crepúsculo tingiu a praça e seus muros. E dura, sob o céu que dura, róseo verão de um mais róseo verão.

No ar do crepúsculo, em volta, ouvem-se risadas, serenamente, e dos muros assoma uma torrezinha rósea por entre a hera que esconde um sino: enquanto, ao lado, uma fonte embaixo de uma cupulazinha jorra água, água e água, sem pressa, para o cimo que tem o busto de um sábio imperador: água água jorra sem pressa, para o cimo que tem o busto cego de um sábio imperador romano.

Um vértice colorido do outro lado da praça bota pequenos quadros[183], a partir de quatro cúspides uma torre quadrada bota pequenos quadros variegados de esmalte, um riso agudo no céu, além do labirinto dos becos tortos[184], sobre os becos o véu vermelho do tijolo erodido: e àquele riso, ouço, responde o olvido. O olvido caro à estátua do imperador pagão sobre a cupulazinha onde a água jorra sem pressa sob o olhar cego do sábio imperador romano.

*
* *

Da ponte sobre a cidade ouço as rítmicas cadências mediterrâneas. Os morros aparecem-me desnudos com suas torres através das barras verdes[185] mas lá embaixo as borboletas inúmeras da luz enchem a paisagem de uma imobilidade de ale-

rosee tra i meandri verdi continuano a illudere il crepuscolo. Sulla piazza acciottolata rimbalza un ritmico strido: un fanciullo a sbalzi che fugge melodiosamente. Un chiarore in fondo al deserto della piazza sale tortuoso dal mare dove vicoli verdi di muffa calano in tranelli d'ombra: in mezzo alla piazza, mozza la testa guarda senz'occhi sopra la cupoletta. Una donna bianca appare a una finestra aperta. È la notte mediterranea.

*
*   *

Dall'altra parte della piazza la torre quadrangolare s'alza accesa sul corroso mattone sù a capo dei vicoli gonfi cupi tortuosi palpitanti di fiamme. La quadricuspide vetta a quadretta ride svariata di smalto mentre nel fondo bianca e torbida a lato dei lampioni verdi la lussuria siede imperiale. Accanto il busto dagli occhi bianchi rosi e vuoti, e l'orologio verde come un bottone in alto aggancia il tempo all'eternità della piazza. La via si torce e sprofonda. Come nubi sui colli le case veleggiano ancora tra lo svariare del verde e si scorge in fondo il trofeo della V.M. tutto bianco che vibra d'ali nell'aria.

gria inesgotável. As grandes casas rosadas por entre os meandros verdes[186] continuam iludindo o crepúsculo. Sobre a praça de seixos um rítmico estridor ricocheteia: um garoto que foge melodiosamente aos pulos. No fundo do deserto da praça uma claridade sobe tortuosa[187] do mar onde becos verdes de mofo caem em armadilhas de sombra: no meio da praça, a cabeça cortada olha sem olhos por cima da pequena cúpula. Uma mulher branca surge numa janela aberta. É a noite mediterrânea.

*
* *

Do outro lado da praça a torre quadrangular ergue-se acesa no tijolo erodido lá no alto dos becos inflados turvos tortuosos palpitantes de chamas. O cume quadricúspide em pequenos quadros variegado de esmalte enquanto no fundo branca e turva ao lado dos lampiões verdes a luxúria assenta-se imperial. Ao lado o busto dos olhos brancos erodidos e vácuos, e o relógio verde feito um botão prende no alto o tempo à eternidade da praça. O caminho contorce-se e afunda. Feito nuvens nos morros ainda velejam as casas entre o matizado do verde e percebe-se ao fundo o troféu da V.M.[188] todinho branco vibrante de asas no ar.

GENOVA

   Poi che la nube si fermò nei cieli
   Lontano sulla tacita infinita
   Marina chiusa nei lontani veli,
   E ritornava l'anima partita
5 Che tutto a lei d'intorno era già arcana-
   mente illustrato del giardino il verde
   Sogno nell'apparenza sovrumana
   De le corrusche sue statue superbe:
   E udìi canto udìi voce di poeti
10 Ne le fonti e le sfingi sui frontoni
   Benigne un primo oblìo parvero ai proni
   Umani ancor largire: dai segreti
   Dedali uscìi: sorgeva un torreggiare
   Bianco nell'aria: innumeri dal mare
15 Parvero i bianchi sogni dei mattini
   Lontano dileguando incatenare
   Come un ignoto turbine di suono.
   Tra le vele di spuma udivo il suono.
   Pieno era il sole di Maggio

*
* *

20 Sotto la torre orientale, ne le terrazze verdi ne la
                              [lavagna cinerea
   Dilaga la piazza al mare che addensa le navi inesausto
   Ride l'arcato palazzo rosso dal portico grande:

GÊNOVA

Depois que a nuvem estancou nos céus
Ao longe sobre a tácita infinita
Marina presa nos longínquos véus,
E retornava a alma partida[189]
Que tudo em volta dela já era arcana-
5   mente ilustrado do jardim o verde
Sonho na aparência sobre-humana
Das coruscantes estátuas suas soberbas:
E ouvi canto ouvi voz[190] de poetas
Nas fontes e as esfinges nos frontões
10   Benignas um primeiro olvido aos pronos[191]
Humanos pareceram dar: dos secretos
Dédalos[192] saí: surgia branco no ar
Um torrear[193]: inúmeros do mar
Pareceram os brancos sonhos das manhãs
15   Ao longe dispersando encadear
Como um ignoto turbilhonar de som.
Entre as velas de espuma ouvia-se o som.
Pleno estava o sol de Maio

*
* *

20   Sob a torre oriental, nos terraços verdes na ardósia
[cinérea[194]
Alastra-se a praça[195] ao mar que adensa os navios inexausto
Ri o arcado palácio roxo do grande alpendre[196]:

Come le cateratte del Niagara
Canta, ride, svaria ferrea la sinfonia feconda urgente
[al mare:
25 Genova canta il tuo canto!

*
* *

Entro una grotta di porcellana
Sorbendo caffè
Guardavo dall'invetriata la folla salire veloce
Tra le venditrici uguali a statue, porgenti
30 Frutti di mare con rauche grida cadenti
Su la bilancia immota:
Così ti ricordo ancora e ti rivedo imperiale
Su per l'erta tumultuante
Verso la porta disserrata
35 Contro l'azzurro serale,
Fantastica di trofei
Mitici tra torri nude al sereno,
A te aggrappata d'intorno
La febbre de la vita
40 Pristina: e per i vichi lubrici di fanali il canto
Instornellato de le prostitute
E dal fondo il vento del mar senza posa,

*
* *

Per i vichi marini nell'ambigua
Sera cacciava il vento tra i fanali
45 Preludii dal groviglio delle navi:
I palazzi marini avevan bianchi
Arabeschi nell'ombra illanguidita
Ed andavamo io e la sera ambigua:
Ed io gli occhi alzavo su ai mille

Como as cataratas do Niagara
Canta, ri, variega férrea[197] a sinfonia fecunda urgente ao
                                                      [mar:
25 Gênova canta o teu canto!

                    *
                  *   *

Em uma gruta de porcelana[198]
Sorvendo o café
Olhava da vidraça[199] a multidão sair veloz
Entre as vendedeiras feito estátuas, estendendo ofertando
30 Frutos do mar com roucos gritos descendo
Sobre a balança imóvel:
Assim lembro-te ainda e vejo-te imperial
Subindo tumultuosa a ladeira
Rumo à porta descerrada
35 Contra o azul da tarde
Fantástica de troféus
Míticos por entre as torres nuas no sereno,
Agarrada a ti em volta
A febre da prístina
40 Vida: e pelos becos lúbricos[200] de fanais o canto
Estornelado[201] das putas
E vindo do fundo o vento do mar sem pausa,

                    *
                  *   *

Pelos becos marinhos na tarde
Ambígua empurrava o vento entre os fanais
45 Prelúdios do emaranhado dos navios:
Os palácios marinhos tinham brancos
Arabescos na sombra enlanguescida
E íamos eu e a tarde ambígua:
E eu erguia os olhos para os mil

50 E mille e mille occhi benevoli
Delle Chimere nei cieli: . . . .
Quando,
Melodiosamente
D'alto sale, il vento come bianca finse una visione di
[Grazia
55 Come dalla vicenda infaticabile
De le nuvole e de le stelle dentro del cielo serale
Dentro il vico marino in alto sale, ...
Dentro il vico chè rosse in alto sale
Marino l'ali rosse dei fanali
60 Rabescavano l'ombra illanguidita, ...
Che nel vico marino, in alto sale
Che bianca e lieve e querula salì!
"Come nell'ali rosse dei fanali
Bianca e rossa nell'ombra del fanale
65 *Che bianca e lieve e tremula salì: ...."* –
Ora di già nel rosso del fanale
Era già l'ombra faticosamente
Bianca . . . .
Bianca quando nel rosso del fanale
70 Bianca lontana faticosamente
L'eco attonita rise un irreale
Riso: e che l'eco faticosamente
E bianca e lieve e attonita salì . . . .
Di già tutto d'intorno
75 Lucea la sera ambigua:
Battevano i fanali
Il palpito nell'ombra.
Rumori lontano franavano
Dentro silenzii solenni
80 Chiedendo: se dal mare
Il riso non saliva. . .

50 E mil e mil olhos benévolos
   Das Quimeras nos céus . . . .
   Quando,
   Melodiosamente
   De alto sal, o vento[202] como branca fingiu uma visão de
                                                         [Graça
55 Como do suceder-se infatigável
   De nuvens e de estrelas dentro do céu noturno
   Dentro do beco marinho em alto sobe[203],
   Dentro do beco que roxas alto eleva
   Marinho as asas roxas dos fanais
60 Arabescavam a sombra enlanguescida,
   Que no beco marinho no alto sobe
   Que branca e leve e quérula subiu!
   "Como nas asas roxas dos fanais[204]
   Branca e roxa na sombra do fanal
65 *Que branca e leve e trêmula subiu..."*
   Já agora no roxo do fanal
   Já era a sombra fatigosamente
   Branca
   Branca quando no roxo do fanal
70 Branca afastada fatigosamente
   O eco atônito riu de um riso
   Irreal: e que o eco fatigosamente
   E branco e leve e atônito subiu...
   Já em toda a volta
75 Luzia a tarde ambígua:
   Pulsavam os fanais
   O palpitar na sombra.
   Ruíam ao longe ruídos
   Em solenes silêncios
80 E perguntavam se do mar
   O riso não subia...

Chiedendo se l'udiva
Infaticabilmente
La sera: a la vicenda
85 Di nuvole là in alto
Dentro del cielo stellare.

*
* *

Al porto il battello si posa
Nel crepuscolo che brilla
Negli alberi quieti di frutti di luce,
90 Nel paesaggio mitico
Di navi nel seno dell'infinito
Ne la sera
Calida di felicità, lucente
In un grande in un grande velario
95 Di diamanti disteso sul crepuscolo,
In mille e mille diamanti in un grande velario vivente
Il battello si scarica
Ininterrottamente cigolante,
Instancabilmente introna
100 E la bandiera è calata e il mare e il cielo è d'oro e sul molo
Corrono i fanciulli e gridano
Con gridi di felicità.
Già a frotte s'avventurano
I viaggiatori alla città tonante
105 Che stende le sue piazze e le sue vie:
La grande luce mediterranea
S'è fusa in pietra di cenere:
Pei vichi antichi e profondi
Fragore di vita, gioia intensa e fugace:
110 Velario d'oro di felicità
È il cielo ove il sole ricchissimo

E perguntavam se o ouvia
Infatigavelmente
A tarde: no suceder-se
85 De nuvens lá no alto
Dentro do céu estelar.

*
* *

No porto pousa o batel
No crepúsculo que brilha
Nas árvores quietas de frutos de luz[205],
90 Na paisagem mítica
De navios no seio do infinito
Na noite
Cálida de alegria, luzindo
Num grande num grande velário
95 De diamantes[206] estendido no crepúsculo,
Em mil e mil diamantes em um grande velário vivo
O batel descarrega
Rangendo ininterruptamente,
Atroa incansavelmente
100 E a bandeira amainou e o mar e o céu é de ouro e no molhe
Correm as crianças e gritam
Com gritos de felicidade[207].
Já se aventuram aos bandos
Os viajadores à cidade trovejante
105 Que estende suas praças e suas ruas:
A grande luz mediterrânea
Fundiu-se em pedra e cinzas:
Pelos antigos becos e profundos
Rumor de vida, alegria intensa e fugaz:
110 Velário d'ouro de felicidade
É o céu onde o sol riquíssimo

Lasciò le sue spoglie preziose
E la Città comprende
E s'accende
115 E la fiamma titilla ed assorbe
I resti magnificenti del sole,
E intesse in sudario d'oblio
Divino per gli uomini stanchi.
Perdute nel crepuscolo tonante
120 Ombre di viaggiatori
Vanno per la Superba
Terribili e grotteschi come i ciechi.

*
* *

Vasto, dentro un odor tenue vanito
Di catrame, vegliato da le lune
125 Elettriche, sul mare appena vivo
Il vasto porto si addorme.
S'alza la nube delle ciminiere
Mentre il porto in un dolce scricchiolìo
Dei cordami s'addorme: e che la forza
130 Dorme, dorme che culla la tristezza
Inconscia de le cose che saranno
E il vasto porto oscilla dentro un ritmo
Affaticato e si sente
La nube che si forma dal vomito silente.

*
* *

135 O Siciliana proterva opulente matrona
A le finestre ventose del vico marinaro
Nel seno della città percossa di suoni di navi e di carri
Classica mediterranea femina dei porti:
Pei grigi rosei della città di ardesia

Deixou seus despojos preciosos:
E a cidade compreende
E se acende
115 E a chama titila e absorve
Os restos magnificentes do sol,
E entretece um sudário[208] de olvido
Divino para os homens cansados.
Perdidas no crepúsculo toante
120 Sombras de viajantes
Vão pela Soberba[209]
Terríveis e grotescos como os cegos.

*
* *

Vasto, dentro de odor tênue esmorecido
De alcatrão, velado pelas luas
125 Elétricas, no mar que mal se mexe
O vasto porto adormece.
Alça-se a nuvem das chaminés
Enquanto o porto em um doce chiar
De cordas adormece: e que a força
130 Dorme, dorme que embala a tristeza
Inconsciente das coisas que serão
E o vasto porto oscila em um ritmo
Fatigado e se sente
A nuvem [210] que se forma pelo vômito silente.

*
* *

135 Ó Siciliana proterva opulenta matrona
Às janelas ventosas do beco marinheiro
No seio da cidade sovada de sons de navios e de carros
Clássica mediterrânea fêmea dos portos:
Pêlos róseos cinzas da cidade de ardósia

140 Sonavano i clamori vespertini
E poi più quieti i rumori dentro la notte serena:
Vedevo alle finestre lucenti come le stelle
Passare le ombre de le famiglie marine: e canti
Udivo lenti ed ambigui ne le vene de la città
                              [mediterranea:
145 Ch'era la notte fonda.
Mentre tu siciliana, dai cavi
Vetri in un torto giuoco
L'ombra cava e la luce vacillante
O siciliana, ai capezzoli
150 L'ombra rinchiusa tu eri
La Piovra de le notti mediterranee.
Cigolava cigolava cigolava di catene
La grù sul porto nel cavo de la notte serena:
E dentro il cavo de la notte serena
155 E nelle braccia di ferro
Il debole cuore batteva un più alto palpito: tu
La finestra avevi spenta:
Nuda mistica in alto cava
Infinitamente occhiuta devastazione era la notte tirrena

      They were all torn
      and cover'd with
        the boy's
          blood

140 Soavam os clamores vespertinos
E depois mais quietos os ruídos dentro da noite serena:
Via às janelas brilhando como estrelas
Passar as sombras das famílias marinhas: e os cantos
Ouvia eu lentos e ambíguos nas veias[211] da cidade
[mediterrânea:
145 Pois era a noite funda.
Enquanto tu, siciliana, dos vidros
Côncavos em um jogo torto
A sombra oca e a luz vacilante
Ó siciliana, nas tetas
150 A sombra encerrada eras tu
O Polvo das noites mediterrâneas.
Rangia rangia rangia em suas correntes
O guindaste do porto no oco da noite serena:
E dentro do oco da noite serena
155 E nos braços de ferro
O débil coração batia em um pulsar mais alto: tu
Tinhas a janela apagada:
Nua mística oca no alto
Infinitamente olhenta devastação era a noite tirrena

They were all torn
and cover'd with
the boy's
blood[212]

Outros poemas

VECCHI VERSI

(San Petronio. Bologna.)

. . . .
. . . .
. . . .
5 . . . .
Le rosse torri altissime ed accese
Dentro dell'azzurrino tramonto commosso di vento,
Vegliavano dietro degli alti palazzi le imprese
Gentili del serale animamento
10 . . . .
. . . .
Esse parlavano lievi e tacevano: gli occhi levati
Invan seguendo la scìa sconosciuta nell'aria
De le parole rotte che il vicendevole vento
15 Diceva per un'ansia solitaria.

VELHOS VERSOS[1]

(S. Petrônio, Bolonha)

. . . .
. . . .
. . . .
5 . . . .
As roxas torres altíssimas e acesas
Dentro do ocaso azul tangido pelo vento
Velavam dos altos palácios os feitos
Gentis da vesperal animação
10 . . . .
. . . .
Elas falavam leves e calavam: altos os olhos
Iam seguindo em vão o rastro incógnito no ar
Das palavras quebradas que o vento revezado
15 Dizia por uma ansiedade solitária.

BASTIMENTO IN VIAGGIO
(Già: Frammento)

    L'albero oscilla a tocchi nel silenzio.
    Una tenue luce bianca e verde cade dall'albero.
    Il cielo limpido all'orizzonte, carico verde e dorato
                              [dopo la burrasca.
5 Il quadro bianco della lanterna in alto
    Illumina il segreto notturno: dalla finestra
    Le corde dall'alto a triangolo d'oro
    E un globo bianco di fumo
    Che non esiste come musica
10 Sopra del cerchio coi tocchi dell'acqua in sordina.

BARCO NAVEGANDO
[Título anterior: Fragmento][2]

O mastro oscila aos toques no silêncio
Uma luz tênue verde e branca cai do mastro.
O céu límpido no horizonte, cargo verde e dourado depois
[da borrasca.
5 O quadro branco da lanterna no alto
Ilumina o noturno segredo: da janela
As cordas lá de cima em triângulo de ouro
E um globo branco de fumaça
Que não existe como música
10 Sobre o aro com os baques da água em surdina.

ARABESCO-OLIMPIA

A Giovanni Boine

Oro, farfalla dorata polverosa perché sono spuntati i fiori del cardo? In un tramonto di torricelle rosse perché pensavo ad Olimpia che aveva i denti di perla la prima volta che la vidi nella prima gioventù? Dei fiori bianchi e rossi sul muro sono fioriti. Perché si rivela un viso, c'è come un peso sconosciuto sull'acqua corrente la cicala che canta.

*

Se esiste la capanna di Cézanne pensai quando sui prati verdi tra i tronchi d'alberi una baccante rossa mi chiese un fiore quando a Berna guerriera munita di statue di legno sul ponte che passa l'Aar una signora si innamorò dei miei occhi di fauno e a Berna colando l'acqua, lucente come un secondo cadavere, il bello straniero non poté più a lungo sostare? Fanfara inclinata, rabesco allo spazio dei prati, Berna.

Come la quercia all'ombra i suoi ciuffi per conche verdi l'acqua colando dei fiori bianchi e rossi sul muro sono spuntati come tra i fiori del cardo i vostri occhi blu fiordaliso in un tramonto di torricelle rosse perché io pensavo ad Olimpia che aveva i denti di perla la prima volta che la vidi nella prima gioventù.

ARABESCO – OLÍMPIA[3]

A Giovanni Boine

Ouro, borboleta dourada cheia de pó por que despontaram as flores dos cardos? Num ocaso de pequenas torres roxas[4], por que pensava em Olímpia[5] que tinha dentes de pérola da primeira vez que a vi, na mocidade? Sobre o muro floresceram flores brancas e vermelhas. Ao revelar-se um rosto, há como que um peso desconhecido sobre a água corrente a cigarra que canta.

*

Se existe a choupana de Cézanne[6] pensei quando pelos prados verdes entre os troncos das árvores uma bacante ruiva me pediu uma flor quando em Berna guerreira provida de estátuas de lenho na ponte que passa sobre o Aar[7] uma senhora apaixonou-se por meus olhos de fauno e em Berna escorrendo a água, brilhante feito um segundo cadáver[8], o belo forasteiro não mais pôde ficar? Fanfarra inclinada, rabesco ao espaço dos prados, Berna.

Qual carvalho à sombra seus tufos por concas verdes a água escorrendo flores brancas e vermelhas despontaram no muro como entre as flores do cardo vossos olhos azuis cor-de-lis num ocaso de pequenas torres roxas porque eu pensava em Olímpia-dentes-de-pérola da primeira vez que a vi na mocidade.

TOSCANITÀ
(Già: A Bino Binazzi)

A Bino Binazzi

"Perché esista questa realtà tu devi tendere una volta gialla sopra il velluto nero e le trecce di una trecciaiola che intreccia pagliuzze d'oro.

Non accendere i carboni della passione: essi ti risponderanno col fuoco elementare delle carte da gioco. Ma se piuttosto intendi il battere di tamburi con cui il poverello Giotto accompagnava le sue Madonne sii certo che i doppii piani ti daranno la soluzione della doppia figurazione che lo spirito e l'orgoglio aspetta."

TOSCANIDADE[9]
[Título anterior: PARA BINO BINAZZI]

Para Bino Binazzi

"Para que exista esta realidade tu deves estender uma abóbada amarela sobre o veludo negro e as tranças de uma entrançadeira que trança palhinhas de ouro.

Não acende os carvões da paixão: eles hão de responder-te com o fogo elementar das cartas do baralho. Mas antes de escutares o bater dos tambores com que Giotto, o pobrezinho, acompanhava suas Madonas esteja certo de que os duplos planos dar-te-ão a solução da dupla figuração que o espírito e o orgulho esperam."

A M[ARIO]. N[OVARO].

(Domodossola 1915)

Come delle torri d'acciaio
Nel cuore bruno della sera
Il mio spirito ricrea
Per un bacio taciturno.
5 . . . .
. . . .
Se là c'è un rosso giardino
Che cosa è il bianco con il turchino?
. . . .
10 . . . .
. . . .
. . . .
Sull'Alpe c'è una scaglia di lavoro
Del povero italiano non si sa.
15 Tra i pioppi
Al margine degli occhi bruni della sera
Se c'è una pastorella non si sa
Che pare far vane le torri
Al taglio di un pioppo che brilla:
20 Italia.
Ma come torri d'acciaio
Nel cuore bruno della sera
Il mio spirito ricrea
Per un bacio taciturno.

A M[ARIO]. N[OVARO].[10]

(Domodossola 1915)

Como torres de aço[11]
No coração escuro da tarde
Meu espírito recria
Por um beijo taciturno.
5 . . . .
. . . .
Se há lá um grande jardim
O que é o branco com o turqui?
. . . .
10 . . . .
. . . .
. . . .
No alpe há uma lasca de trabalho
Do pobre italiano não se sabe.
15 Entre os choupos
À margem dos olhos morenos da tarde
Se há uma pastora não se sabe
Que parece tornar as torres vãs
Ao talho de um choupo que brilha:
20 Itália.
Mas como torres de aço
No coração moreno da tarde
Meu espírito recria
Por um beijo taciturno.

25 . . . .
. . . .
. . . .

Hai domati i picchi irsuti
Hai fatto strada per le montagne
30 Con poco canto con molto vino
Sei arrivata vicino
Fin dove si poteva arrivar.
Senza interrogare la giubba rossa delle stelle
Hai sfondato finché si poteva arrivare
35 Finché sei andata a riposare
Laggiù nello straniero suol.
Italia non ti posso lasciare
La scaglia dell'italiano senza cuore
Brilla: stai fida l'onore
40 Te lo venderemo con una nuova verginità.
L'edera gira le torri
È la vigna della tua passione
Italia che fai processione
Con il badile prendi il fucile ti tocca andar
45 Fora la giubba rossa delle stelle
Questa volta con il cannone
Italia che fai processione
Prendi il fucile guarda il nemico ti tocca andar.
Guarda il nemico che poi non t'importa
50 Ti sei fatta a forzare la pietra
Prendi coraggio se batti la porta
Questa volta ti si aprirà.
Cara Italia che t'importa
Ti sei fatta a forzare la pietra
55 Prendi coraggio questa volta
Che la porta ti si aprirà.

. . . .
. . . .
. . . .
Já domaste os picos hirtos
Já abriste caminho nas montanhas
Com pouco canto e muito vinho
Perto chegaste
Até aonde se podia chegar.
Sem perguntar à juba roxa das estrelas
Te alquebraste até que se podia chegar
Até que foste dormir
Lá embaixo, no solo estrangeiro.
Itália não posso deixar-te
A lasca do italiano sem coração
Brilha: confia que a honra
Te venderemos e uma nova virgindade.
A hera envolve as torres
É a vinha de tua paixão
Itália em procissão
Com a pá pega o fuzil que tens de andar[12]
Fura a juba vermelha das estrelas
Desta vez com o canhão
Itália em procissão
Pega o fuzil olha o inimigo toca a andar.
Olha o inimigo que nem te importa
Te fizeste ao forçar o rochedo
Cria coragem e bate na porta
Desta vez ela se abrirá.
Cara Itália, o que te importa
Te fizeste a forçar o rochedo
Toma alento desta vez
Que a porta te se abrirá.

60 . . . .
Nel paesaggio lente si spostano le rondinelle
Il paesaggio è costituito dal ponte in riva al secondo fiume

. . . .
. . . .
65 L'oro e l'azzurro dei tramonti decrepiti si è cambiato in verde

. . . .
. . . .
Ma come torri d'acciaio
Nel cuore bruno della sera
70 Il mio spirito ricrea
Per un bacio taciturno

....
....
....
60 ....
Na paisagem lentas deslocam-se as andorinhas
A paisagem é a ponte na margem do segundo rio
....
....
65 O ouro e o azul dos decrépitos ocasos mudou-se em verde
....
....
Mas como torres de aço
No coração escuro da tarde
70 Meu espírito recria
Por um beijo taciturno[13]

NOTTURNO TEPPISTA

　　Firenze nel fondo era gorgo di luci di fremiti sordi:
　　Con ali di fuoco i lunghi rumori fuggenti
　　Del tram spaziavano: il fiume mostruoso
　　Torpido riluceva come un serpente a squame.
5　Su un circolo incerto le inquiete facce beffarde
　　Dei ladri, ed io tra i doppi lunghi cipressi uguali
　　　　　　　　　[a fiaccole spente

　　Più aspro ai cipressi le siepi
　　Più aspro del fremer dei bussi,
　　Che dal mio cuore il mio amore,
10　Che dal mio cuore, l'amore un ruffiano che intonò e cantò:

　　Amo le vecchie troie
　　Gonfie lievitate di sperma
　　Che cadono come rospi a quattro zampe sovra
　　　　　　　　　[la coltrice rossa
　　E aspettano e sbuffano ed ansimano
15　Flaccide come mantici.

NOTURNO BANDIDO[14]

Florença no fundo era abismo de frêmitos surdos:
Com asas de fogo os longos ruídos fugindo
Pairavam, do bonde: o rio monstruoso
Luzia torpe que nem a escamada
5 Sobre um círculo incerto os inquietos rostos trocistas
Dos ladros, e eu pelos duplos longos ciprestes feitos tochas
[extintas

Mais acre que a sebe ao cipreste
Mais acre que o frêmito aos buxos,
Que o meu amor de meu coração
10 De meu coração, o amor um rufião que entoou e cantou:

Amo as velhas rameiras
Infladas de levedo de esperma
Que caem feito sapos de quatro na colcha vermelha
E esperam bufando e arquejando
15 Flácidas como foles.

DONNA GENOVESE

Tu mi portasti un po' d'alga marina
Nei tuoi capelli, ed un odor di vento,
Che è corso di lontano e giunge grave
D'ardore, era nel tuo corpo bronzino:
5 – Oh la divina
Semplicità delle tue forme snelle –
Non amore non spasimo, un fantasma,
Un'ombra della necessità che vaga
Serena e ineluttabile per l'anima
10 E la discioglie in gioia, in incanto serena
Perché per l'infinito lo scirocco
Se la possa portare.
Come è piccolo il mondo e leggero nelle tue mani!

MULHER DE GÊNOVA[15]

Tu me trouxeste pouca alga marinha
Em teus cabelos, e um odor de vento,
Que de longe correu e chegou grave
De ardor, era em teu corpo de bronze:
5 – Oh, a divina
Simplicidade de tuas ágeis formas –
Não amor, não espasmo, um fantasma,
Sombra da necessidade que vagueia
Serena e inelutável pela alma
10 E a dissolve em júbilo, em encanto serena
Para que pelo infinito a possa
O siroco levar consigo.
Como é pequeno o mundo e leve em tuas mãos!

TRAGUARDO

A F. T. MARINETTI

    Dall'alta ripida china
    Movente precipite turbine
    Vivente nocchiero
    Come grido del turbine.
5 Bolgia rocciosa di grida di turbe
    (Sosta) Al traguardo dal turbine
    Un bronzeo corpo nel lancio leggero.
    Oscilla muto de la vertigine stretta tra rocce: la via
    Bianco serpente calpesto dai piedi del turbine
10 S'annoda si snoda (tra fuga lenta di grida le rocce)
    Rientran lo sguardo vertigine, brune.

META[16]

A F. T. MARINETTI

    Do alto e hirto declive
    Movente precípite turbilhão
    Vivente arrais
    Feito o grito do torvelinho.
5 Fosso rochoso de gritos de turbas
    (Pausa) À meta do vórtice
    Um brônzeo corpo leve no lanço.
    Oscila mudo pela vertigem atochada entre as rochas: a via
    Branca serpente pisada pelo pé do torvelinho
10 Se ata e desata (entre fuga lenta de gritos as rochas)
    Recolhem o olhar vertigem, morenas.

TRE GIOVANI FIORENTINE CAMMINANO

    Ondulava sul passo verginale
    Ondulava la chioma musicale
    Nello splendore del tiepido sole
    Eran tre vergini e una grazia sola
5 Ondulava sul passo verginale
    Crespa e nera la chioma musicale
    Eran tre vergini e una grazia sola
    E sei piedini in marcia militare.

TRÊS JOVENS FLORENTINAS CAMINHAM[17]

    Ondeava no passo virginal
    Ondeava a melena musical
    No resplendor do morno sol
    Eram três virgens e uma graça só
5   Ondeava no passo virginal
    Crespa e negra a melena musical
    Eram três virgens e uma graça só
    E seis pezinhos em marcha militar.

OSCAR WILDE A S. MINIATO

O città fantastica piena di suoni sordi...
Mentre sulle scalee lontano io salivo davanti
A te infuocata in linee lambenti di fuoco
Nella sera gravida, tra i cipressi.
5 Salivo con un'amica giovane grave
Che sacrificava dai primi anni
All'amore malinconico e suicida dell'uomo:
Ridevano giù per le scale
Ragazzi accaniti briachi di beffa
10 Sopra un circolo attorno ad un soldo invisibile.
Il fiume mostruoso luceva torpido come un serpente
                            [a squame;
Salivamo, essa oppressa e anelante,
Io cogli occhi rivolti alla funebre febbre incendiaria
Che bruciava te, o nero alberato naviglio
15 Nell'ultime febbri dei tempi o città:
Odore amaro d'alloro ventava sordo dall'alto
Attorno al bianco chiostro sepolcrale:
Ma bella come te battello bruciato tra l'alto
Soffio glorioso del ricordo, gridai o città,
20 O sogno sublime di tendere in fiamme
I corpi alla chimera non saziata
Amarissimo brivido funebre davanti all'incendio sordo lunare.

OSCAR WILDE EM S. MINIATO[18]

Ó cidade fantástica cheia de surdos sons...
Enquanto pelos lances de escadas ao longe eu subia diante
De ti inflamada em lambentes linhas de fogo
Na tarde grávida, entre os ciprestes
5   Eu subia com uma grave jovem amiga
Que sacrificava desde os priscos anos
Ao amor melancólico e suicida do homem:
Riam pelas escadarias
Encarniçados rapazes bêbados de escárnio
10 Sobre um círculo em volta de um soldo invisível.
O rio monstruoso luzia turvo feito cobra em
                                [escamas;
Subíamos, ela oprimida e ofegante,
Eu com os olhos fitando a fúnebre febre incendiária
Que queimava a ti, ó negro navio arvorado de torres
15 Nas últimas febres dos tempos remotos, ó cidade:
Amargo odor de louro ventava surdo do alto
Ao redor do branco claustro sepulcral:
Mas bela como tu, batel queimado entre o alto
Sopro glorioso da lembrança, gritei, ó cidade,
20 Ó sonho sublime de estender em chamas
Os corpos à quimera não saciada
Amaríssimo fúnebre arrepio frente ao incêndio surdo lunar.

O POESIA
TU PIÙ NON TORNERAI

O poesia tu più non tornerai
Eleganza eleganza
Arco teso della bellezza.
La carne è stanca, s'annebbia il cervello, si stanca
5 Palme grigie senza odore si allungano
Davanti al deserto del mare
Non campane, fischi che lacerano l'azzurro
Non canti, grida
E su questa aridità furente
10 La forma leggera dai sacri occhi bruni
Ondulante portando il tabernacolo del seno:
I cubi degli alti palazzi torreggiano
Minacciando enormi sull'erta ripida
Nell'ardore catastrofico

Ó POESIA
TU NÃO MAIS VOLTARÁS[19]

Ó poesia tu não mais voltarás
Elegância elegância
Arco esticado da beleza.
Cansada é a carne, enevoa-se o miolo, cansa-se
5 Palmas gris alongam-se sem cheiro
Frente ao deserto do mar
Não sinos, silvos que o azul laceram
Não cantos, gritos
E sobre esta furiosa aridez
10 A forma leve de sacros olhos castanhos
Ondulante carregando o tabernáculo dos seios:
Os cubos dos altos palácios torreiam
Ameaçando enormes no hirto declive
No catastrófico ardor

HO SCRITTO. SI CHIUSE IN UNA GROTTA

    Ho scritto. Si chiuse in una grotta
    Arsenio fortissimo disegnatore
    Dipinse quadri piccoli e grotteschi
    E tese l'anima in affreschi
5 Per desolare l'immensità
    Della sua furia policroma
    Attese i gnomi e le fate;
    Cantava il ruscello ecc.
    Io mi domando. Ha ciò senso comune
10 Qual cosa mi tortura e mi sospinge
    All'assurdo. È il bisogno della morte
    Perché su tutto chiamo distruzione?
    Ci pensavo nel porto questa sera
    Nel porto enorme carico di navi
15 Il tramonto aranciato mi ha dato lo spasimo
    Della febbre malarica
    Oh avere un cielo nuovo, un cielo puro
    Dal sangue d'angioli ambigui
    Senza le zuccherine lacrime di Maria
20 Un cielo metallico ardente di vertigine
    Senza i miasmi putridi dei poeti e delle fanciulle
    Che accolga il respiro vergine violento e sublime della prateria
    Dove il tramonto bruci in fiamma vera
    Col solo aroma purificatore della forza
25 Nuova, infinita, intatta; un cielo dove
    Frati e poeti non abbiano fatto

ESCREVI. FECHOU-SE NUMA GRUTA[20]

Escrevi. Fechou-se numa gruta
Arsênio fortíssimo desenhador
Pintou quadros pequenos e grotescos
E a alma esticou em afrescos
5 Para desolar a imensidade
De sua fúria polícroma
Esperou gnomos e fadas;
Cantava o riacho etc.
Eu me pergunto. Faz isso sentido
10 Algo me tortura e me impele
ao absurdo. É a pulsão da morte
pois que sobre tudo chamo a destruição?
Nisso pensava no porto nesta tarde
No porto enorme cheio de navios
15 O ocaso laranja deu-me o espasmo
Da febre da malária
Oh ter um céu novo, um céu puro
Do sangue de anjos ambíguos
Sem lágrimas adocicadas de Maria
20 Um céu metálico ardente de vertigem
Sem os miasmas pútridos dos poetas e donzelas
Que acolha o respiro virgem violento e sublime da campina
Onde o ocaso queime em chama verdadeira
Com o único aroma purificador da força
25 Nova, infinita, intacta; um céu onde
Frades e poetas não tenham feito

La tana come i vermi
È questo che io voglio e lancerei
Le navi colossali
30 Verso il paese nuovo (non putrida patria)
Le navi sferrate sul mare senza colore
Sì senza colore alla fine. Come è infinitamente stupido
L'azzurro infinito
Chiudiamo gli occhi o squarciamo il pavone bastardo
35 Anche il mare hanno imbastardito
Come il sangue che oggi sa di miasma
Hanno mai pensato che odor salutare ha il sangue
[nella prateria vergine
Il ferro per fortuna si copre di ruggine o li stritola
Schiacciamo una volta gli infami decrepiti
40 Certamente è ben questo che vorrei

Seu covil feito os vermes
É isso que eu quero e lançaria
Navios colossais
30 Rumo ao novo país (não pútrida pátria)
Navios deslanchados no mar sem cor
Sim, sem cor no fim. Como é infinitamente estúpido
O azul infinito
Cerremos os olhos ou esquartejemos o pavão bastardo
35 Até o mar eles bastardearam
Tal como o sangue que hoje sabe a miasma
Pensaram alguma vez que odor saudável tem o sangue
                                        [na campina virgem
Felizmente o ferro cobre-se de ferrugem ou os tritura
Esmaguemos de vez os infames decrépitos
40 Certamente é bem isso que eu queria

I PILONI FANNO IL FIUME PIÙ BELLO

    I piloni fanno il fiume più bello
    E gli archi fanno il cielo più bello
    Negli archi la tua figura.
      Più pura nell'azzurro è la luce d'argento
5 Più bella la tua figura.
      Più bella la luce d'argento nell'ombra degli archi
      Più bella della bionda Cerere la tua figura.

OS PILARES FAZEM O RIO MAIS BELO[21]

    Os pilares fazem o rio mais belo
    E os arcos fazem o céu mais belo
    Nos arcos a tua figura.
    Mais pura no azul é a luz prateada
5   Mais bela a tua figura.
    Mais bela a luz prateada na sombra dos arcos
    Mais bela que a loira Ceres a tua figura.

SUL PIÙ ILLUSTRE PAESAGGIO

    Sul più illustre paesaggio
    Ha passeggiato il ricordo
    Col vostro passo di pantera
    Sul più illustre paesaggio
5   Il vostro passo di velluto
    E il vostro sguardo di vergine violata
    Il vostro passo silenzioso come il ricordo
    Affacciata al parapetto
    Sull'acqua corrente
10 I vostri occhi feriti di luce.

NA MAIS ILUSTRE PAISAGEM[22]

Na mais ilustre paisagem
Tem andado a lembrança
Com vosso passo de pantera
Na mais ilustre paisagem
5   Vosso passo de veludo
E vosso olhar de virgem violada[23]
E vosso passo silencioso qual lembrança
Debruçada ao parapeito
Sobre a água corrente
10   Vossos olhos feridos[24] de luz.

VI AMAI NELLA CITTÀ DOVE PER SOLE

    Vi amai nella città dove per sole
    Strade si posa il passo illanguidito
    Dove una pace tenera che piove
    A sera il cuor non sazio e non pentito
5 Volge a un'ambigua primavera in viole
    Lontane sopra il cielo impallidito.

AMEI-VOS NA CIDADE ONDE SÓ POR[25]

    Amei-vos na cidade onde só por
    Estradas pousa o passo enlanguescido
    Onde uma paz terna que chove
    De tarde o coração não farto e não sentido
5   Volta-se a uma ambígua primavera em violas
    Longínquas no céu empalidecido.

IN UN MOMENTO

    In un momento
    Sono sfiorite le rose
    I petali caduti
    Perché io non potevo dimenticare le rose
5   Le cercavamo insieme
    Abbiamo trovato delle rose
    Erano le sue rose erano le mie rose
    Questo viaggio chiamavamo amore
    Col nostro sangue e colle nostre lagrime facevamo le rose
10 Che brillavano un momento al sole del mattino
    Le abbiamo sfiorite sotto il sole tra i rovi
    Le rose che non erano le nostre rose
    Le mie rose le sue rose

    P. S. E così dimenticammo le rose.

EM UM MOMENTO[26]

    Em um momento
    Murcharam as rosas
    As pétalas caídas
    Porque eu não podia esquecer as rosas
5 As procurávamos juntos
    Juntos encontramos as rosas
    Eram as suas rosas eram as minhas rosas
    Chamávamos amor a esta viagem
    Com nosso sangue e com nossas lágrimas fazíamos as rosas
10 Que brilhavam um momento ao sol da manhã
    As murchamos no sol nos espinhos
    As rosas que não eram as nossas rosas
    As minhas rosas as suas rosas

    P. S. E assim esquecemos as rosas.

FANFARA INCLINATA

Fanfara inclinata
Rabesco allo spazio dei prati,
Berna,
Se come i vostri blu fiordaliso
5   All'ombra delle quercie secolari
C'è l'acqua che cola per conche verdi
In riva il torrione nano dell'alba
E dei fiori bianchi e rossi
Che sono fioriti
10   In un tramonto di torricelle rosse.

FANFARRA INCLINADA[27]

Fanfarra inclinada
Rabesco aos espaços dos prados,
Berna,
Se como os seus azuis flor-de-lis
5   À sombra dos carvalhos seculares
Há água que escorre por verdes enseadas
Na beira o torreão anão da alvorada
E flores brancas e vermelhas
Que se abriram
10 Num ocaso de torrezinhas roxas.

INVIO

L'acqua ha la criniera d'argento
L'amore è senza ritorno
Bianca cavalla d'amore
Il tuo tosone dorato
5   Amore senza ritorno.

REMESSA[28]

A água tem a crina de prata
O amor é sem retorno
Branca égua de amor
Teu tosão dourado
5   Amor sem retorno.

STORIE, I

STORIE, I

Indovinate: Gli aforismi di Nietzsche per Tito Livio Cianchettini (si pubblicano anche su questo giornale).

*

Su qual terreno potrebbero intendersi p. es. Baudelaire e Palazzeschi? Povera nostra poesia!

*

5 Non vi sembra che un cafonismo molto carducciano possa essere una base solida per i miei giuochi di equilibrio?

*

Alcuni credono di dare il senso della loro profondità coll'estensione del loro lazzaronismo.

*

Il sapore dolciastro della letteratura femminile? Ma oggi è assai
10 peggio: la femminilità idealista di se stessa, la democrazia evangelica morfinomane ecc., come i poeti dell'alta società. Claudel vi disprezzo. (Potete chiedere il mio indirizzo al giornale.)

*

Metamorfosi di uno scrittore: non fu leone ma elefante. Del resto non mancano le tradizioni, come vi furono dei poeti negri. Poi

HISTÓRIAS, I[29]

Histórias, I

Adivinhem: Os aforismos de Nietzsche para Tito Livio Cianchettini[30] (são publicados inclusive neste jornal).

*

Em que solo poder-se-iam entender, por exemplo, Baudelaire e Palazzeschi? Pobre poesia!

*

Não lhes parece que uma cafonice muito carducciana possa ser uma base sólida para meus jogos de equilíbrio?

*

Alguns acreditam darem o sentido da profundidade com a extensão de sua vagabundagem.

*

O sabor adocicado da literatura feminina? Mas hoje é muito pior: a feminilidade idealista de si própria, a democracia evangélica morfinômana etc., como os poetas da alta sociedade. Claudel: desprezo-o. (Pode pedir meu endereço ao jornal.)

*

Metamorfose de um escritor: não foi leão; foi elefante. Por sinal as tradições não faltam, da mesma forma que houve poetas negros.

perché fossimo fuori della storia bisognerebbe almeno che oggi vi fosse una storia. Intanto...

*

L'arte è espressione. Ciò farebbe supporre una realtà. L'Italia è come fu sempre: teologica.

*

Quando un solo italiano, ragazzo s'intende, penserà a sputare sulla tomba di Machiavelli?

*

Viene alle lettere una generazione di ladruncoli. Chi vi insegnò l'arte del facil vivere fanciulli?

*

Il popolo d'Italia non canta più. Non vi sembra questa la più grande sciagura nazionale?

*

Oh *parvenu*! tu sei la rovina.

*

Teatro futurista. Scena rovesciata. C'è un morto sulla scena. Si alza, riceve una coltellata, letica, gioca, abbraccia. Questo ci ha fatto pensare ai casi nostri. Si affermava tra i futuristi la genialità dell'idea scenica. Purtroppo il pubblico è più spiritoso dell'autore.

*

Sembra veramente che il tempo dei filosofi sia finito e cominci l'epoca dei poeti, l'età dell'oro scongiurata così ostinatamente dai filosofi economisti. Nel teatro di cui sopra i poeti

Além do mais, para poder estar fora da história seria necessário que houvesse uma história. Enquanto isso...

*

A arte é expressão. Isso levaria a supor uma realidade. A Itália é como ela sempre foi: teológica.

*

Quando um único italiano, garoto, claro, pensará em cuspir no túmulo de Maquiavel?

*

Está chegando às letras uma geração de pequenos larápios. Quem lhes ensinou a arte da vida fácil, garotos?

*

O povo da Itália já não canta. Não acham isso a maior desgraça nacional?

*

Ó *parvenu*! tu és a ruína.

*

Teatro futurista. Palco ao contrário. Há um morto em cena. Levanta-se, recebe uma facada, briga, joga, abraça. Isso nos faz pensar em nós mesmos. Entre os futuristas ia-se afirmando a genialidade da ideia cênica. Infelizmente o público é mais espirituoso que o autor.

*

Parece realmente que o tempo dos filósofos tenha acabado e tenha começado a época dos poetas, a idade de ouro tão obstinadamente esconjurada pelos filósofos economistas. No teatro

hanno il diritto di morir di fame sulla scena, di fronte al critico neutralista e *boche*. Il pubblico tace e quasi acconsente.

*

Eloquenza di cavadenti o lirica con effetti di boxe: Io leggevo tranquillamente in una sua composizione di una maestrina dal cuor di raso (2,50 all'ora), di un signore coi calli là tranquillamente seduto in quella piazza dove passavano dei mesti bambini che forse non avevano svolto il componimento quando seppi di trovarmi in quella medesima piazza trapezio dove non si mettono bandiere se non per... l'assassinio del Re.

*

Non dare all'uomo nulla: ma togli a lui qualche cosa e aiutalo a portarla. Dopo avermi squadrato, voltato e rivoltato e fatto i conti in tasca il benevolo poliziotto mi lasciò andare accompagnandomi con un lungo sguardo che mi parve di protezione. È certo almeno che per un po' mi sentìi più leggero. Questo mi succede leggendo un libro: anche leggendo un libro.

*

Infine confesso: Non amo i meridionali. Questa è stata una delle cause della mia rovina. Non amo gli scolari dei meridionali. Questo mi ha messo in una situazione intollerabile. Passo passo arrivai al pangermanesimo e alla logica di Louvain. *Cherchez... la femme? Non, cherchez la vache*. La causa della guerra europea sono le donne, *comme elles ont été*, i peggiori *parvenu*. (Perché una donna mi disse pitocco quando ero già coperto di sputi?)

*

A diciott'anni rinchiusa la porta della prigione piangendo gridai: Governo ideale che hai messo alla porta ma tanta ma tanta canaglia morale.

de que acabo de falar os poetas têm o direito de morrer de fome no palco, diante do crítico neutralista e *boche*[31]. O público cala e quase consente.

*

Eloquência de tira-dentes ou lírica com efeitos de boxe:
Eu lia tranqüilamente em uma composição sua de uma professorinha do coração de cetim (2,50 a hora), de um senhor com calos lá tranquilamente sentado naquela praça por onde passeiam meninos tristes que talvez não tivessem terminado a tarefa quando fiquei sabendo que estava exatamente naquela praça-trapézio onde só se colocam bandeiras para... o assassinato do Rei.

*

Nada dê ao homem: tire, ao contrário, alguma coisa dele e ajude-o a carregá-la.[32] Depois de ter-me esquadrinhado de cima a baixo, virado e revirado e avaliado o dinheiro que eu teria no bolso o benévolo guarda deixou-me ir, acompanhando-me com um olhar comprido que me pareceu de proteção. O que é certo é que durante algum tempo senti-me mais leve. Isso acontece quando leio um livro: também quando leio um livro.

*

Enfim, confesso: Não amo os meridionais. Esta foi uma das causas de minha ruína. Não amo os discípulos dos meridionais. Isso me colocou numa situação intolerável. Passo a passo cheguei ao pangermanismo e à lógica de Louvain. *Cherchez... la femme? Non, cherchez la vache* [Procurai... a mulher? Não, procurai a vaca]. A causa da guerra europeia são as mulheres, *comme elles ont été* [tais como elas têm sido], os piores *parvenu*. (Por que uma mulher me chamou de mendigo quando eu já estava coberto de cuspes?)

*

Mi sono sempre battuto in condizioni così sfavorevoli che desidererei farlo alla pari. Sono molto modesto e non vi domando, amici, altro segno che il gesto. Il resto non vi riguarda.

*

Com dezoito anos, ao fechar chorando a porta da prisão, gritei: Governo ideal que botaste para fora da porta tanta mas tanta canalha moral.

*

Bati-me sempre em condições tão desfavoráveis que desejaria fazê-lo em condições de igualdade. Sou muito modesto e não lhes peço, amigos, nenhum outro sinal a não ser o gesto. O restante não lhes diz respeito.

STORIE, II

STORIE, II

Quello che ha prodotto l'impressionismo francese è il *gaulois*, lazzerone che ha preso coscienza di sé colla democrazia, schiavo, incapace di idee astratte, cioè aristocratiche. L'odore umano del *gaulois* è quello che rende la Francia inabitabile agli spiri-
5 ti delicate. (Nietzsche) Però è un ottimo concime il *gaulois*, e questi spiriti hanno bisogno di frutti per nutrire il loro sogno. (Nietzsche)

*

Nel giro del ritorno eterno vertiginoso l'immagine muore immediatamente.

*

10 L'azzurro è il colore della dissoluzione, le ali assomigliano a *quelque chose de bleu*.
Il *bleu* del cielo fiorentino, *l'azur mystique de Baudelaire ce n'est pas ça.*

*

Psichari. Laforgue.
15 Verhaeren.

*

Voici monter en lui le vin de la paresse: soupir d'harmonica que pourrait delirer.

HISTÓRIAS, II

Histórias, II

O que produziu o impressionismo francês é o *gaulois,* desocupado que tomou consciência de si com a democracia, escravo, incapaz de ideias abstratas, ou seja, aristocráticas. O cheiro humano do *gaulois* é o que torna a França inabitável para os espíritos delicados (Nietzsche). Porém o *gaulois* é um ótimo adubo desses espíritos que têm necessidade de frutos para alimentar seu sonho (Nietzsche).

*

No giro do vertiginoso eterno retorno a imagem imediatamente morre.

*

O azul é a cor da dissolução, as asas parecem a *quelque chose de bleu* [algo de azul].
O *bleu* do céu florentino, *l'azur mystique de Baudelaire ce n'est pas ça* [o azul místico de Baudelaire não é isso].

*

Psichari.[33] Laforgue.
Verhaeren.

*

Voici monter en lui le vin de la paresse: soupir d'harmonica qui pourrait delirer[34].

*

Nella sera silenziosa quando tutto si fonde e né il cielo né il mare possono parlare (Nietzsche) in queste sere in cui è profondamente dolce la voce dell'organetto, la canzone di nostalgia del marinaio, dopo che il giorno del sud ci ha riempito *du vin de la paresse*.

*

L'arte crepuscolare (era già l'ora che volge il desìo) in cui tutto si affaccia e si confonde, e questo stadio prolungato nel giorno aiutati dal *vin de la paresse* che cola dai cieli meridionali e nella gran luce tutto è evanescente e tutto naufraga, sì che noi nel più semplice suono, nella più semplice armonia possiamo udire le risonanze del tutto come nelle sere delle stridenti grandi città in cui lo stridore diventa dolce (diviene *musique énervante et caline semblable au cri loin de l'humaine douleur*) perché nella voce dell'elemento noi udiamo tutto.

*

Il secondo stadio dello spirito...

Il secondo stadio dello spirito è lo stadio mediterraneo. Deriva direttamente dal naturalismo. La vita quale è la conosciano: ora facciamo il sogno della vita in blocco. Anche il misticismo è uno stadio ulteriore della vita in blocco, ma è una forma dello spirito sempre speculativa, sempre razionale, sempre inibitoria in cui il mondo è volontà e rappresentazione: ancora, volontà e rappresentazione che del mondo fa la base di un cono luminoso i cui raggi si concentrano in un punto dell'infinito, nel Nulla, in Dio. Sì: scorrere sopra la vita questo sarebbe necessario questa è l'unica arte possibile. Primo fra tutti i musici sarebbe colui il quale non conoscesse che la tristezza della felicità più profonda e nessun'altra tristezza: una tale musica non è mai esistita ancora. Nietzsche è un Wagner del pensiero. La susseguenza dei suoi pensieri è

*

Na tarde silenciosa quando tudo se funde e nem o céu nem o mar podem falar (Nietzsche) nessas tardes em que é profundamente doce a voz do realejo, a canção de nostalgia do marinheiro, depois que o dia do sul nos encheu *du vin de la paresse.*

*

A arte crepuscular (já era a hora que se volta ao desejo)[35] em que tudo se debruça e se confunde, e este estágio prolongado no dia, ajudados pelo *vin de la paresse* que escorre dos céus meridionais e na grande luz tudo é evanescente e tudo naufraga, de tal forma que nós no som mais simples, na harmonia mais simples possamos ouvir as ressonâncias de tudo, como nas tardes das grandes cidades estridentes em que o estridor se torna doce (se torna *musique énervante et caline semblable au cri loin de l'humaine douleur*)[36] porque na voz do elemento nós ouvimos tudo.

*

O segundo estágio do espírito…

O segundo estágio do espírito é o estágio mediterrâneo. Deriva diretamente do naturalismo. A vida, tal como a conhecemos: façamos agora o sonho da vida em seu conjunto. O misticismo também é um estágio ulterior da vida em bloco, mas é uma forma do espírito sempre especulativa, sempre racional, sempre inibitória em que o mundo é vontade e representação: ainda, vontade e representação que fazem do mundo a base de um cone luminoso em que os raios se concentram em um ponto no infinito, no Nada, em Deus. Sim: deslizar sobre a vida, isso seria necessário, esta é a única arte possível. Primeiro entre todos os musicistas seria aquele que só conhecesse a tristeza da felicidade mais profunda e nenhuma outra tristeza: uma música assim ainda não existiu. Nietzsche é um Wagner do pensamento.

45 assolutamente barbara, uguale alla musica wagneriana. In ciò unicamente nell'originalità barbaramente balzante e irrompente dei suoi pensieri sta la sua forza di sovvertimento e tutto anela alla distruzione tanto in Wagner come in lui.

A consecução de seus pensamentos é absolutamente bárbara, 45
igual à música wagneriana. Nisso unicamente, na originalidade
barbaramente saltante e irrompente de seus pensamentos está
sua força de subversão e tudo anseia pela destruição, tanto em
Wagner quanto nele.

NOTAS

Início

1. Cfr. a bibliografia neste volume. No Brasil, saíram duas edições dos *Cantos Órficos*: uma parcial, em 1999, pela Lacerda Editores, de São Paulo, com o título *Novelas em alta velocidade*, trad. Paulo Malta; e uma integral, em 2004, em edição artesanal (primeira tiragem: trinta exemplares), trad. Gleiton Lentz, pela Nefelibata de Desterro, SC.
2. Entre as mais recentes: *Dino Campana nel Novecento. Il progetto e l'opera*, org. Francesca Bernardini Napoletano, Roma, Officina Edizioni, 1992; *Dino Campana alla fine del secolo*, org. Anna Rosa Gentilini, Bologna, Il Mulino, 1999; *O poesia tu più non tornerai. Campana moderno*, org. Marcello Verdenelli, Macerata, Quodlibet, 2003; *Dino Campana "una poesia europea musicale colorita"*, Giornate di studio Macerata 12-13 maggio 2005, org. Marcello Verdenelli, Macerata, eum, 2007.
3. Sebastiano Vassalli, *La notte della cometa. Il romanzo di Dino Campana*, Torino, Einaudi, 1984.
4. *Un viaggio chiamato amore* (2002), de Michele Placido, com Laura Morante e Stefano Accorsi.
5. Edoardo Sanguineti, "Introdução" à *Poesia italiana del Novecento*, Torino, Einaudi, 1969, p. LIV-LV.
6. Como escreveu Franco Fortini, "[...] seus versos e passos mais fulminantes alimentaram poetas muito diferentes, como Mario Luzi, Pier Paolo Pasolini e Andrea Zanzotto", in "La poesia di Campana e il suo mito", in *I poeti italiani del Novecento*, Bari, Laterza, 1977, p. 29.

7 Ibidem, p. 25.
8 A expressão de Adorno ("tentar alcançar a integridade linguística sem ter de pagar o preço do *esoterismo*") é usada por Mengaldo para definir o preço "pago pelo hermetismo e também por seus precursores (Onofri, Ungaretti, o próprio Campana)". P.V. Mengaldo, *La tradizione del Novecento*, seconda serie, Torino, Einaudi, 2003, p. 15 [grifo de Adorno].
9 Como ele próprio disse a Pariani, in Carlo Pariani, *Vita non romanzata di Dino Campana*, Milano, SE, 2002, p. 67.
10 Mais um curioso detalhe na história do manuscrito: em 18 de março de 2004, foi comprado pela Cassa di Risparmio de Florença, em leilão (Christie's, sede de Roma), por 213.425 euros.
11 Bino Binazzi, "Un poeta romagnolo [Dino Campana]", Bologna, "Il Giornale del Mattino", 25 de dezembro de 1914; agora in AAVV, *I portici della poesia: Dino Campana a Bologna [1912-1914]*, Bologna, Pàtron Editore, 2002, p. 140. Note-se que esse texto de Binazzi é exemplar no processo de construção do "mito" de Campana, do qual falaremos em seguida.
12 Cfr. Fiorenza Ceragioli, "Campana europeo", in *Dino Campana "una poesia europea musicale colorita"*, org. M. Verdenelli, Macerata, eum, 2007, p. 34 [grifo nosso].
13 Assim pensou também Murilo Mendes, que se interessou pela poesia de Campana e dedicou ao poeta um belíssimo "retrato relâmpago", composto de alusões e citações dos *Órficos*, mas também de alguns inéditos (*Ó poesia tu não mais voltarás*, *A criação*).
14 Do discurso de Giuliani na mesa-redonda "Campana: per quale Novecento?", in *Dino Campana nel Novecento*, Il progetto e l'opera, Roma, Officina Edizione, 1992, p. 199.
15 Apud Carlo Pariani, op. cit., p. 55.
16 Edoardo Sanguineti, "Testimonianza di un lettore", in *Dino Campana alla fine del secolo*, op. cit., p. 52.
17 Consciente disso, Campana assina-se ironicamente "o homem dos bosques" em duas cartas a Giovanni Papini (cartas de 23 de dezembro de 1913 e 4 de julho de 1915) e conta, ainda a Papini, que o pintor Carlo Carrà lhe aconselhara ir a Florença vestido de uma pele de cabra (carta, s/d, 1914).
18 *Vite non romanzate di Dino Campana scrittore e di Evaristo Boncinelli scultore* (1938), de Carlo Pariani, que relata suas conversações com Campana no hospital psiquiátrico de Castel Pulci – alimentando a curiosidade e a simpatia do público pelo destino do

poeta e resolvendo várias pequenas dificuldades de interpretação, muitos pequenos detalhes textuais, "mistérios" dos *Cantos Órficos* devidos à incompletude e às difíceis condições nas quais foram compostos. Na nova edição do livro, intitulada *Vita non romanzata di Dino Campana* (org. Cosimo Ortesta, Milano, SE, 2002), foi eliminada a parte dedicada ao escultor Boncinelli.

19 Um dos principais responsáveis pela construção desse mito foi o jornalista Bino Binazzi, que participava do círculo dos florentinos (do qual faziam parte também os futuristas Soffici e Papini com os quais o próprio Campana havia estreitado relações, bastante conturbadas). Binazzi já havia escrito, em 1914, a primeira resenha altamente favorável aos *Cantos Órficos* e, em 1922, um outro artigo no jornal bolonhês *Il Resto del Carlino*, no mesmo tom de exaltação da personalidade de Campana, por ele definido como um dos "últimos boêmios da Itália [...] o mais típico e o maior. Ninguém mais teve uma vida de miséria aventurosa comparável com a sua".

20 "Dell'infrenabile notte", in *Otto studi,* Firenze, Vallecchi, 1939.

21 Gianfranco Contini, "Letteratura", outubro de 1937, agora com o título "Due poeti degli anni vociani" [Dois poetas dos anos da 'Voce']: II Dino Campana", in *Esercizi di lettura*, Torino, Einaudi, 1974.

22 Em um artigo em "L'Italia che scrive", de 1942, apud Contini (1974), op. cit., p. 16.

23 Dino Campana, *Taccuinetto Faentino*, org. Domenico De Robertis, prefácio de Enrico Falqui, Firenze, Vallecchi, 1960, XXII, p. 66.

24 Neuro Bonifazi, *Dino Campana,* Roma, Edizioni dell'Ateneo, 1964. Cf. sobretudo os capítulos "Campana e Nietzsche" e "O orfismo de Campana". Anos mais tarde, Bonifazi retomará algumas de suas conclusões na introdução e nos comentários aos *Cantos Órficos*, Milano, Garzanti, 1989.

25 Ibidem, p. 99.

26 Ibidem, p. 92-3.

27 Ibidem, p. 90.

28 Piero Cudini, "Un'idea di Campana. Percorsi e forme de *La Notte*", in *Materiali per Dino Campana,* Lucca, Maria Pacini Fazzi Editore, 1986.

29 Cesare Galimberti, *Dino Campana,* Milano, Mursia, 1967.

30 Veja-se, por exemplo, Mengaldo, que fala do "caráter oitocentista e atrasado (além de caótico) da sua formação cultural", em P. V. Mengaldo, "Dino Campana", in *Poeti italiani del Novecento,* Milano, Mondadori, 1990 (1978), p. 277.

31 In Piero Bigongiari, *Poesia italiana del Novecento*, apud Fiorenza Ceragioli,"Introduzione", in Dino Campana, *Canti Orfici,* Milano, BUR, 2004 (1. ediz. 1989), p. 14.
32 In"Paragone", dezembro de 1953.
33 Marcello Verdenelli,"La vecchia Europa e l'Europa moderna di Campana", in *Dino Campana "una poesia europea musicale colorita",* op. cit., p. 301. Nesse ensaio, Verdenelli estuda a técnica compositiva "cubista" na poesia de Campana, nos níveis visivo e volumétrico, além de sintático, rítmico, acústico, fônico. Sobre as relações da poesia de Campana com as artes figurativas, cfr. também, de Giorgio Zanetti,"Campana e il mondo delle immagini", in *Dino Campana alla fine del secolo,* op. cit., p. 135-68.
34 Citações extraídas dos poemas *Gênova, Passeio de bonde na América e volta, Praça Sarzano, Crepúsculo mediterrâneo, Oscar Wilde em S. Miniato.*
35 Luigi Surdich, *Le idee e la poesia. Montale e Caproni,* Genova, Il Melangolo, 1998; Paolo Zoboli, *Linea ligure. Sbarbaro, Montale, Caproni,* Novara, Interlinea, 2006.
36 Carlo Bo, op. cit., p. 101.
37 A palavra "teppista" indica, em italiano, o pequeno criminoso, o marginal.
38 Cf. Marilena Pasquali,"I vostri occhi forti di luce. L'incontro fra Giorgio Morandi e Dino Campana", in *I portici della poesia: Dino Campana a Bologna (1912-1914),* op. cit., p. 87-97.
39 Apud Mario Petrucciani,"Ungaretti e Campana", in"Lettere italiane" XXXIV, 1989, p. 33-54.
40 Cfr. Vittorio Coletti,"Dalla lingua al testo: note linguistiche sui *Canti Orfici*", in *Dino Campana alla fine del secolo,* Bologna, Il Mulino, 1999, p. 67.
41 Nesse sentido, Edoardo Sanguineti afirma, na introdução à sua antologia de 1969, que "toda a possível tensão expressionista do nosso Novecentos encontra seu autêntico protagonista" em Dino Campana. Mais tarde, num ensaio de 1999, o crítico fala da "visionariedade expressionista" de Campana, de uma "neurose deambulatória gratuita que arquiteta o discurso", de "orfismo *teppistico*". A leitura de Sanguineti (1999) aponta para uma *gratuidade* nos percursos da poesia de Campana que o coloca fora de qualquer escola e de qualquer sistema. Cfr. Edoardo Sanguineti, "Testimonianza di un lettore", in *Dino Campana alla fine del secolo,* op. cit., p. 51-62.

42 Cfr. os ensaios "Dino Campana e le avanguardie tedesche", de Antonella Gargano, e "Dino Campana e Georg Trakl", de Tiziana Catenazzo, in *Dino Campana "una poesia europea musicale colorita"*, op. cit.
43 No movimento expressionista alemão há interesse, inclusive, pela tradição do orfismo. Veja-se, por exemplo, o ditirambo órfico, libreto de uma ópera de Kurt Weill, *Der Neue Orpheus – Eine Dithyrambe*, composto pelo poeta expressionista alemão Iwan Goll, em 1918 (quatro anos após a primeira publicação de *Cantos Órficos*).
44 "Uma poesia europeia musical colorida" foi também o título escolhido para o encontro de estudos em Macerata (2005), organizado por Marcello Verdenelli.
45 Essa tese, com uma interessante análise do "caráter revolucionário de sua experiência [de Campana], que não afeta o sentido, mas os modos tradicionais da expressão do sentido", está em Fernando Bandini, "Note sulla lingua poetica di Dino Campana", in *Dino Campana alla fine del secolo,* op. cit., p. 39-50.
46 Ibidem, p. 42.
47 Vittorio Coletti, "Dalla lingua al testo: note linguistiche sui *Canti Orfici*", in *Dino Campana alla fine del secolo,* op. cit., p. 63-79.
48 Ibidem, p. 79.
49 Carta de 11 de abril de 1930 a Bino Binazzi [VNR, p. 58].

Cantos Órficos

1 As razões desse curioso subtítulo em alemão (*A tragédia do último Germano na Itália*) e da dedicatória a Guilherme II, Imperador dos Germanos, são um tanto obscuras. Certamente são produto de uma certa atitude agressiva e provocatória, "nietszcheana e antiburguesa" (BON, p. XVI) de Campana, que se sentia vítima do provincianismo italiano. Há um interessante testemunho de Soffici, segundo o qual a dedicatória foi uma resposta direta – puramente provocatória – contra os marradeses: "Sim – ele me disse – foi o doutor, o boticário, o padre, o oficial do correio, todos aqueles idiotas de Marradi, que todas as noites no café só falavam besteiras, estúpidos e ignorantes que são. Germanófobos, francófilos, maçons e jesuítas, diziam todos e sempre as mesmas coisas: o *kaiser* assassino, as mãos cortadas das crianças, a irmã latina, a guerra antimilitarista. Ninguém entendia nada. Fiquei furioso; e após tê-los chamados de cretinos e covardes, imprimi a dedicatória e o resto para terminar de enraivecê-los." (Ardengo Soffici, *Ri-*

cordi di vita artistica e letteraria, Firenze, Vallecchi, 1942, apud CER, p. 18). De qualquer forma, a *boutade* foi tão inoportuna e perigosa, às vésperas da Primeira Guerra Mundial, que o próprio Campana passou dias e dias (ainda segundo testemunho de Soffici, ibidem) apagando manualmente a dedicatória de todos os exemplares dos *Órficos* ainda em seu poder. A propósito do "germanismo" de Campana, lembramos ainda uma preciosa reflexão de Montale: "... nos parece que o orfismo de Campana e sua ilusão de ser um tardio poeta germanicus perdido nos países do sul coincidam nas intenções e até mesmo nos resultados."(Eugenio Montale, "L'Italia che scrive", outubro 1942, apud Neuro Bonifazi, *Dino Campana,* Roma, Edizioni dell'Ateneo, 1964, p. 78).

2 A cidade é Faenza (próxima de Marradi, o povoado onde nasceu Dino Campana). A primeira frase dos *Cantos Órficos* deve ter impressionado Ungaretti, que começa o poema *Silêncio* (1916) citando Campana: "*Conosco una città* [...]". Outros versos desse mesmo poema de Ungaretti são inspirados ainda em Campana (Cf. nota 106, *Viagem a Montevidéu*).

3 A torre bárbara é "uma torre às portas de Faenza" [VNR], o campanário octogonal (na época de Campana) de S. Maria Vecchia.

4 Na tradição órfica, o duplo é tema arquetípico; Mallarmé usa uma expressão quase idêntica em carta ao amigo Cazalis (1867): "... *je suis maintenant impersonnel et non plus Stéphane que tu as connu – mais une aptitude qu'a l'Univers Spirituel à se voir et à se développer à travers <u>ce qui fut moi</u>*" ["...eu sou agora impessoal e já não mais o Stéphane que conheceste, mas uma aptidão que o Universo Espiritual possui de se ver e se desenvolver através *daquele que fui eu*"]. (S. Mallarmé, *Correspondances*) [grifo nosso].

5 A força expressiva de Campana concentra-se frequentemente nos adjetivos: nesse pequeno quadro, pode-se observar como estes criam o contraste das linhas e das dimensões da praça e da torre, contribuindo para um efeito de deformação expressionista.

6 Como se vendo num sonho, fala de si mesmo na terceira pessoa, como já na seção 3 ("quem eu havia sido... subia... seus passos...").

7 O *Ricovero di mendicità* (asilo de mendigos) encontrava-se perto da "torre bárbara" de S. Maria Vecchia [CER]. É visão "infernal", nas *mudas formas oblíquas e ossudas se apinhando e se empurrando com cotovelos perfurantes* etc.

8 Refere-se à sombra.

9 Cfr. Baudelaire, *Le crepuscule du soir*: "*Voici le soir charmant, ami du criminel; /Il vient comme un complice*" ["Eis a tarde sedutora, amiga do criminoso;/Vem como uma cúmplice"].

10 *Galeotto*, o adjetivo usado por Dante no canto V do *Inferno* para indicar "intermediário de amor". Campana faz referência ao episódio, narrado no canto V, de Francesca da Rimini, a jovem que traíra o marido com o cunhado Paolo Malatesta e fora por aquele morta, junto com o amante, por volta de 1285. Dante encontra-a no Inferno, eternamente arrastada pelo vento junto a outras, também condenadas pelo pecado da luxúria, e citadas por Campana nas linhas seguintes (*barbare travolte regine antiche*) (cfr. nota 13).

11 A *matrona* ("a rainha ainda") seria, segundo alguns, a própria poesia [CER, MAR], irmã da Noite de Miguel Ângelo ("rainha bárbara sob o peso de todo o sonho humano") e das "bárbaras alvoroçadas rainhas antigas" (Dido, Helena, Cleopatra, Semiramis in *Inferno* V, 31 et segg.). Mas as figuras femininas citadas podem representar, mais simplesmente, apenas o amor sensual, "a eterna pena do amor".

12 A noite, que dobra (*piega*) os homens (induzindo-os ao sono) e não descansa (*non posa*). É referência à estátua "A Noite" de Miguel Ângelo (túmulo de Giuliano de Medici, Basílica de São Lourenço, Florença). A Noite, "filha" de Miguel Ângelo, já era mito dannunziano ("de la tua figlia Notte, o Buonarroti!" ["de tua filha Noite, ó Buonarroti"], *Poema paradisiaco*); D'Annunzio por sua vez citava Baudelaire: "[...] toi, grande Nuit, fille de Michel-Ange" ["...tu, grande Noite, filha de Miguel Ângelo..."], *L'ideal,* vv. 9-14.

13 Constr.: Dante ouvira apagar-se no grito de Francesca o baque do pousar arcano e violento das rainhas antigas, arrastadas pelo vento infernal (porque o vento aplaca quando Francesca começa a falar com Dante).

14 São imagens de "cortesãs" (ver logo a seguir), lembranças das "prístinas aventuras" amorosas do poeta.

15 *Panorama esquelético do mundo* é um refrão que vai repetir-se nos finais dos parágrafos 10, 11, 12 e 18. É evidente aqui o caráter intensamente visual da imaginação do poeta. Pode haver nessa imagem a ideia (fundamento da pintura abstrata, contemporânea de Campana) da existência de um invólucro do mundo fenomênico, que esconde sua essência.

16 Cheiro dos fogos de artifício.

17 São ainda as "cortesãs", que se perfilam na memória do poeta.

18 Trata-se ainda de Faenza.

19 Posição clássica para retrato. Esse detalhe acentua a atmosfera atemporal e onírica da visão.

20 "Virando o rosto em três quartos", "mais doces", "suaves, rosadas", "leves de um véu": são ainda as "antigas donzelas da primeira ilusão". As jovens mulheres que passam nesta noite de verão lembram outras, antigas [*antichissime*]; como foi anunciado no primeiro parágrafo: "do tempo foi suspenso o curso".
21 Há um paralelo entre a santa representada junto a Santa Cecília, no quadro *Êxtase de Santa Cecília* de Rafael (Pinacoteca Nacional de Bolonha), e as donzelas da visão de Campana, de cabeça coberta, como a santa, com um véu. O quadro representa Santa Cecília (santa romana, protetora dos musicistas) com São Paulo, São João Evangelista, Santo Agostinho e Santa Maria Madalena; por engano, Campana cita Santa Marta no lugar de Maria Madalena. No quadro, instrumentos musicais estão espalhados no chão, aos pés de Cecília, representando a renúncia à música instrumental em favor da música vocal.
22 É a mesma feira (e "festa") da seção anterior.
23 Porque muito jovem.
24 São os ciganos, que dirigiam as feiras. Autocratas: talvez pela nobreza dos traços dos rostos.
25 Talvez de uma lanterna mágica, precursora do cinema. A batalha de Mukden – provavelmente tema de um documentário projetado nessa "noite de feira" – marcou a vitória do Japão sobre a Rússia, em 1905.
26 A cidade é Bolonha, onde Campana morou entre 1909 e 1913 e em cuja universidade frequentou o curso de química. Sobre os anos bolonheses e as amizades estreitadas pelo poeta em Bolonha – que é ambiente de outros textos em prosa dos *CO* – ver os interessantes testemunhos de Federico Ravagli, Mario Bejor, Bino Binazzi, Riccardo Bacchelli e outros, em *I portici della poesia: Dino Campana a Bologna (1912-1914),* org. Marco Antonio Bazzocchi e Gabriel Cacho Millet, Bolonha, Patron, 2002.
27 Obrigado, sujeito, ou seja, encantado, enfeitiçado.
28 O poeta é comovido por essa visão que evoca o *mistério da voluptuosidade*, associando "luxúria" e "pureza" (*fantasias brancas*). Cfr. a seção 11, em que coloca figuras tradicionalmente associadas à pureza (as santas cristãs Marta e Cecília) numa *atmosfera carregada de orgiásticas luzes*.
29 Campana identifica-se aqui com o Faust goethiano. A figura de Faust/Campana ("belo de tormento") é ligada às ideias de juventude e beleza e expressa intensamente dois desejos: o anseio "do supremo amor" e o "do segredo das estrelas". Faust é citado

só neste trecho dos *CO*, mas, entre os "inéditos" publicados por Falqui, há a tradução (de Campana) de uma página do *Faust*, fragmento de um diálogo entre Fausto e Mefistófeles [OC, p. 448-9].

30 Pareciam-se com a cabeça feminina gravada em moedas da época que, por coincidência, era a de Sibilla Aleramo, a mulher conhecida e amada por Campana anos depois. Cfr. nota 19, em que também se observa o gosto de Campana pelas figuras femininas imóveis, como em retratos, de perfil ou em 3/4 – em contínua memória do tempo passado e da troca das gerações.

31 Posição comum dos personagens dos *CO*, utilizada aqui também para o autorretrato [CER]. Na mesma posição tipicamente estatuária estão as cariátides dos palácios genoveses ("o rosto apoiado em sua palma"), logo adiante, no trecho intitulado *A Viagem e a Volta*.

32 As palavras entre aspas foram escritas por "um poeta russo, um poeta dos tempos dos Romanov" [VNR].

33 Referência a um clássico da poesia italiana, o poema "A Zacinto" de Ugo Foscolo (1780-1827), em que o personagem Ulisses é definido "*bello di fama e di sventura*" [belo de fama e desventura].

34 *Fingere*: no sentido de *criar, imaginar, pintar*.

35 Vãos porque não dissolveram o pesadelo do poeta [CER].

36 Recordações e visões são intercaladas com imagens do tempo *presente* (a noite no bordel).

37 Nesta seção (17), é claramente reconhecível a paisagem genovesa (cfr. *Gênova, Crepúsculo mediterrâneo, Praça Sarzano*).

38 Referência ao sonho, narrado na *Vita Nova* (III) de Dante, em que Amor segura nas mãos o coração ardente do poeta e, com ele, alimenta Beatriz.

39 Um hálito, um respiro permanece no quarto.

40 Constr.: tu que havias roubado a um ignoto céu noturno uma melodia de carícias. A deslocação do relativo "que", separado de sua referência imediata, é uma marca característica do estilo de Campana.

41 Obs. aqui também a posição do "que".

42 Cfr. vv. 4-5 do poema *A esperança* (neste volume).

43 La Gioconda (Monna Lisa), célebre quadro de Leonardo da Vinci, agora no Museu do Louvre. Antes de Campana, D. S. Merejkóvski, em seu *Leonardo* ou *A ressurreição dos deuses*, conjuga o mito da Gioconda com aquele da Quimera-Esfinge. (Cfr. também *La Verna*, nota 66, neste volume).

44 Regina das extintas primaveras: talvez Prosérpina, rainha do mundo subterrâneo.
45 Uma terceira figura feminina forma a Quimera: uma jovem música, *rainha da melodia*.
46 O jardim é o jardim monumental de Boboli, na cidade de Florença. A fanfarra, explica Campana ao psiquiatra Carlo Pariani, é música que vem – o toque de recolher – de uma caserna próxima de Boboli (VNR).
47 Louro mudo: despojado, no outono, de suas verdes guirlandas.
48 Ruídos longínquos chegam ao jardim outonal, semideserto.
49 Desce a noite, e as últimas imagens que desaparecem são as estátuas, refletidas na água do rio.
50 A Quimera.
51 Trata-se de "uma Madona de Marradi, do meu vilarejo", explica Campana (VNR).
52 Entenda-se: o vento traz o respiro ofegante do coração que mais nos amou (a morte).
53 Um canto noturno, que expressa um desejo de morte, definida, como as trevas, várias vezes "doce". É certo que Campana buscava para esse poema um final surpreendente; Federico Ravagli, no *Fascicolo Marradese*, registra uma versão autógrafa, em prosa, desse texto, que termina com a seguinte frase entre parênteses: (Vamos Olha colhão!: aqui em cima? Você aqui?) (FM, p. 63). A Carlo Pariani (VNR) Campana explicou: "seria um tal que se matou. São todas fantasias". No último verso, temos o ruído (*Pùm!*) da queda do corpo do suicida na água. O sintagma "cuori leggeri" [traduzido por "almas leves"] é de Baudelaire (*Les Fleurs du Mal*, "Le Voyage" [*As Flores do Mal* , "A viagem"], v. 18) (cf. também "L'incontro di Regolo", l , nota 24).
54 O ambiente é o mesmo da noite de feira das seções 11 e 12 da *Noite*; lá, a moça encontrada se torna, já no final do dia, remota e estrangeira; aqui a mulher sonhada desaparece, morre antes de nascer, deixando o coração do poeta *sem amor* [...], *deixando* [o] *coração de porta em porta*, em busca de outros amores.
55 Pantomimas de Ofélia: na noite de feira, há cenas de dor e desvario. Há, possivelmente, uma associação desta *Ofélia* com a Ofélia de Shakespeare (*Hamlet*) – lida através de Nietzsche ("Hamlet jogou um olhar verdadeiro na essência das coisas; na consciência de uma verdade, já contemplada, o homem agora vê por toda parte somente o horror ou o absurdo do ser; agora compreende aquilo que é simbólico no destino de Ofélia, agora reconhece a sabedoria

do deus silvestre Sileno: sente repugnância". F. Nietzsche, *O nascimento da tragédia* (7). *Ofélia* aparece também, nos *CO*, em *Faenza* e *A jornada de um neurastênico*.

56 Há uma intenção irônica na escolha desses nomes femininos para indicar as bisbilhoteiras que observam a rua, atrás dos vidros [G. de Robertis, apud CER].
57 *Ciane*, mulheres do povo, grosseiras e bisbilhoteiras.
58 Cfr. Ch. Baudelaire, "Le vin de l'assassin" (*Les Fleurs du Mal*): "*Me voilá libre et solitaire!/ Je serais ce soir ivre-mort;/ Alors, sans peur et sans remords,/ Je me coucherai sur la terre,/ Et je dormirai comme un chien!*" ["Eis-me livre e solitário!/ Estarei essa noite ébrio-morto;/ Então, sem medo e sem remorso,/ Deitarei sobre a terra,/ E dormirei como um cão!"].
59 Segundo a tradição, São Francisco de Assis recebeu os estigmas no monte da Verna (Arezzo), onde se retirara em meditação por quarenta dias, em 1224. A viagem de Campana – a pé, de Marradi ao santuário – ocorreu em setembro/outubro de 1910. Campana compartilha seu mito de S. Francisco com vários artistas e intelectuais da época (D'Annunzio, Merejkóvski, Angelo Conti, os futuristas florentinos Papini, Soffici e Prezzolini; estes últimos também foram – como Campana – em romaria para a Verna).
60 Monte Falterona, nos Apeninos entre a Toscana e a Romanha.
61 Habitantes de Castagno, o vilarejo onde nasceu o pintor Andrea del Castagno (1417 ca.-1457).
62 Em sua edição dos *CO*, Ceragioli registra o seguinte trecho, extraído de LG: "Tipo local: rosto fino, tons escuros sobre tons amarelados, olhos soturnos encovados: ainda uma simples antiga graça toscana no perfil e no pescoço. Olharei os quadros de Andrea del Castagno: talvez". Naturalmente, Campana procura nos rostos das pessoas que encontra em Castagno traços daqueles representados pelo pintor, originário da mesma região.
63 Interrompendo a descrição de Castagno, começa aqui a narração da noite em Campigno, em que o poeta ouve o canto das três moça.
64 O tempo presente indica o fim da digressão sobre Campigno; o poeta volta a falar de Castagno.
65 Na paisagem *cubista* (casinhas de penhasco, janelas [...] acesas) o poeta vê cabelos, olhos, lábios, um sorriso humano. O rosto tem traços *leonardescos*: é um encontro da arte antiga com a arte moderna.

66 Quanto ao mito de Leonardo *divino primitivo,* Campana pode ter sido influenciado pela leitura de *Leonardo ou A resurreição dos deuses* (1902), de D. S. Merejkóvski [Sobre o assunto, ver Cesare Galimberti, *Dino Campana,* Milano, Mursia, 1967].
67 Entenda-se: com a esperança de...
68 Povoado próximo da cidade de Arezzo.
69 Sic na edição de 1914.
70 O velho cavalheiro declama versos de Henri Becque (1837-99), que narram a separação de dois amantes. De acordo com o testemunho do amigo Danilo Lebrecht, Campana conhecia o poema inteiro, que numa certa ocasião transcreveu de cor, mas não lembrava o nome do autor [CER].
71 Construção elíptica.
72 Entenda-se: a meta [a Verna, *purificada... por um espírito de amor infinito*] que havia apaziguado os choques do ideal que tanto dano haviam feito [a mim] e à qual eram sagradas as puras supremas comoções de minha vida.
73 No grafito na parede do corredor do convento o poeta acredita reconhecer a oração de uma moça conhecida e é – como se verá nas linhas seguintes – surpreso e comovido pela coincidência.
74 Referência à *Anunciação* de Andrea della Robbia, que se encontra na Igreja Maior da Verna. Na obra, em terracota, pode-se ver: à esquerda a Virgem, à direita o anjo; no meio, uma ânfora com lírios; em cima da ânfora o Espírito Santo (a pomba).
75 Caprese (Arezzo), a pequena cidade onde nasceu Miguel Ângelo, próxima da Verna.
76 A *Noite* de Miguel Ângelo. Cf. nota 12 [*A Noite*].
77 Cf. nota 13 [*A Noite*].
78 Pesam, ameaçadoras.
79 É o nome da inteira região percorrida na romaria ao santuário da Verna.
80 Citação dantesca:"*Era già l'ora che volge il disio/ Ai navicanti e 'ntenerisce il core/ Lo dì c'han detto a' dolci amici addio;/ E che lo novo peregrin d'amore/ Punge, se ode squilla di lontano,/ Che paia il giorno pianger che si more*". (*Purg.,*VIII, 1-6). ["Era o tempo, em que mais saudade sente/ Do navegante o coração no dia/ Do adeus a amigos, que relembra ausente;/ E ao novel peregrino amor crucia,/ Distante a voz do campanário ouvindo,/ Que ao dia a morte, flébil denuncia", trad. Xavier Pinheiro, Rio de Janeiro, Ediouro, 5. edição, s/d].
81 O trabalho humano sobre o elemento líquido é a ponte sobre o rio (que será nomeado no v. 8) [CER].

82 Nos livros dos salmos, o asterisco indica a pausa da voz no meio de cada verseto. A melodia teria, portanto, caráter sagrado [CER].
83 *Giganti giovinetti* é citação de Carducci (*Davanti San Guido*, v. 3)
84 Cfr. essa paisagem com aquela das últimas linhas de *Piazza Sarzano*.
85 Cfr. o verso de Dante: "Deh peregrini che pensosi andate" (*Vita Nova* XL) [Oh, peregrinos que pensando andais].
86 Cena de dor de uma mãe que perdera o filho. Entre as mulheres que assistem, compondo uma *Piedade,* está Catrina, uma moça admirada pelo poeta, que a compara com uma *figura* de Domenico Ghirlandaio, célebre pintor da Renascença florentina (1449-94). A Pariani Campana explica que as *piedosas mulheres* são "camponesas de Marradi; fantasias" [VNR].
87 Este é um dos muitos cantos que ressoam durante a viagem à Verna e retorno: o canto das três moças (2), a "telúrica melodia da Falterona" (8), o canto do rouxinol (8), a "melodia dócil da água" (10), ainda o rio (11). A pequena cidade de Stia é "melodiosa de serenos castelos" (5) etc.
88 *Árvore cara à noite* porque exala seu perfume à noite [CER].
89 Na volta, outra descrição da paisagem de Campigno.
90 Um detalhe do desenho da encosta lembra uma presa de leão.
91 O quadro "O filho pródigo" de Joh. Liss (Oldenburg 1595 – Veneza 1629) [CER].
92 Trata-se provavelmente da gravura "Il Sileno ebbro [O Sileno ébrio]" (1626), de Jusepe de Ribera (Lo Spagnoletto: assim se explica a associação com as guitarras de Espanha etc.), agora no Museu de Capodimonte (Nápoles). É possível que Campana tenha visto essa obra no museu de Faenza, junto com outras, de Dürer e Baccarini, todas citadas no terceiro parágrafo do trecho em prosa *Faenza* (neste volume).
93 Referência à famosa gravura *O cavalheiro, a morte e o diabo* (1513 ca.), de Albrecht Dürer (1471-1528).
94 *Bizantino* é o passado da Romanha, que foi parte do Império Romano do Oriente e conserva um extraordinário patrimônio – o maior do mundo – de mosaicos bizantinos.
95 A Francesca do Canto V da *Divina Comédia* (cf. nota 10, *A Noite*) é de Ravenna, na Romanha.
96 Pode se referir ao sujeito "eu", ou ao "ritmo sagrado".
97 É o leão do emblema da cidade de Marradi, no palácio do município [VRN, p. 45].
98 O filho da patroa [VNR, p. 45].

99 Este, que talvez seja o mais hermético dos textos dos *CO*, continua – ou retoma – o tema da peregrinação à Verna. Linhas pontilhadas conectam as várias partes do texto; pontos de suspensão, no começo e no fim, ligam a narração com um "antes" e um "depois" não expressos. Para a interpretação da primeira parte, Ceragioli [CER] propõe o confronto com o seguinte trecho do *Faust*: "Duas almas, ai de mim! moram no meu peito. Querem separar-se uma da outra; uma em crua volúpia de amor se agarra ao mundo com órgãos tenazes; a outra se eleva poderosamente do pó para os campos dos venerandos antepassados. Oh, se existis, espíritos do ar, que passais senhores entre terra e céu, descei da nuvem de ouro e levai-me a nova vida e vária" (*Faust*, vv. 1110-25). [CER, p. 330]. A mais possante *alma segunda* libera o poeta dos vínculos com o mundo terreno (enquanto a outra o impele a amar); os espíritos (*d'alvorada não sombras*) dos venerandos antepassados (*heróis*) parecem atravessar o *azul*. Lembramos também que a concepção dualística é típica das doutrinas órficas, segundo as quais haveria a alma (de origem divina) e o corpo, uma prisão da qual o homem pode se libertar por meio de exercícios ascéticos e purificadores.

100 É a *senhora de cabelos brancos e rosto de menina* (*A Verna*, 5), agora sozinha *no silêncio do azul*. Pessoas e lugares vistos na viagem à Verna voltam aqui, descritos de outros pontos de vista.

101 Do automóvel que anda na frente dos corredores. Trata-se de uma corrida de bicicleta, como ficou evidente só depois do confronto com LG: *Giro d'Italia in bicicletta* (*Io arrivato al traguardo di Marradi*) [Volta da Itália de bicicleta. (Eu, chegado à meta de Marradi)] e FAL: *Dall'alto giù per la china ripida* [Do alto abaixo pela íngreme escarpa] e *Traguardo* [Meta; neste volume]. *Báquico* é o sentimento de entusiasmo que acompanha os corredores, o público, os *nossos abafados corações*.

102 Marradi.

103 O "fatale andare" (*Inf.* V, 22) é o andar de Dante, determinado por Deus.

104 Começa aqui a última imagem, de um campo dourado pelo sol do verão e animado pelo *misterioso coro do vento*.

105 Nesta última imagem, separada das outras, graficamente, por uma linha contínua, as luzes de ouro do verão transformam-se em luzes noturnas (o poeta aqui é velado pelas estrelas; pelo contrário, vela as estrelas em *A Quimera*, vv. 16-7). Após a peregrinação, na fase do *retorno*, o poeta chega a uma certa quietude. O verso *Ombra che torna, ch'era dipartito* retoma palavras de Dan-

te: "Onorate l'altissimo poeta; / l'ombra sua torna, ch'era dipartita" (*Inf.* IV, vv. 80-1) (o *altíssimo poeta* a ser honrado é Virgílio – cuja *sombra* voltara, após ter se afastado). Há *sombras* goethianas no começo (v. 2) e uma dantesca no final (v. 77).

106 Em 1907 ou 1908 (com certeza sabe-se apenas a data da expedição do passaporte: 9 de setembro de 1907), Dino Campana embarcou para a América Latina. Nos *CO* há três textos, além deste, inspirados nessa viagem: *Passeio de bonde na América e volta*, *Dualismo* e *Pampa*.

107 Este poema – um dos mais apreciados de *CO* – inspirou *Silenzio* (1916, *L'Allegria*), de Giuseppe Ungaretti. Cfr. também: *1914-1915: Ti vidi, Alessandria,/ Friabile sulle tue basi spettrali/ Diventarmi ricordo/ In un abbraccio sospeso di lumi.* [Te vi, Alexandria,/ Friável em tuas bases espectrais/ Tornar-te lembrança para mim/ Num abraço suspenso de lumes] (*Sentimento do tempo*, 1932).

108 *Moça sozinha* refere-se à *terra*. A relação foi esclarecida por Ceragioli [CER], comparando o trecho com o fragmento *Ignota la scena fanciulla* [FAL].

109 Não a flor, mas o instrumento musical (que produz a melodia dos versos 5 e 7) [CER].

110 Cabo Verde [VNR, p. 46].

111 Do Uruguai [VNR, p. 46].

112 O Rio de la Plata.

113 Buenos Aires [VNR, p. 46].

114 Campana a Pariani: "Garibaldi, em suas memórias, fala de piratas que estavam nas costas do Uruguai" [VNR, p. 46].

115 O poema refere-se ao quadro *Danza dei pederasti. Dinamismo plastico* (1913), de Ardengo Soffici. Foi incluído por Campana nos *CO* após e apesar do famoso episódio da perda – por parte do próprio Soffici – do manuscrito LG. É notório que a perda do manuscrito foi motivo de enorme aborrecimento para Campana, que não tinha cópia do livro, e precisou reescrevê-lo. A inclusão deste texto nos *CO* – apesar disso tudo – revela – no mínimo – que o poeta o apreciava muito. A Pariani, que lhe faz perguntas sobre o poema, Campana responde:
– Soffici é um futurista.
– O que representava aquele quadro?
– Representava um baile em um café-concerto na América.
– Onde o viu?
– Vi-o numa exposição de quadros futuristas em Florença.
– Gostou?

– Razoavelmente... Sim, gostei.
– Qual era o assunto?
– Era fragmentário. Formas luminosas mais do que figuras; salientava-se um rosto. Havia lanternas no teto; e um fulano pintado como se tocasse piano [VNR, p. 46].

116 Reflete. Tipograficamente, a paisagem da primeira reflete-se na segunda estrofe, em itálico, salientando a contraposição entre as linhas horizontais da paisagem da superfície e as linhas verticais e curvas do universo refletido na água.

117 Do ponto de vista fonosimbólico, este é – junto com *Gênova* – o poema mais notável dos *CO*: um passeio num cais, em que cada verso (quase todos quadrissílabos) marca um *passo solitário* no silêncio da noite. Em italiano, *botte* quer dizer *barril* ou *batidas, pancadas*. Traduzimos o título *Bate bote* pensando num efeito de paródia musical.

118 O porto é provavelmente o porto de Gênova; o *olho incandescente* pode representar os *fanais* – as luzes elétricas que iluminam de uma cor vermelha os becos marinhos de Gênova no poema homônimo (vv. 44, 59, 63, 64, 66, 69, 76).

119 O olho incandescente, elétrico (vv. 6-7).

120 Este poema em prosa é dividido de maneira assimétrica em três partes de tamanhos diferentes: um dos temas do texto é o contraste entre o ar (o hálito, os pólens, o alto *Céu espiritual*) da Florença primaveril e dannunziana (1ª parte) e o peso dos corpos físicos das prostitutas, dos alemães hirsutos, do macarrão servido às mesas etc. (3ª parte). Na parte mediana, não se trata de Florença, mas de paisagens em torno do rio Arno, que vai se aproximando da cidade: de Pisa (próxima do mar) a Signa (muito próxima de Florença). A coexistência sublime/grotesco em Campana responde à concepção nietzscheana (em *O nascimento da tragédia*, um dos livros prediletos de Campana) das duas formas possíveis de representação artística: o sublime, como *domesticação do horror*, e o cômico, como *desabafo do artista pelo desgosto do absurdo*.

121 D'Annunzio, *Alcyione, Ditirambo, I*, vv. 113-7: "*O Fiorenza, o Fiorenza,/ Giglio di potenza,/ Virgulto primaverile;/ E certo non è grazia alcuna/ Che vinca tua grazia d'aprile*". ["Ó Florença, Florença,/ Lírio de potência,/ Vergôntea primaveril;/ De certo não há graça alguma/ Que ganhe de tua graça de abril].

122 Haveria, segundo alguns críticos, uma intenção simbólica na escolha do número 3 (três menores, três alemães, um deles com cara de Cristo), uma possível alusão a crucifixão de Cristo e dos

dois ladrões. Analogamente, o três é número mágico na *Verna* (são três as moças que cantam na seção 2). Mas a escolha pode ser perfeitamente casual, como é levado a pensar quem lê as declarações de Campana a Pariani: "O beco central deve ser Borgo Santi Apostoli; a túnica de padre do alemão a uso para realçar sua estranheza; o nome de Mereskowski [sic] o pus porque as últimas imagens as peguei dele" [VNR, p. 47].

123 Merejkóvski, Dmitri Serguéievitch (1865-1941), um dos representantes do decadentismo russo, autor de estudos sobre Leonardo da Vinci e Francisco de Assis. Nas últimas linhas, Campana cita quase literalmente um trecho do seu *Leonardo ou A ressurreição dos deuses*.

124 Novas imagens de Faenza, a cidade com que se abrem os *CO*. Esta não é a torre *bárbara* citada na *Noite*, mas a Torre do relógio (século XVII), na *Piazza Maggiore*.

125 Nas anotações de Campana, encontra-se a seguinte frase: "Se Florença é a imagem da música, Faenza é a imagem da dança latina" [TF, p. 25]. Essas imagens, como as de Sileno e do sátiro (na 3ª parte) são sugestões nietzscheanas (*O nascimento da tragédia*).

126 Cfr. o relógio de *Praça Sarzano*.

127 O *relógio* e a *pequena madona branca*.

128 Cfr. *A Noite*, nota 12.

129 Outra sugestão nietzscheana (Cfr. *A filosofia na idade trágica dos gregos*) .

130 Jusepe de Ribera (Lo Spagnoletto), autor da gravura "Il Sileno ebbro", já citada em *La Verna* (cfr. nota 92). Domenico Baccarini (1882-1907), três anos mais velho que Campana, é pintor e escultor, autor de uma vasta obra, entre simbolismo e *liberty*. Em TF, Campana escreve: "Não sei se é conhecido no campo da arte um certo Baccarini de Faenza [morto] aos 25 anos. Vi seus trabalhos no museu de Faenza".

131 Durer: Albrecht Dürer (1471-1528) (cfr. nota 93 *La Verna*).

132 Há um desenho de Baccarini, que representa *mocinhas à marinara* (hoje no Museu de Faenza), que Campana pode ter visto na Pinacoteca da cidade quando foi exposto, em 1907 [A. Corbara, apud CER]. Mas, sobre as *mocinhas à marinara*, Campana afirma, nas entrevistas com Pariani: "São bobagens! São os filhos do meu irmão. São figuras plásticas, apenas" [VNR, p. 47].

133 Campana a Pariani: "Feito por Donatello" [VNR, p. 47].

134 Outras obras conservadas no Museu.

135 Carta aberta, publicada com o título *Dualismo/Ricordo di un vagabondo/Lettera aperta a Manuelita Tchegarray*, no jornal estudantil *Il Papiro* (Bolonha), número único, 8 de dezembro de 1912, p. 6; agora em OC, p. 411-3. Campana a Pariani: "Aquela a quem finjo escrever era uma minha vizinha de Bahía Blanca, filha de um tabelião que morava em Bahía Blanca. Manuelita é o nome que lhe dei; não sabia seu nome" [VNR, p. 47]. Diante de Manuelita e tudo o que ela representa (o amor e a beleza feminina, o reencontro com *as forças do cosmo*, mas também a sua *infinita solidão* na América), o poeta declara sua fidelidade a lembranças do passado (a Paris, aos ciganos, a outra Ela, com rosto de cigana, e finalmente a seu destino, à *alma inquieta* – sua própria alma de poeta – única verdadeira rival da moça). Segundo uma interessante hipótese de Marco Antonio Bazzocchi, o "dualismo" neste texto de Campana derivaria de uma ideia de Otto Weininger ("A dualidade é sempre condição para saber observar e compreender"), contida no livro *Sexo e caráter* (1903). A hipótese parece confirmada não só pelos testemunhos de amigos de Campana (Bejor e Ravagli) – que confirmam que o poeta lera o livro de Weininger –, mas sobretudo pela existência de outras afinidades entre os dois: particularmente entre as ideias misóginas do filósofo austríaco (morto suicida em 1903, aos 23 anos) e detalhes do texto de Campana "A jornada de um neurastênico" (neste volume). Cf. M. A. Bazzocchi, "Faust all'università", *I portici della poesia*, op. cit., p. 37-84.
136 Cfr. *Fragmento (Florença)* (neste volume).
137 Ciganos. Cfr. "Lembranças de ciganas, lembranças de longínquos amores, lembranças de sons e luzes: cansaços de amor; improvisos cansaços sobre o leito de uma remota taberna [...]", *A Noite*, 1, 11.
138 Pariani relata o seguinte diálogo com Campana [VNR, p. 48]:
"– Quando teve este sonho?
– Quando estava na Bélgica, preso.
– Ouvia vozes, na cela?
– Não: é fantasia minha.
– Quem era Anika?
– Não sei, são nomes que inventei.
– E o povoado entre as montanhas?
– Marradi.
– Quem olha para os carros e os trens do muro do cemitério?
– Parece-me ter reparado naquele movimento, parece-me ter visto alguém que fugia num trem, vejo um vulto. Deve ser uma assimilação.

– Você se transpondo naquela pessoa?
– Sim, sim. Isso mesmo."
Em 1910, Campana foi internado no hospital psiquiátrico de Tournai, na Bélgica; ao período da internação são dedicados este texto e *O Russo*. A narração do sonho – densamente colorido e agitado por sinestesias, ruídos, efeitos musicais – termina com um choque de rotas: o trem acabou de chegar, o silêncio transforma-se em ronco e de repente o poeta se vê, como acontece nos sonhos, num trem que corre em direção oposta à sua. É notável o uso dos dois pontos para dividir o texto em breves imagens sucessivas.

139 Cfr. "infinitamente olhenta devastação era a noite tirrena", *Gênova*, v. 159.

140 Neurastênico?, pergunta Pariani. E Campana responde: "Sou eu. Estava doente. Não conseguia ficar parado em lugar algum, viajava de um país a outro, estava sempre nas montanhas a escrever bobagens. Agora estou muito melhor" [VNR, p. 48].

141 Bolonha, onde Campana é inscrito na Faculdade de Química, nos anos 1905-06, 1907 e 1912. Em Bolonha, publica seus primeiros poemas, em revistas estudantis (*Il Papiro*, em 1912; *Il Goliardo*, em 1913). Em dezembro de 1912 tem uma crise e, após uma briga pela ruas da cidade, é levado à caserna de polícia e depois ao hospital, onde recebe o diagnóstico de "um princípio de desequilíbrio mental". É convidado a sair da cidade e, em fevereiro de 1913, transfere-se para a Universidade de Gênova. Para a reconstrução do inteiro incidente, ver "Dino Campana a Bologna (1911-1916)", do amigo de Campana, Mario Bejor, em *Souvenir d'un pendu* [Recordação de um enforcado], Napoli, ESI, 1985, p. 289-90. Em seu longo depoimento, Bejor conta, em detalhe, que o poeta era um "misógino feroz" – e pode ser que haja aqui, como afirma Bazzocchi (cf. nota 39), sinais da leitura do inquietante livro de Weininger, *Sexo e caráter*. Mas a fúria do poeta (que se autodefine aqui "neurastênico") é dirigida não somente a mulheres, mas também a homens, refletindo sua vida conturbada e as difíceis relações humanas. De qualquer forma, o auto-retrato do poeta e a descrição da cidade, o tom entre irônico e *maudit*, as bizarras criaturas monstruosas têm uma evidência psicológica que torna este texto memorável. É possível que o poeta Camillo Sbarbaro tenha se inspirado precisamente nessas páginas dos *CO* para compor as primeiras páginas de *Trucioli* [Aparas] (1914-18, publicado em 1920).

142 Três porque, como dirá logo depois, com ironia, lembram as (três) *graças modernas*.

143 "Era um tal de Dodavola, professor de belas letras" [VNR, p. 48].
144 Policial. Campana autodefine-se (no título) *neurastênico*, aludindo provavelmente à sua própria visão bizarra e deformante da realidade; mas é verdade que era objeto de uma certa vigilância porque "conhecido como homem que facilmente se abandona a violências" (de uma carta do Reitor da Universidade ao prefeito de Bolonha, 19 de fevereiro de 1913) [MAR, p. 171].
145 Corpos vistos um espelho iluminado pela luz do fogo; uma mulher (Eva) acorda o poeta da visão.
146 O personagem shakespeariano de Ofélia é tema recorrente na literatura e nas artes figurativas nos séculos XVIII e XIX, na Inglaterra e na França. Mas ao falar da vista do "infame cadáver de Ofélia", Campana, leitor de *O nascimento da tragédia*, pode estar aludindo à repugnância provocada no homem – segundo Nietzsche – pelo conhecimento da horrível verdade; porque o homem que compreende "aquilo que é simbólico no destino de Ofélia [..] reconhece a sabedoria do deus silvestre Sileno: sente repugnância"."[...] o homem dionisíaco é parecido com Hamlet: ambos lançaram uma vez um olhar verdadeiro na essência das coisas, *conheceram*, e a ação os enjoa; já que sua ação não pode mudar nada na essência eterna das coisas, eles sentem como ridículo ou infame que lhes peçam para recolocar em ordem o mundo que saiu dos eixos" (*O nascimento da tragédia*, 7ª parte). Ceragioli faz a hipótese de que Ofélia represente – para Campana – sobretudo a duplicidade: porque Ofélia, após a morte do pai, perde a razão e se torna outra, uma criatura menos pura nos pensamentos e nos desejos (*Hamlet*, IV, 5). A prostituta é chamada "infame cadáver de Ofélia" porque parece o cadáver (vivo) da primeira Ofélia [CER].
147 Cfr. Baudelaire: "O Satan, prends pitié de ma longue misère!" [Ó Satanás, apiada-te de minha longa miséria!] (*Les litanies de Satan*) [As ladainhas de Satanás].
148 Na edição de 1914, *amorrate*, que corresponde a *amurrâ*, em dialeto genovês, "arenare, toccare, dare in secco", encalhar, ficar em seco. Na edição de Falqui, de 1973 [OC], o termo foi corrigido em *amarrate* (ancoradas, atracadas). As edições sucessivas [CER 1985, VAS 1989, MAR 2003] recuperam o termo genovês, com a exceção de Bonifazi [BON 1989], que prefere *amarrate*. Mantemos aqui a versão de 1914, que reforça a ideia de imobilidade dos barcos, cujas velas são atormentadas inutilmente (*vane sequele*) pelo vento. Ceragioli [CER, p. 374] propõe o confronto desses

versos com o fragmento *Fabbricare fabbricare fabbricare/Preferisco il rumore del mare/Che dice fabbricare fare e disfare/Fare e disfare è tutto un lavorare/ Ecco quello che so fare* [extraído de uma carta para Sibilla Aleramo, 13 de outubro de 1916: Fabricar, fabricar, fabricar/ Prefiro o ruído do mar/ Que diz fabricar fazer e desfazer/ Fazer e desfazer é todo um mister/ Eis aquilo que eu sei fazer]; de fato, há uma analogia entre os dois fragmentos, que expressam um sentimento de inutilidade de todo esforço, introduzido pelo *lamento* ou pelo *ruído* do mar. O fragmento, um dos primeiros textos publicados por Campana, já saíra, com algumas variações e com o título *Le cafard (Nostalgia del viaggio)* na revista estudantil "Il Papiro" de Bolonha, em 1912.

149 Cfr. *Dualismo*, l. 6.
150 O senhor quer mate? Ceragioli levanta a hipótese – com base no confronto com a versão deste texto em LG – de que a experiência narrada pelo poeta foi condicionada pelos efeitos do mate argentino [CER, notas 5 e 14, p. 377, 378]. A observação pode ser pertinente, ainda que, na realidade, o mate não tenha efeitos oníricos.
151 Entenda-se: as sombras das tendas alongavam-se...
152 Trasumanare (transcender os limites da natureza humana) é verbo usado por Dante: "Trasumanar significar *per verba/* non si poria" (*Paradiso*, Canto I, vv. 70-71)" [Transumanar, significar *per verba/* não saberia"; trad. Haroldo de Campos].
153 A visão da América Latina – prevalentemente negativa em *Dualismo* – torna-se aqui positiva, como se verá melhor logo adiante: o Pampa será a terra da possível "reconciliação" do homem com a natureza. Nas últimas linhas deste texto, a sensação de liberdade alcança seu ápice (comparável com alguns momentos do texto *Encontro de Regolo*).
154 Quanto ao tema da corrida do trem, cfr. o texto *Sonho na prisão*.
155 [Caído no inferno
Bolhante de humanos
Ó russo, surgiste
Súbito, celeste
Em meio ao bradar
Ao brutal formigar
Da humanidade vil
Apodrecida de si.
Vejo a barba loira
Fulgurando no canto

Vejo também tua alma
Atirada no abismo
Tua alma no abraço
Desesperado abraço
Das Quimeras fulgurantes
No miasma humano.
Eis que tu etc. etc.]

156 Conservamos as gralhas ou os erros da primeira edição de *CO*: *tombè, céléstial, pourissante, se* (no lugar de *je* ou de *si*), *réjetée, tom, désésperée*. Esses versos "de um poema da época" foram provavelmente reescritos, diretamente em francês, por Campana, e adaptados ao personagem do Russo. É evidente a semelhança, física e psicológica, entre a descrição do Russo e o auto-retrato do próprio Campana, particularmente na *Jornada de um neurastênico*, em que narra, mais ou menos autoironicamente, persecuções ou delírios persecutórios em sua vida de estudante em Bolonha.

157 Campana a Pariani: "Na minha viagem de volta para a Itália, passando pela Bélgica, fui preso e mantido na cela de uma prisão, por dois meses: Saint Gilles. Havia loucos e não loucos. Depois, fui internado em Tournay numa espécie de casa de saúde, porque não tinha um lugar fixo, tinha aquela febre de instabilidade. Era um asilo para pessoas decaídas [*decadute*] uma espécie de manicômio. Lá dentro encontrei aquele russo que nunca quis me dizer seu nome. Era um dois tantos russos que andam pelo mundo, que não sabem o que fazer. São um pouco intelectuais, escrevem, fazem uma coisa ou outra, morrem de fome, na maioria. Encontram uma mudança no estrangeiro de ideias, conspiram, para modernizar a Rússia, e depois eram mandados para a Sibéria" [VNR, p. 49-50].

158 Campana a Pariani: "É uma novela qualquer que ele escrevia, em francês" [VNR, p. 50].

159 "Mas... tinha feito uns atentados, mas... não sei bem o que fazia" [VNR, p. 50]. Os frades e os delinquentes que o espiam "são coisas fantásticas, coisas quaisquer, que se escrevem" [VNR, p. 50].

160 Talvez metaforicamente, o suplício da lama seria a exposição à curiosidade dos frades e outros frequentadores ou hóspedes do asilo, que descobrem seus segredos.

161 O pôr do sol tinge o céu de vermelho.

162 Refere-se ainda à novela que o Russo estava escrevendo.

163 "Um retrato que ele pintava de um delinquente, de um insano. Era também pintor, pintava esse retrato". Pintava também de cor

o "quadro de Leonardo da Vinci, Beatrice d'Este" [VNR, p. 50] e outras cabeças.

164 O Russo será enviado de volta à Rússia graças à "caridade" dos frades.
165 A primeira parte do "passeio" é acompanhada pelo "áspero prelúdio" dos ruídos produzidos pelo bonde em sua corrida; o olhar é logo levado para o alto, onde os fios elétricos (do bonde) desenham tramas e curvas e de lá para a cidade torreante com seus brancos edifícios ("cubos", "dados"). A cidade é Gênova; elementos dessa mesma paisagem e de seu mar se encontram em outros textos "genoveses" – entre os melhores dos *CO* – como "Crepúsculo mediterrâneo", "Praça Sarzano", "Gênova". No segundo parágrafo, que narra a viagem de navio, a paisagem é quase inteiramente dominada pelos ruídos da água.
166 A lanterna, o farol do porto de Gênova, erguia-se, tornava-se visível de acordo com os movimentos do navio.
167 *Leggera*: em dialetos da Itália do norte, pessoa ou grupo de pessoas que vivem às margens da legalidade.
168 A lanterna é o símbolo da cidade de Gênova. Cfr. nota 168.
169 De volta à Gênova, num domingo, volta a ouvir o "prelúdio" do bonde do começo e revê o porto e o golfo de Gênova.
170 Desolação e presságios de morte nas imensas filas dos emigrantes.
171 "Regolo é um cara que foi para a Argentina. Chamava-se Regolo Orlandelli, era de Mântua. Encontrei-o na Argentina. Em Bahía Blanca. Antes, tinha-o conhecido perto de Milão. Viajava pelo mundo. Na América tinha uma agência de empregos: em Milão, era vendedor ambulante. Em Gênova, encontrei-o por acaso, após ter estado na Argentina. Acho que morreu: certamente morreu" [VNR, pp. 50-1]. Este personagem (assim como o Russo por outras razões), apresenta afinidades com o autor, pela inquietude, o desejo de viajar, a febre de liberdade.
172 Em vários pontos deste texto, Campana cita os seguintes versos de Baudelaire: "*Mais les vrais voyageurs sont ceux-là seuls qui partent/ Pour partir; coeurs légers, semblables aux ballons, /De leur fatalité jamais ils ne s'écartent,/ Et, sans savoir pourquoi, disent toujours: Allons!*" ["Mas os verdadeiros viajantes são aqueles que partem/ Por partir; leves os corações, feito balões,/ De sua fatalidade jamais eles se afastam,/ E, sem saber o porquê, sempre dizem: Partamos!"]. Baudelaire, "Le Voyage", vv. 17-20, in *Les Fleurs du Mal*.
173 Segundo Ceragioli, a frase seria talvez um resquício do título da terceira e última parte de LG ["O homem e a viagem"], que con-

tinha "Passeio de bonde na América e volta", "Pampa" e cinco textos que, nos *CO*, confluíram em "Gênova". A frase pode ser lida então como: "[..] o homem, ou seja, a viagem; o resto, ou seja, o incidente; ou seja, o *resto* é aquilo que não depende da vontade do homem, mas o condiciona" [CER, p. 388]. Acrescentamos que a palavra *incidenti* [incidentes] fora contemplada por Campana como título possível de seu livro: "*Novelas* (título do livro: incidentes) *em alta velocidade*" [TF, XXII, p. 65].

174 Campana observa Bolonha do alto de sua janela: "Morava no último andar: ficava no alto, via tudo" [VNR, p. 51]. O siroco, vento quente que vem do sul, em pleno inverno (era a véspera de Natal) anuncia a visão de Bolonha cidade continental, transformada em um grande porto (cfr. *Gênova*). Mas logo é retomada a descrição de Bolonha cidade bizantina, com seus alpendres, suas torres vermelhas, suas praças, seus palácios. A Pariani, Campana explica: o grande alpendre vermelho é "a biblioteca de Brugnoli, na praça dei Mercanti, perto das duas torres". O grande palácio moderno é a "Banca d'Italia". As arcadas iguais e contíguas são as de "fora da porta Saragozza, no caminho para a Madonna di San Luca". O lago leonardesco está "fora da Porta Santo Stefano, no jardim público" [VNR, p. 51].

175 Refere-se aos chapéus femininos.

176 Primeiro texto da trilogia "genovesa" que conclui os *CO*. Esses textos conclusivos de *CO* são conotados por um sonho de liberação espiritual e mítica e gloriosa felicidade, marcado, porém, por muitas sombras. É o sonho "mediterrâneo" que Campana definiu "aquele fantasma ensolarado de felicidade que acreditei entrever muito tempo atrás lá no mediterrâneo [sic]" (2 de maio de 1916, *Le mie lettere sono fatte per essere bruciate* [Minhas cartas são feitas para serem queimadas], org. Gabriel Cacho Millet, Milano, All'Insegna del Pesce d'Oro, 1978, p. 46).

177 Entenda-se: "Enquanto nas abóbadas [dos edifícios] é chocado um outro mito, iluminado pela solitária límpida lâmpada [...]".

178 As árvores dos navios.

179 Uma prostituta.

180 É o estilo arquitetônico dos altos palácios elegantes e das igrejas do centro da cidade de Gênova.

181 "São Madonas de gesso com anjos que se encontram lá em Gênova" [VNR, p. 52].

182 Antigamente, praça Sarzano era praça de torneios. A praça é vista por duas perspectivas: no primeiro parágrafo, após ter subido

ruelas tortuosas, o olhar parte do pequeno templo com busto de Jano bifronte e um chafariz (e vê, do outro lado, a torre quadrada do campanário da igreja de Sant'Agostino); no segundo, a mesma praça, os morros, as ruelas são vistos da ponte "sobre a cidade" (a ponte de Carignano); no terceiro, volta-se à posição inicial, de onde se vê, "do outro lado da praça", a "torre quadrangular" de Sant'Agostino. A atmosfera mítica da descrição depende sobretudo da sensação de tempo infinito e, portanto, imóvel (é uma "imobilidade de alegria inesgotável") que invadiu a paisagem.

183 No original *quadretta*: plural feminino de *quadretto*, pequeno quadro polícromo de mármore ou terracota (G. Casaccia, *Dizionario genovese-italiano*) [CER, p. 401].
184 A qualidade mais reiterada dos becos.
185 Da ponte.
186 Talvez os becos, "verdes de mofo" [1. 29]. Ou então: vislumbra as casas de longe, nas ruelas dos montes (também verdes).
187 Sobe com os becos.
188 Troféu da V.M. (Virgem Maria). Campana a Pariani: "são estátuas de mármore, de gesso que estão lá em Gênova" [VNR, p. 52].
189 Alma "partida": que *partiu*, foi embora, e que *se partiu* em duas (daí a "mais possante alma segunda" de "Imagens da viagem e da montanha", v. 2). Cfr. nota 105.
190 Começam aqui dois temas que percorrem o poema: o das mil vozes, cantos, prelúdios e ruídos de todos os tipos da "cidade trovejante" etc., e o tema do olvido (da paz, do sono inquieto que cai finalmente sobre a cidade).
191 Pronos, cansados.
192 As ruelas do centro histórico.
193 A verticalidade – contraposta à dimensão horizontal ("Alastra-se a praça ao mar") – é um traço muito forte na descrição de Gênova.
194 Terraços construídos no terreno inclinado dos morros são característicos da cidade, assim como os telhados de ardósia cinzenta.
195 Praça Caricamento.
196 É o palácio San Giorgio, em Gênova [VNR, p. 52].
197 Férrea pelos ruídos do porto.
198 Um café da cidade.
199 Cfr. "O vitral".
200 Porque frequentados por prostitutas.
201 Em forma de *stornello* [CER, p. 412]. O *stornello* é um canto popular italiano.

202 É o vento que traz a visão, assim como o siroco, em "Bolonha"; anuncia a transfiguração da cidade em porto.
203 Intraduzível o duplo significado do termo "sale", em italiano "sobe", mas também "sal".
204 Cfr. "Bate bote", nota 117.
205 "As árvores dos navios são vistas como as do mundo vegetal e suas luzes se tornam 'frutos'" [CER, p. 414].
206 As luzes da cidade, vistas de longe, no crepúsculo.
207 Cfr. "A Noite" (17); "Praça Sarzano" (2). Há aqui claras referências aos versos de Leopardi: "I fanciulli gridando/ Su la piazzuola in frotta,/ E qua e là saltando,/ Fanno un lieto romore:/ (*Il sabato del villaggio*, vv. 24-29) [Os garotos gritando/ Pela pracinha em bando,/ E cá e lá cantando,/ Fazem ledo rumor:/ (*O sábado da aldeia*)]. Há uma relação entre os dois poemas não apenas pelo clima de serenidade dos quadros e personagens que se sucedem, mas também pela atenção constante às sensações auditivas, teorizada e praticada por Leopardi, antes de Campana.
208 O velário composto pelos "despojos preciosos" do sol em seu ocaso é transformado (pela cidade, que "compreende e se acende [...]") em sudário de olvido: é a noite, que traz o sono aos "homens cansados".
209 Apelido da cidade de Gênova.
210 A fumaça das chaminés dos navios [MAR, p. 133].
211 As ruas.
212 [Eram todos rasgados e cobertos pelo sangue do menino] Citação (inexata) dos versos de W. Whitman "*The three [três] were all torn and cover'd with the boy's blood*", em "Song of Myself", em que narra o massacre *in cold blood* [a sangue frio] de 412 jovens *rangers* [soldados] em Fort Álamo. Em carta de 13 de março de 1916 ao crítico Emilio Cecchi, Campana escreve: "Se vivo ou morto o senhor ainda se ocupará de mim, peço-lhe para não esquecer as últimas palavras *They were all torn and covered with the boy's blood* que são as únicas importantes do livro. A citação é de Walt Whitman que eu adoro em *Song of Myself* quando fala da apreensão do *flour* [sic; no original: *glory*] *of the race of rangers*. [*Le mie lettere sono fatte per essere bruciate*, op. cit., p. 38]. É geralmente reconhecido que a frase conclusiva dos *CO* é ligada a razões fortemente auto--biográficas, constituindo-se como uma interpretação de Campana do seu próprio destino de poeta (que se identifica também com o destino de Orfeu, o mítico criador da poesia lírica, que morre massacrado pelas Mênades); este *colophon* é "uma das

tantas chaves iniciáticas de leitura disseminadas no texto", que confirmam que Campana concebe a poesia "como sacrifício de si mesmo, fruto inerme da persecução, enfim, literalmente, massacre do inocente, vítima sacrifical" [Asor Rosa, Alberto, "Canti Orfici di Dino Campana", in *Genus Italicum*, Torino, Einaudi, 1997, p. 712]; seu significado é intimamente "ligado ao subtítulo [dos *CO*] (*Die Tragödie des letzten Germanen in Italien*), em que o poeta se coloca como personagem trágico, aliás, como protagonista de uma tragédia" [CER, p. 418]. Acrescentamos uma observação: este curioso *colophon*, fechando o livro que constituía a "única justificação da [sua] existência", segundo palavras de Campana na mesma carta a Emilio Cecchi [p. 38], distrai o leitor da figura do poeta, para focalizar e denunciar seus "assassinos" (ou seja, aqueles que, de várias maneiras, o prejudicaram ou se recusaram a ajudá-lo em sua vida e sua carreira). Na mesma longa carta a Cecchi, Campana expressa seus motivos de desgosto em relação ao ambiente dos intelectuais florentinos e conclui: "Como o senhor vê, todos os florentinos são marcados [no original: *tracciati*] pelo assassinato eles também *covered with the boy's blood,* para serem reconhecidos no dia da justiça".

OUTROS POEMAS

1. O ambiente deste fragmento é facilmente identificável: as roxas torres de Bolonha, a basílica de S. Petrônio, patrono da cidade. Campana explica lucidamente a Pariani aquilo que, de qualquer forma, o leitor poderia intuir por si só: "Os feitos gentis da vesperal animação" são "as cortesias costumeiras nos passeios, saudações, gestos amigáveis, a vivacidade dos passeios vespertinos". Quanto às últimas linhas, esclarece: "duas mulheres que passavam, ora falam, ora calam: tentam em vão escutar o vento que às vezes parece falar" [VNR, pp. 56-7].

2. Este *Fragmento*, intitulado *Bastimento in viaggio* [Navio em viagem] na coletânea FAL, fora publicado na revista *La Voce*, em 1915. Há uma versão em prosa em OC, com o título *L'albero oscilla.* Campana a Pariani: "É uma viagem por mar, de La Spezia a Gênova. O quadro da lanterna no alto faz uma espécie de janela. Esta joga um círculo luminoso, uma espécie de globo branco esfumado na tolda. Esse globo que oscila junto com o navio parece produzir um som que não se ouve porque está coberto por aquele das ondas". E pede que se coloque "segredo noturno" no lugar de "silêncio noturno" [VNR, p. 55].

3 Texto publicado na pequena revista *La Tempra* [A Têmpera] (Pistoia), em 1915, e na revista *La Riviera Ligure*, em 1916. "Tentei harmonizar cores, formas. Na paisagem italiana coloquei lembranças. É uma das minhas [prosas] mais belas. Lembro que a mandei à *Riviera Ligure* e me mandaram vinte e cinco liras. Mas me custara muito mais do que isso. Demorei um mês para escrevê-la" [VNR, p. 56].
4 Campana a Pariani: "São torres de Marradi" [VNR].
5 "Uma Olímpia qualquer: pode ser a de Manet. Vi a *Olímpia* de Manet, está no Louvre de Paris. É um nu de menina. Manet é um pintor impressionista, com efeitos de luz, sobretudo, com a técnica especial de um impressionista. É um de seus quadros mais belos" [VNR, p. 55]. Mas há também uma Olímpia conhecida na mocidade, em Marradi: "Era uma garota de doze ou treze anos. Uma lembrança de infância, a filha de um merceeiro suíço que estava em Marradi" [VNR, p. 54]. Na entrevista com Pariani, Campana não menciona que o quadro de Edouard Manet, *Olympia* (1865), representa uma prostituta. Este *Arabesco* é considerado por muitos comentadores um dos melhores textos de Campana, pelo "impressionismo visivo", pelo "triunfo cromático" [Silvio Ramat], pela "polifonia analógica completa: cromática, espacial, musical e formal" [Maura Del Serra], pela extraordinária delicadeza. A associação entre a parte central do texto e as outras duas seria irrecuperável se não soubéssemos – graças ao testemunho de Campana a Pariani – que a Olímpia conhecida na mocidade, em Marradi, era suíça. O trecho central, ambientado em Berna, contém temas ligados a textos já presentes nos *CO*: o "belo forasteiro" lembra o "Faust" "jovem e belo", que "emprestava [seu] enigma às costureirinhas brunidas e flexuosas" [*A Noite*]; o som da "fanfarra" é elemento-chave do poema *Jardim de outono (Florença)*. Quanto ao episódio do "belo forasteiro" e da senhora, segundo testemunho de G. Diletti Campana, em maio de 1915 Campana tentou abraçar uma bela mulher na rua, em Berna – fato que provocou um "escarcéu" e acabou causando sua expulsão da cidade [Gabriel Cacho Millet, *Dino Campana fuorilegge* [fora-da-lei], Palermo, Ed. Novecento, 1985, p. 119].
6 Referência ao quadro *La maison du pendu* [A casa do enforcado] (1873), de Paul Cézanne. Foi levantada a hipótese de que, ao citar esse quadro, Campana esteja aludindo ao seu próprio destino infeliz; a referência tem também valor de indicação de leitura dos efeitos pictóricos do poema.

7   O rio que passa por Berna.
8   É obscuro o sentido desta frase (e da relação com a água, que corre nas três partes do texto), mas parece haver uma evolução (negativa) de um estado de espírito do poeta – que corresponde à piora de suas condições de vida e de saúde com o passar dos anos: a "mais possante alma segunda" do poema *Imagens da viagem e da montanha*, a "alma partida" de *Gênova* deixaram lugar a um "segundo cadáver".
9   Publicado na *La Riviera Ligure*, em novembro de 1915. Ao enviar o texto a Novaro, diretor da *La Riviera Ligure*, Campana escrevera: "Com meu grande desagrado este ano não pude me ocupar um pouco seriamente e só posso colocar à disposição da sua bela revista alguns fragmentos, por enquanto. É uma pequena bizarrice na qual me parece não faltar de todo a nota da sinceridade: isso para me desculpar pela tentativa" [FAL, p. 334-5]. Anos depois, a Pariani: *Toscanidade* "é um pouco enigmática. É uma fantasia pictórica, são estados de fantasia. São colorismos, sobretudo. São efeitos de cores e de harmonia; uma harmonia de cores e assonâncias" [VNR, p. 55].
10 Poema publicado na "*La Riviera Ligure*" em março de 1916. Campana a Novaro (cartão postal de 27 de fevereiro de 1916): "Senhor Novaro, recebi a *Riviera* e agradeço. [...] Ao senhor que foi tão cordial comigo gostaria de dedicar um poema patriótico que escrevi em julho passado: mas, passado o primeiro entusiasmo, abandonei-o e ficou incompleto. Poderia revivê-lo e terminar no sentido de um "adeus à Itália", apenas. (Mas este adeus, também praticamente, é terrivelmente difícil de dar. (Além disso, estou ainda gravemente doente)". Anos depois, em suas entrevistas com Pariani, que lhe mostrava o poema, inserido na edição de *CO* de 1928, por iniciativa de Bino Binazzi, Campana não o reconhece: "São fragmentos, foram coletados, talvez". "Está todo cheio de erros. Faltam alguns versos". [VNR, p. 53-4]. Uma versão provavelmente anterior desse texto (encontrada entre os papéis de Sibilla Aleramo e publicada no *Taccuino Matacotta*) é intitulada *Canto proletario italo-francese*.
11 Torres de alta tensão.
12 É um eco de um canto popular da Grande Guerra. Em carta de 1916 a Emilio Cecchi, em que transcreveu o primeiro e o terceiro grupos de versos, Campana explicou: "Assim começa um poema popular que continua num rude canto popular" [*Le mie lettere sono fatte per essere bruciate,* op. cit., p. 44].

13 Campana a Pariani: "É um refrão, é um motivo que retorna; mas faltam uns versos, o efeito não é completo" [VNR, p. 54].
14 É muito complicada a história das publicações deste *Notturno teppista*, em versões diferentes. O texto publicado na revista *La Teda*, em 1922, por iniciativa de Bino Binazzi (Campana já estava internado em Castel Pulci), compreende os catorze versos aqui reproduzidos mais doze versos que são variantes de *Vecchi versi* [enviados pessoalmente por Campana e publicados na *La Riviera Ligure*, em 1916]. Acreditando se tratar de um erro da revista, Falqui preferiu separar, em FAL. *Notturno teppista* resulta, assim, composto de duas partes: a primeira é um fragmento cujas variantes se encontram em vários cadernos de Campana (pelo menos duas versões em *Taccuini abbozzi e carte varie I*, FAL, com os títulos *Frammento* e *Genova*, e *Oscar Wilde a S. Miniato*), e a segunda é constituída pelos versos 11-15 (ou seja, os versos "obscenos", com uma pequena variação, e o título *Aveu* [Confissão], que haviam sido enviados, como texto autônomo, à revista *La Riviera Ligure*, em 20 de janeiro de 1916). Campana, quando o psiquiatra Pariani lhe mostrou este *Notturno teppista* no volume da segunda edição dos *Cantos Órficos*, declarou: "Há coisas futuristas obscenas [...] frases futuristas como as diria Marinetti." "Não há nenhuma ligação. Juntaram [esses versos], mas não existe". "São versos extraídos de um manuscrito sem realidade. São tentativas de versos, mas não boas" [VNR, p. 56-7]. Mas os cinco versos estavam também (mas sem título) no manuscrito *Il più lungo giorno*, que Campana projetava publicar.
15 A mulher genovesa traz "não amor, não espasmo", mas algo diferente, infinitamente sereno e leve: num clima muito diferente daquele exaltado e obsessivo dos poemas "órficos" de Campana, e particularmente do poema-vértice, *Gênova*, que fecha, num alucinado crescendo, os *CO*. É um texto que mostra – assim como muitos outros inéditos e fragmentos – a variedade do laboratório experimental de Campana, a quantidade de direções que poderia ter tomado a sua poesia, após os *Cantos Órficos*. É notável, como indicaram alguns comentadores (Raboni, Berardinelli), o efeito do hipérmetro final, numa "frase que parece não aceitar limitações silábicas e se impõe em sua naturalidade e simplicidade de frase, quase mais falada do que escrita" (Berardinelli, Alfonso, *100 poeti*, Milano, Mondadori, 1991, p. 66).
16 Alessandro Parronchi relatou a Enrico Falqui ter visto este e outros poemas – já impressos e recortados – num caderno de lem-

branças do tipógrafo Ravagli; pode-se deduzir, com Falqui, que o poema fazia parte das provas da primeira edição dos *CO* e foi descartado na última hora [FAL, p. 320]. Há outras elaborações do mesmo tema – uma corrida de bicicleta – nos cadernos de Campana, em LG e nos *Cantos Órficos* (cfr. nota 101). O poema *Meta*, dedicado ao futurista Marinetti, canta o triunfo da velocidade, mas com uma desaceleração quase hipnótica – já não mais futurista, mas tipicamente campaniana – do ritmo nos últimos versos, que descrevem a rua "branca serpente" entre as rochas e uma "fuga lenta de gritos" [dos espectadores]; para os *CO*, Campana escolhe a versão mais distante da poética futurista (é o terceiro parágrafo de *Imagens da viagem e da montanha*).

17 Variante do *Fragmento (Florença)* publicado nos *CO* (cfr. neste volume). O tema das três Graças – e da beleza (e coqueteria) feminina interessa a Campana, que o trata com tom irônico (e furioso) na *Jornada de um neurastênico* ("em grupos de três", suas colegas de faculdade "formam o cortejo pálido e interessante das graças modernas"). Aqui, com a musicalidade usual, em hendecassílabos, canta o passo *virginal, musical, militar* das três moças: um passo que lembra o de Manuelita (*Dualismo*). São três também as moças do "tríplice canto" que expressa uma "pena breve e obscura" no poema em prosa *La Verna* e três as "menores" que "balançam monotonamente suas graças precoces", em *Florença*.

18 Numa versão anterior deste texto, o casal que sobe a escadaria da igreja de S. Miniato (Florença) é formado por dois homens e não por um homem e uma mulher, como na versão publicada por Falqui em 1942 e aqui reproduzida e traduzida. Sem esta notícia – dada por F. Ceragioli num artigo em que denuncia imprecisões na transcrição dos manuscritos e confusão na cronologia dos textos de Campana – e sem saber que Oscar Wilde realmente esteve nessa igreja e escreveu um poema intitulado *S. Miniato*, não seria possível levantar a menor hipótese sobre a relação entre o texto e o título. Graças a esses dados, podemos supor que Campana tenha transformado alguns termos do poema original, sem mudar, no entanto, o título, já que não pretendia publicá-lo. [F. Ceragioli, "Campana prima e dopo i *Canti Orfici*", in *O poesia tu più non tornerai* [Ó poesia tu não mais voltarás], Macerata, Quodlibet, 2003, p. 167-9]. Segundo Silvio Ramat [OC, p. 359], a mulher que acompanha o poeta em sua contemplação da cidade seria uma prostituta; buscamos possíveis confirmações em outra versão do poema em OC (intitulado *Genova*, sem dúvida, por um

equívoco de Campana ou do compilador da coletânea, o próprio Falqui), mas o drama dos personagens (aparentemente ligados por amizade e não por amor) é igualmente obscuro. Por outro lado, parece evidente que a vocação deste poema, e da poesia de Campana em geral, é descritiva e não narrativa: o que mais interessa a Campana (e ao leitor) é a visão da cidade do alto da escadaria de S. Miniato, das luzes noturnas, dos ciprestes, do rio monstruoso [cfr. também *Frammento* em OC, p. 384].

19 Dramático presságio da próxima despedida de Campana da poesia e talvez da perda da razão. Ainda há uma figura "de sacros olhos castanhos", humana e divina, mulher e poesia, mas o *torrear* dos edifícios – do qual encontramos traços no poema *Gênova*, ou nas inúmeras torres que recorrem nas cidades de Campana – como representação da verticalidade, de uma percepção do espaço portadora de valores psicológicos intensos mas não necessariamente ameaçadores – torna-se aqui catastrófico. A figura do poeta ameaçado pela loucura está envolvida em "furiosa aridez", em "ardor catastrófico" – ecos de outra descrição trágica, a da mulher que "sorria de um sorriso mole na aridez meridiana, embrutecida e só na catastrófica luz", fechando o cortejo dos velhos mendigos na *Noite* [5]. Uma imagem extraída do verso 11 ["o tabernáculo dos seios"] foi incluída por Murilo Mendes no *Retrato-relâmpago* dedicado a Dino Campana.

20 Campana experimenta aqui tons diarísticos e discursivos – com pontas entusiásticas, ironia, injúrias e provocações que lembram um pouco seus contemporâneos futuristas – numa declaração de poética em que prevalece aquele lado expressionístico, grotesco, que existe, mas está na sombra nos *Cantos Órficos*.

21 Um poema de louvor à beleza da mulher amada, só aparentemente simples: na paisagem florentina de uma ponte sobre o Arno, temos um duplo jogo: de molduras – em que cada quadro valoriza e é valorizado pelo seguinte – e de iterações obsessivas e simétricas, de valor psicológico e musical.

22 Ainda a "ilustre" (pela arte, pela história) paisagem florentina, pela qual "passeia" a lembrança de Sibilla; e é sobre o "passo" da amada, sobreposto ao passo da memória do poeta, que se concentra o jogo de iterações.

23 Provavelmente, uma referência à história pessoal de Sibilla, que foi estuprada, quando moça, por um homem com que foi obrigada a casar.

24 Comparando a versão impressa deste poema com o manuscrito, Fiorenza Ceragioli ("Campana prima e dopo i *Canti Orfici*", op. cit., p. 169-70) descobriu um erro de transcrição no último verso, que transcrevemos aqui, de acordo com sua indicação: "*i vostri occhi feriti di luce*" [feridos de luz]. Nas duas edições de Falqui, de 1942 e 1973 [FAL e OC], o verso soava: "*i vostri occhi forti di luce*". Vassalli e Fini [VAS] registram "*forti di luce*" [fortes de luz] como Falqui, mas nas notas (em geral muito precisas) de Carlo Fini encontramos uma pequena desleitura do mesmo verso: "occhi fermi di luce" (VAS, p. 277).

25 O mecanismo das rimas produz estranhos efeitos na leitura deste poema, que somos obrigados a reler na tentativa de fixar o sentido do adjetivo "*sole*" – em rima ou assonância com "*piove*" [chove] e "*viole*" [violetas]. O termo refere-se a "*strade*" [ruas solitárias], mas se repropõe – ainda que ilegitimamente, do ponto de vista gramatical – em sua acepção de substantivo, "*sol*".

26 Mais um poema que canta o amor – e o rápido fim do amor por Sibilla Aleramo.

27 Cfr. a versão em prosa, *Arabesco-Olimpia*, neste volume.

28 Tradução do termo francês *envoi*, breve estrofe colocada no final de um poema, com função de concentração da matéria do poema, ou de homenagem a alguém.

29 Com o título *Histórias I*, Falqui publicou dezoito aforismos e notas que Campana enviou "talvez" a Mario Novaro, solicitando sua publicação na *La Riviera Ligure*; *Histórias II* reúne mais sete "pensamentos ou notas sem título", extraídos de um "caderno também encontrado recentemente pelos familiares do poeta" [FAL, p. 334]. Falqui transcreve a cartinha que acompanhava – hipoteticamente – os dezoito aforismos: "Caríssimo Novaro, mando-lhe essas bobagens improvisadas hoje. O senhor acha que valham 25 liras? Se não bastam, mandarei outras. Minhas cordiais saudações, seu Dino Campana. (traduz do inglês, alemão, espanhol, francês). Hotel Sanesi, Lastra a Signa, Firenze. PS Se não quiser [assinar] Geribò, coloque qualquer nome, menos o meu. Recomendo o segredo. Se alguém quiser, lhe dou a exclusividade". [Cfr. também "Dalle carte Novaro-Falqui", em *Dino Campana sperso per il mondo. Autografi sparsi* [esparsos] *1906-1918*, org. Gabriel Cacho Millet, Firenze, Olschki, 2000, p. 132]. Se está correta a atribuição de Falqui (ou seja, se a cartinha de Campana se refere realmente aos aforismos), as notas devem ser lidas sem esquecer a declaração de desencargo de

responsabilidade do autor, que não deseja assiná-las e recomenda "o segredo" ao diretor da revista. Além disso, assinalamos aqui nossa reserva quanto ao procedimento dos primeiros editores, que reuniram arbitrariamente aforismos e notas de origens totalmente diferentes. Publicamos igualmente essas "histórias" como exemplo de um estilo campaniano – aforístico, filosófico, provocatório, sarcástico, próximo a um certo estilo futurista e *vociano,* seu contemporâneo – e como testemunha de ideias e leituras vitais para a poesia de Campana.

30 Tito Livio Cianchettini (1821-1900), jornalista satírico, fundador e redator da folha satírica *Il travaso delle idee* [A trasfega das ideias]. O nome de Cianchettini na abertura anuncia a natureza satírica dos aforismos que seguem.

31 boche: um francês, termo depreciativo para "alemão".

32 Tradução de uma frase de *Also sprach Zarathustra* [Assim falou Zarathustra] (2º parágrafo do Prólogo) [N. Bonifazi, *Dino Campana,* Roma, Edizioni dell'Ateneo, 2. ed. 1978, p. 26].

33 Ernest Psichari (1883-1914), escritor e soldado, morto no *front* em Rossignol (Bélgica), autor de *Le voyage du centurion* [A viagem do centurião] (póstumo, 1916).

34 Citação levemente imprecisa dos versos de Rimbaud: "*Voilá que monte en lui le vin de la Paresse,/ Soupir d'harmonica qui pourrait délirer*" [Eis montar nele o vinho da preguiça,/ suspiro de harmônica que poderia delirar], em *Les chercheuses de poux* [As catadoras de piolhos].

35 *L'ora che volge il disio*, ver nota 22 [*A Verna*]. O trecho inteiro, com citações e/ou alusões a Dante, Nietzsche, Baudelaire, Rimbaud, é iluminante quanto à composição do poema *Gênova*.

36 Cfr. *Les sons d'une musique énervante et câline,/ Semblable au cri lointain de l'humaine douleur* [música enervante e dengosa/ semelhante ao grito longínquo da dor humana], Ch. Baudelaire, *Le vin du solitaire* [O vinho do solitário] (*Les Fleurs du Mal*). Gralhas, erros, imprecisões nos dizeres em francês foram deixados, aqui e acima, conforme o original.

1ª edição Setembro de 2009 | **Diagramação** Megaart Design | **Fonte** Palatino
Papel Offset 75 g/m² | **Impressão e acabamento** Imprensa da Fé